SCHUTZ FÜR CHEYENNE

SEALs of Protection, Buch Sechs

SUSAN STOKER

Copyright © 2020 Susan Stoker
Englischer Originaltitel: »Protecting Cheyenne (SEAL of Protection Book 5)«
Deutsche Übersetzung: Catharina Preuss für Daniela Mansfield Translations 2020
Alle Rechte vorbehalten. Dies ist ein Werk der Fiktion. Namen, Darsteller, Orte und Handlung entspringen entweder der Fantasie der Autorin oder werden fiktiv eingesetzt. Jegliche Ähnlichkeit mit tatsächlichen Vorkommnissen, Schauplätzen oder Personen, lebend oder verstorben, ist rein zufällig.
Dieses Buch darf ohne die ausdrückliche schriftliche Genehmigung der Autorin weder in seiner Gesamtheit noch in Auszügen auf keinerlei Art mithilfe elektronischer oder mechanischer Mittel vervielfältigt oder weitergegeben werden.
Titelbild entworfen von: Chris Mackey, AURA Design Group
eBook: ISBN: 978-1-64499-072-8
Taschenbuch: ISBN: 978-1-64499-071-1

Besuchen Sie Susan im Netz!
www.stokeraces.com
facebook.com/authorsusanstoker
twitter.com/Susan_Stoker
bookbub.com/authors/susan-stoker
instagram.com/authorsusanstoker
Email: Susan@StokerAces.com

EBENFALLS VON SUSAN STOKER

SEALs of Protection
Schutz für Caroline
Schutz für Alabama
Schutz für Fiona
Die Hochzeit von Caroline
Schutz für Summer
Schutz für Cheyenne
Schutz für Jessyka (Buch Sieben) **(erhältlich ab Ende Juli 2020)**

Die Delta Force Heroes:
Die Rettung von Rayne
Die Rettung von Emily
Die Rettung von Harley
Die Hochzeit von Emily
Die Rettung von Kassie
Die Rettung von Bryn

SUSAN STOKER

Die Rettung von Casey
Die Rettung von Wendy (Buch Acht) **(erhältlich ab Ende Juni 2020)**

Ace Security Reihe:
Anspruch auf Grace (Buch Eins) **(erhältlich ab Ende Juli 2020)**
Anspruch auf Alexis (Buch Zwei) **(erhältlich ab Ende Juli 2020)**

KAPITEL EINS

»Hier ist der Notruf, wie kann ich Ihnen helfen?«

»Ist da die Polizei?«

»Ja, dies ist der polizeiliche Notruf, wie kann ich Ihnen helfen?«

»Mein Kabelanschluss ist gestört und ich kann meine Serie nicht gucken.«

»Entschuldigung, aber diese Nummer ist nur für Notfälle.«

»Ja, ich weiß. Dies *ist* ein Notfall. Mein Videorekorder funktioniert auch nicht und ich muss sehen, was heute Abend mit Toni passiert.«

Cheyenne seufzte. Jesus, sie hasste diese Anrufe. »Haben Sie versucht, Ihren Kabelanbieter anzurufen?«

»Ja, aber da geht niemand ans Telefon.«

»Und was möchten Sie jetzt von mir?« Cheyenne war etwas kurz angebunden, aber es handelte sich schließlich um die Nummer des Notrufs und sie war erschöpft. Sie hatte weder die Zeit noch die Geduld für solchen Mist.

»Können Sie versuchen, die für mich zu erreichen? Sie müssen das Problem beheben, und zwar sofort.«

»Okay, bleiben Sie dran. Ich werde sehen, was ich tun kann.« Cheyenne stellte den Anruf in die Warteschleife und legte den Kopf vor sich auf den Schreibtisch. Dann holte sie dreimal tief Luft, richtete sich wieder auf und schaltete den Anruf wieder durch. »Okay, ich habe dort jemanden erreicht und Sie werden gebeten zurückrufen. Dann wird man dort prüfen, was man für Sie tun kann.«

»Oh mein Gott, vielen Dank! Das weiß ich sehr zu schätzen.«

»Auf Wiederhören, ich hoffe, mit Toni ist alles in Ordnung.«

»Ja, ich auch! Danke noch mal. Ich werde gleich dort anrufen.«

Cheyenne beendete das Gespräch und seufzte tief. Die Arbeit beim Notruftelefon klang viel glamouröser, als sie in Wirklichkeit war. An den meisten Abenden gingen mindestens ein oder zwei Anrufe wegen der lächerlichsten »Notfälle« ein. Eigentlich müsste sie diese Vorfälle ihrem Vorgesetzten melden, aber es war normalerweise einfacher, die Leute schnell und höflich abzuwimmeln, als sie zu melden und in Schwierigkeiten zu bringen.

Für Cheyenne machte es einfach keinen Sinn, die Zeit eines Polizeibeamten damit zu verschwenden, loszufahren und diesen Leuten eine Verwarnung zu geben, wenn sich der Beamte stattdessen besser darauf konzentrieren sollte, Bösewichter zu jagen oder Menschen zu helfen, die wirklich in Not waren.

Cheyenne wandte sich wieder ihrem Laptop zu, der neben dem anderen Computer und den elektronischen Geräten auf ihrem Schreibtisch stand. Sie setzte die Wiedergabe des Films fort, den sie angehalten hatte.

Normalerweise war Cheyenne die einzige Telefonistin, die in ihrer kleinen Abteilung im Dienst war. Sie arbeitete in der Spätschicht, und das gefiel ihr. Aber es konnten manchmal Stunden vergehen, bevor ein Anruf einging. Sie hatte schnell gelernt, sich etwas zum Zeitvertreib mitzubringen, um nicht vor Langeweile zu sterben. Normalerweise war sie kein Nachtmensch, aber die Schicht von fünfzehn bis dreiundzwanzig Uhr passte ihr gut. Sie konnte ausschlafen, vormittags Besorgungen machen und hatte nachmittags noch Zeit, sich für die Arbeit fertig zu machen.

Die Arbeit war viel schwieriger, als Cheyenne gedacht hatte, als sie sich dafür beworben hatte. Es machte ihr nichts aus, mit Leuten zu reden. Es war aufregend, übers Telefon Anweisungen für Erste Hilfe zu geben. Es gefiel ihr, Leuten dabei helfen zu können, am Leben zu bleiben, oder sie einfach zu beruhigen, bis der Krankenwagen oder die Polizei eintraf. In letzter Zeit war Cheyenne jedoch nervös und unzufrieden. Erst als sie online einen Artikel über die Posttraumatische Belastungsstörung gelesen hatte, war sie sich über ihre Gefühle klar geworden.

Jedes Mal wenn sie ans Telefon ging, konnte es sich um eine lebensbedrohliche Situation handeln. Cheyenne telefonierte im Schnitt zwischen drei und zwanzig Minuten mit jemandem und arbeitete mit der Person an ihrem Problem, nur um abgekanzelt zu werden, sobald die Polizei oder der Rettungsdienst eintrafen, ohne jemals zu erfahren, was am Ende bei dem Einsatz herausgekommen war.

Oh, manchmal sah sie später einen Bericht in den Nachrichten und erkannte die Situation wieder, bei der sie am Telefon geholfen hatte, aber meistens blieb sie im Dunkeln über die weitere Entwicklung des Falls. Wurde jemand verhaftet? War jemand gestorben? Waren alle in Ordnung? Jeden Abend, wenn Cheyenne nach Hause kam, war sie so voller Adrenalin, dass sie eine Weile brauchte, bevor sie einschlafen konnte.

Vielleicht noch schlimmer als die Unwissenheit war die Tatsache, dass Cheyenne einsam war. Sie verbrachte ihre Zeit bei der Arbeit damit, mit anderen zu reden, aber sie lernte sie nicht wirklich kennen. Sie sprach mit den Menschen an dem vielleicht schlimmsten Tag ihres Lebens. In den fünf Jahren, in denen sie diesen Job schon machte, war es nur ein Mal vorgekommen, dass jemand sie ausfindig gemacht hatte, um sich bei ihr zu bedanken. Ein einziges Mal.

Durch die Spätschicht war es schwierig, Kontakte

zu knüpfen und Freunde zu finden, und ganz besonders blieb keine Zeit für Romantik. Sie arbeitete jeweils fünf Tage am Stück und hatte dann vier Tage frei. Sie war nicht wirklich ein Partygirl und ging normalerweise nicht in Kneipen. Sie kannte ein paar Leute aus dem Büro, aber normalerweise arbeiteten sie in der jeweils anderen Schicht als sie, sodass sie außerhalb der Arbeit keine Zeit hatten, um sich zu verabreden.

Cheyenne erinnerte sich an ein Gespräch mit ihrer Mutter. Sie hatte sie nach einem anstrengenden Arbeitstag angerufen. Eine Frau hatte ihren Ehemann tot aufgefunden und Cheyenne hatte versuchen müssen, sie zu beruhigen. Es war sehr emotional gewesen und Cheyenne hatte selbst über den Verlust der Frau weinen müssen, nachdem sie aufgelegt hatte. Sie hätte es besser wissen sollen, als zu versuchen, Sympathie von ihrer Mutter zu bekommen.

»Ich weiß nicht, warum du dich so verrückt machst wegen Menschen, die du nicht mal kennst, Cheyenne«, hatte ihre Mutter geschimpft.

»Mom, sie rufen mich an, weil sie Hilfe brauchen. Meistens sind diese Leute völlig neben der Spur und brauchen jemanden, der ihnen sagt, dass alles wieder in Ordnung kommt. Dieser jemand bin ich.«

»Aber Schätzchen, du wirst immer emotionaler bei deinem Job. Warum suchst du dir keine normale Aufgabe wie deine Schwester?«

Cheyenne hatte nur geseufzt. Sie wusste, dass die

meisten Menschen nicht verstanden, was oder warum sie es tat, aber sie hatte gehofft, dass wenigstens ihre Familie sie verstehen und unterstützen würde, anstatt sie noch zu verspotten.

Sie wünschte, sie würde sich besser mit ihrer Schwester verstehen, aber Karen hatte schon seit ihrer Kindheit immer nur mit ihr konkurriert. Cheyenne hatte es nie verstanden, weil es ihr egal war, ob ihre Schwester besser oder schlechter war als sie. Aber sie nahm an, dass es für Karen im Alter von fünf Jahren einfach schwer gewesen war, vom Einzelkind zur großen Schwester zu transformieren, nachdem Cheyenne geboren worden war.

Karen war jetzt Rechtsanwaltsfachangestellte in einer Kanzlei in der Stadt und Cheyenne wusste, dass es ihrer Mutter gefiel, bei ihren Freundinnen mit ihrer »erfolgreichen« Tochter zu prahlen. Cheyenne hatte gelernt, damit umzugehen, dass ihre Mutter damit ihre Gefühle verletzte. Es hätte jetzt ohnehin keinen Sinn mehr zu versuchen, daran etwas zu ändern. Sie würde es nicht verstehen.

Das Telefon klingelte und Cheyenne schreckte aus ihren Gedanken hoch. Ihre Herzfrequenz schoss sofort in die Höhe. Es war unmöglich vorherzusagen, mit welcher Situation sie dem nächsten Anrufer helfen müsste. Sie pausierte die Wiedergabe des Films und nahm das Gespräch entgegen.

KAPITEL ZWEI

Faulkner »Dude« Cooper starrte die Frau hinter der Kasse in der Tankstelle an. Er trug Jeans und ein T-Shirt und wollte für das Benzin, das er gerade getankt hatte, sowie einen Kaffee und eine Sechserpackung Donuts bezahlen. Verdammt, ein gesundes Frühstück sah anders aus, aber er war schon fünfzehn Kilometer gelaufen und hatte eine halbe Stunde lang Gewichte gestemmt. Sechs kleine Donuts würden ihn nicht gleich umbringen. Er zog seine Brieftasche aus der Hosentasche und holte einen Zwanzigdollarschein heraus. Dude dachte nicht mehr an seine Hand, er hatte sich an die fehlenden Glieder seiner Finger gewöhnt.

Gerade als er aufsah, bemerkte er, wie die Frau entsetzt auf seine Hand schaute. Dude seufzte, streckte ihr ungeduldig den Geldschein entgegen und wartete darauf, dass sie ihn nahm.

Im Großen und Ganzen war er an diese Art von Reaktion gewöhnt, wenn jemand seine Hand sah, aber hin und wieder überraschte es ihn trotzdem. Dudes Teamkollegen in seinem Navy SEAL-Team kümmerten sich nicht um seine Hand, und die Frauen seiner Freunde waren diesbezüglich genauso locker. Dude konnte sich nicht erinnern, dass eine von ihnen jemals den Eindruck erweckt hätte, als würde sie seine Hand abstoßend finden. Diese Tatsache genügte, um die Blicke der Kassiererin ignorieren zu können.

Allein aus Provokation streckte Dude seine linke Hand aus, um das Wechselgeld entgegenzunehmen, und zwang die Frau somit, noch mal auf seine verstümmelte Hand zu sehen. Er sah die Frau mit einem aufgesetzten Grinsen an und steckte das Wechselgeld ein. Kopfschüttelnd nahm Dude seinen Snack und den Kaffee und ging zurück zu seinem Wagen.

Er klemmte sich die Donuts unters Kinn und öffnete mit der freien Hand die Wagentür. Dann schnappte Dude sich den süßen Snack und setzte sich auf den Fahrersitz. Er nahm einen Schluck Kaffee, verzog angesichts des widerlichen Geschmacks von verbranntem Klärschlamm, der als Kaffee getarnt war, das Gesicht, ließ den Motor an und fuhr los.

»Ich wette, sie hätte anders reagiert, wenn sie gewusst hätte, dass ich ein SEAL bin«, sagte Dude bitter zu sich selbst. Er schüttelte den Kopf. In den letzten Tagen hatte er immer öfter in Selbstmitleid geschwelgt. Das musste er irgendwie abschütteln.

Er hielt vor Wolfs Haus. Ice hatte ihn bisher immer aufheitern können. Die beiden hatten sich während einer Flugzeugentführung kennengelernt. Ice hatte gerochen, dass das Eis in den ausgeteilten Getränken mit Drogen versetzt worden war. Wolf, Mozart und Abe hatten es daraufhin geschafft, die Terroristen auszuschalten. Natürlich hatte ein Doppelagent beim FBI herausgefunden, dass Ice einen tragenden Beitrag dazu geleistet hatte, dass die Entführung vereitelt wurde. Daraufhin wurde Ice entführt und gefoltert.

Nach viel zu langer Zeit in den Fängen der Terroristen hatte das Team sie schließlich retten können, aber es war schwierig und sehr berührend gewesen. Durch Ice hatte Dude das erste Mal erfahren, was wahre Liebe bedeutete. Gefühle zu zeigen gehörte nicht zu den Stärken in seiner Familie und er hatte immer das Gefühl gehabt, sie im Stich zu lassen. Seine Eltern wollten ihn aufs College schicken, aber er hatte beschlossen, stattdessen zum Militär zu gehen. Dann wollten sie, dass er sich den Marines anschließt, aber er entschied sich für die Navy. Sie wollten, dass er Arzt wird, er wählte die SEALs. Dude besuchte seine Eltern nicht mehr oft. Er fühlte sich unwohl, weil er wusste, dass er sie enttäuscht hatte.

Dude ließ den Becher mit dem beschissenen Kaffee im Auto und ging zur Haustür. Er lächelte, als jemand öffnete, bevor er überhaupt klopfen konnte.

»Faulkner!«

Dude ging einen Schritt zurück, als sich ein

blonder Wirbelwind in seine Arme warf. Er lächelte und hielt sie fest. »Jesus, Summer, das kannst du doch mit einem alten Mann nicht machen. Und wie oft muss ich dir noch sagen, dass du mich Dude nennen sollst?«

»Wie auch immer. Ich werde diesen lächerlichen Namen nicht verwenden. Es ist mir egal, dass du an der Highschool der beste Surfer warst. Du bist kein ›Dude‹, und ich werde dich nicht so nennen. Und außerdem bist du nicht alt. Wenn du alt wärst, müsste ich eine Greisin sein.« Es war ein alter Witz zwischen ihnen. »Schön, dich zu sehen. Es ist eine Weile her.«

»Wie geht es dir?«, fragte Dude ernst.

»Mir geht's gut.«

»Nein, ich meine *wie geht es dir*?« Dude sprach jetzt in seiner Kontrollstimme und wusste, dass Summer nicht widerstehen könnte, ihm alles zu erzählen. Summer war durch die Hölle gegangen, nachdem sie in die Hände eines Serienmörders geraten war. Wäre Dude eine Sekunde schneller gewesen, wäre er es gewesen, der dieses Schwein getötet hätte. Wolf hatte den Abzug gedrückt, bevor Dude oder Benny zu ihren Armeemessern greifen konnten, um Hurst die Kehle durchzuschneiden.

»Mir geht es gut, Faulkner, wirklich«, sagte Summer, bevor sie ihn wieder umarmte.

»Also gut, dann komm, lass uns reingehen.«

Summer nahm Dudes verstümmelte linke Hand und zog ihn ins Haus. Wenn er an diesem Tag nicht bereits so angewidert angesehen worden wäre, hätte er es wahrscheinlich nicht einmal bemerkt. Er staunte darüber, dass es Summer nichts auszumachen schien. Sie hatte ihm kein einziges Mal das Gefühl gegeben, angewidert über den Anblick oder das Gefühl seiner Hand zu sein. Bei diesem Gedanken fühlte Dude sich etwas besser und er bekam wieder Hoffnung, dass es andere Frauen da draußen gab, die genauso wären.

Sie gingen in die Küche, wo Wolf, Ice und Mozart um den Tisch saßen. Summer ließ seine Hand los und ging sofort zu Mozart. Er zog sie an seine Seite, legte seine Hand um ihre Taille und küsste sie auf die Schläfe. Dude musste lächeln, als Summer eine Hand um die Schulter und die andere um die Taille ihres Mannes legte.

»Hey, Dude. Freut mich, dass du es geschafft hast.« Mozart begrüßte seinen Teamkollegen mit ehrlicher Begeisterung.

»Ihr wisst schon, dass ich mich immer wie das fünfte Rad am Wagen fühle, wenn ich bei euch bin.«

»Wie auch immer«, sagte Caroline und verdrehte die Augen. »Wir mögen es, wenn du und Kason mit uns abhängt. Nur weil du Single bist, heißt das nicht, dass wir dich nicht bei uns haben wollen.«

»Ich weiß, ich wollte euch nur aufziehen.« Dude versuchte, ernst zu klingen, hatte aber die Befürchtung, dass es ihm nicht ganz gelang, als er die besorgten Blicke in den Augen seiner Freunde sah.

Dude nahm sich einen Stuhl und setzte sich an den Tisch.

»Was gibt es zum Abendessen, Wolf?«, fragte Dude in der Hoffnung, dass der Mann wahrscheinlich eine Menge Fleisch auf seinem neuen schicken Grill im Garten zubereitete.

»New York Strip Steaks für uns und gegrilltes Hähnchen für die Damen.«

»Großartig, bloß nicht das Fleisch an die Frauen verschwenden.«

»Hallo!«, grummelte Summer und sah Dude böse an.

»Nur ein Scherz.«

Alle lachten und entspannten sich. Dude genoss es wirklich, mit seinen Freunden abzuhängen. Irgendwie traten in ihrer Gegenwart alle seine Sorgen in den Hintergrund.

Den Rest des Abends verbrachten sie damit, zu lachen und über nichts Ernsthaftes zu sprechen. Als Dude ging, hatte er das Gefühl der Ablehnung bereits wieder vergessen, das er zuvor an diesem Abend für einen Moment gespürt hatte.

KAPITEL DREI

Noch ein weiterer langweiliger Tag in meinem Leben, dachte Cheyenne, als sie den Einkaufswagen durch das Lebensmittelgeschäft schob. Es war der dritte ihrer vier aufeinanderfolgenden freien Tage. Sie hatte ausgeschlafen und dann beschlossen, den Einkauf zu erledigen. Sie hasste es zu kochen und aß normalerweise lieber außer Haus, als sich zu zwingen, in den Laden zu gehen. Sie lebte von abgepackten Lebensmitteln und Fertiggerichten. Sie hatte keine Ambitionen, Kochen zu lernen. Cheyenne vermutete, dass ihr irgendwie das »Koch-Gen« fehlte oder was auch immer andere Frauen dazu brachte zu lernen, wie man köstliche Mahlzeiten zubereitete.

Karen jedoch war eine ausgezeichnete Köchin. Eine weitere Sache, in der ihre Mutter sie mit ihrer Schwester verglich und Cheyenne immer die Verliererin war. Sie zuckte geistig mit den Schultern. Es war sowieso nicht so, als hätte sie jemanden, für den sie kochen könnte.

Manchmal wünschte sie sich, eine beste Freundin oder wenigstens eine gute Freundin zu haben, mit der sie sich treffen könnte. Nach der Highschool hatte Cheyenne aber den Kontakt zu den wenigen Freundinnen, die sie gehabt hatte, verloren. Oh, sie ging mit Kolleginnen aus, wenn es sich ergab, dass sie gleichzeitig Feierabend hatten, und sie würde sie auch Freundinnen nennen, aber sie hatte nicht diese eine besondere Freundin, mit der sie abhing, wie sie es von so vielen anderen Leuten gehört hatte. Sie wollte schon immer eine beste Freundin haben, aber sie war auch zufrieden mit den Frauen, mit denen sie sich gelegentlich traf.

Wieder einmal dachte Cheyenne darüber nach, dass ihre Arbeit sie mehr ausfüllen sollte. Sie hatte gedacht, dass es aufregend und lohnenswert sein würde, Menschenleben zu retten, aber es hatte sich als stressig und viel zu oft langweilig herausgestellt. *Ich bin zweiunddreißig Jahre alt und sollte etwas Interessantes mit meinem Leben anfangen. Ich sollte reisen oder bereits verheiratet sein.*

Cheyennes eintöniges Leben bedrückte sie. Sie lebte in Riverton, Kalifornien in der Nähe eines Navy-Stützpunkts. Jeden Tag sah sie Männer und Frauen in Uniform. Sie hatte einmal darüber nachgedacht, ebenfalls zur Navy zu gehen und »die Welt zu sehen«, wie es auf den Rekrutierungsplakaten behauptet wurde, aber sie wäre zu feige, um mit der Gefahr fertigzuwerden. Außerdem würde sie auf keinen Fall die körperlichen Tests bestehen. Sie war nicht fett, aber Cheyenne glaubte nicht, dass sie auch nur einen einzigen Klimmzug machen könnte, und laufen kam überhaupt nicht infrage.

Cheyenne fand Soldaten faszinierend. Sie nahm an, es lag daran, dass sie keinen persönlich kannte, aber sie fand Männer in Uniform unwiderstehlich – wie die meisten Frauen. Sie lebte aber nicht in einer Fantasiewelt, sie wusste, dass sie böse und gemein sein konnten, genau wie jeder andere Mensch. In der Zeitung las sie immer wieder über Schlägereien und Morde, die auf dem Stützpunkt und in der Umgebung passierten, ganz zu schweigen von den Notrufen, die sie erhielt, über häusliche Gewalt, die manchmal Militärangehörige involvierte. Aber das alles hielt sie nicht davon ab, über Männer in Uniform im Allgemeinen zu fantasieren.

Wenn sie an den Navy-Stützpunkt dachte, kam ihr sofort ein Mann in den Sinn, den sie regelmäßig im Supermarkt sah. In dem Laden trug er meistens keine Uniform, aber sie wusste, dass er es war. Er war ziemlich groß, hatte dunkle Haare und war gut gebaut. Cheyenne schämte sich zuzugeben, dass sie ihn einmal durch den Laden verfolgt und beobachtet hatte, wie er seinen Einkaufswagen mit gesunden Lebensmitteln gefüllt hatte, nicht mit Gebäck und dem anderen Mist, den sie immer kaufte.

Er war immer höflich zu den anderen Menschen. Er hat ihr sogar einmal geholfen, eine Dose aus dem obersten Regal zu holen, und sie dabei angelächelt. Den Rest des Tages hatte Cheyenne wie ein verliebtes Schulmädchen gestrahlt. Sie kannte seinen Vornamen nicht, aber sie wusste, dass sein Nachname Cooper war, da er auf seine Uniform aufgenäht war. Sie hatte ihn nur ein Mal in Uniform gesehen, aber sie wusste, dass sie es nie vergessen würde. Er hatte umwerfend ausgesehen. Sie hatte keine Ahnung, was genau er bei der Navy machte, da sie nicht wusste, was die vielen Abzeichen auf seiner Uniform bedeuteten, aber es war ihr ehrlich gesagt auch nicht wichtig. Seit Cheyenne ihn in diesem Laden gesehen hatte, weigerte sie sich, irgendwo anders einkaufen zu gehen, nur für den Fall, dass sie ihn wiedersehen würde.

Cheyenne fand es interessant, Leute zu beobachten, während sie ihren Einkauf erledigte. Durch ihre Arbeit hatte sie gelernt, Menschen nach nur einem kurzen Telefonat einzuschätzen, und sie war wirklich gut darin geworden. Eine ihrer Lieblingsbeschäftigungen war es, sich vorzustellen, was für ein Leben Menschen führten, nur ihrem äußerlichen Eindruck nach zu urteilen. Cheyenne sah sich im Lebensmittelgeschäft um ... es war nicht sehr voll, was ihr entgegenkam, da sie ungern einkaufte, wenn der Laden überfüllt war.

Eine Frau ging vor Cheyenne durch die Obst- und Gemüseabteilung. Sie trug Schuhe mit zehn Zentimeter hohen Absätzen und ein hautenges Kleid, das kaum bis über ihren Hintern reichte. *Ich weiß nicht, wie Frauen solche Kleider tragen können. Ich wette, sie ist eine verdeckte Ermittlerin bei der Polizei. Sie muss gerade Dienstschluss haben und etwas zu essen einkaufen, bevor sie nach Hause fährt, nachdem sie versucht hat, Männer zu überführen, die auf offener Straße Kontakt mit Prostituierten suchen.* Cheyenne sah einen Mann im Collegealter, der an der Fleischtheke stand. *Ich wette, er will heute grillen und versucht, sich zu entscheiden, welches Fleisch er für seine Freunde kaufen soll.* Cheyenne träumte weiter, während sie durch den Laden ging. Sie hatte es nicht eilig, denn sie hatte heute nichts weiter vor, als nach Hause zu fahren und das Buch zu Ende zu lesen, das sie am Vortag begonnen hatte.

Cheyenne kam in den Gang mit den Tiefkühlwaren und bemerkte fünf Männer, die vor dem Apothekenschalter standen, der Teil dieses Ladens war. Da der Laden sonst ziemlich leer war, fielen sie wirklich auf. Sie hatten keine Einkaufswagen dabei und waren ganz in Schwarz gekleidet. In dem Moment, in dem ihr Gehirn realisierte, dass etwas nicht stimmte, hörte sie bereits Schreie und die Männer zogen Pistolen heraus, die sie unter ihrer Kleidung versteckt hatten. Cheyenne stand da wie erstarrt. Als sie sich mehr Aufregung in ihrem Leben gewünscht hatte, hatte sie bestimmt nicht so etwas gemeint! Sie begann, langsam rückwärtszugehen, um außer Sichtweite der Männer zu gelangen, aber einer hatte sie bereits bemerkt und kam mit auf sie gerichteter Waffe direkt auf sie zu.

Dude lachte mit seinen Freunden. Sie trafen sich gern bei *Aces Bar and Grill*, ihrem Stammlokal, wenn es um etwas zu essen oder zu trinken ging. Sie versuchten, mindestens ein Mal pro Woche dort zusammenzukommen. Die Kneipe war nicht sehr groß und gehörte keiner Kette an, aber die Gerichte waren köstlich und, was vielleicht noch wichtiger war, das Lokal war nicht mit Touristen überfüllt.

Wenn Dude ehrlich mit sich war, war es ihm eigentlich egal, wo sie sich trafen. Es gefiel ihm einfach, mit seinen Freunden und ihren Frauen zusammen zu sein. Er zog seine Teamkollegen gern so oft wie möglich auf.

»Ihr seid erbärmlich«, neckte Dude die anderen Männer in seinem SEAL-Team. »Im Ernst, ihr wollt nie ausgehen und bleibt immer nur zu Hause. Ihr seid zu einem Haufen Spielverderber geworden, seit ihr Frauen habt. Ich bin beeindruckt, dass ihr heute überhaupt eure Häuser verlassen habt.«

»Hey, du bist doch nur eifersüchtig«, gab Mozart zurück und lachte über seinen Freund.

Dude lächelte seine Freunde an und wusste, dass Mozart auf gewisse Weise recht hatte. Wenn er sich umsah und in die glücklichen Gesichter seiner

Freunde schaute, musste er zugeben, dass ihre Frauen perfekt für sie waren.

Die Männer schreckten hoch, als Wolfs Handy klingelte. Sie beobachteten, wie er ans Telefon ging, und wurden aufmerksam, als sie sahen, wie er die Muskeln anspannte. Ein Anruf auf Wolfs Geheimnummer konnte nur bedeuten, dass sie entweder von einem Werbeanrufer zufällig ausgewählt wurde oder dass sie kurzfristig auf eine Mission geschickt wurden.

Dude sah, wie sich die vier Frauen ebenfalls versteiften und darauf warteten zu erfahren, worum es bei dem Anruf ging.

»Richtig, ja, ich werde ihn darauf ansetzen. Danke.« Wolf legte auf und wandte sich an Dude.

»Bombenalarm im Supermarkt an der Main Street. Sie fragen nach einem Sprengstoffexperten.«

»Ich kümmere mich darum.« Dude stand auf und war mit den Gedanken bereits beim Einsatz. Die örtlichen Polizisten riefen manchmal das Militär, wenn sie Hilfe benötigten. Ihr Kommandant zögerte nicht, das Team einzuschalten, wenn er das Gefühl hatte, dass sie helfen könnten.

»Lass uns wissen, wenn du etwas brauchst.«

Dude hob dankend die Hand, dann war er weg.

Cheyenne hatte noch nie in ihrem Leben so viel Angst gehabt. Sie hatte Filme gesehen und Bücher gelesen, in denen mutige Heldinnen den Schurken mit vorlauten Sprüchen entgegentraten. Irgendwie hatte es bei ihnen immer funktioniert, aber Cheyenne glaubte nicht, dass ein kesser Spruch ihr oder irgendjemandem in ihrer unmittelbaren Umgebung gegen diese angsteinflößenden Männer helfen würde. Sie sahen böse aus und irgendwie wusste Cheyenne, dass sie nicht zögern würden, ihre Waffen zu benutzen, um jeden zu töten, der versuchte, sich ihnen in den Weg zu stellen.

Anscheinend hatten sie vorgehabt, die Apotheke im hinteren Teil des Ladens auszurauben, aber ihr Plan war gescheitert. Zufälligerweise waren drei Beamte der Küstenwache in dem Laden gewesen und hatten ebenfalls ihre Waffen gezogen, sodass eine Pattsituation entstanden war. Cheyenne war zusammen mit zwei weiteren Frauen und den fünf bewaffneten Männern im Laden gefangen. Sie waren alle in die hintere Ecke des Ladens gebracht worden.

Nachdem die Männer ihre Waffen gezogen hatten und Chaos in dem Laden ausgebrochen war, hatten die Beamten es geschafft, alle anderen Kunden aus der Gefahrenzone zu schaffen. Seitdem schien eine Ewigkeit vergangen zu sein, obwohl es in Wirklichkeit nur etwa anderthalb Stunden waren. Die bewaffneten Männer waren böse und verzweifelt. Cheyenne merkte, dass sie mit der Zeit immer unruhiger wurden. Gelegentlich hörte sie das Murmeln eines Megaphons von draußen.

Die beiden anderen Frauen, die mit ihr gefangen waren, wurden hysterisch. Sie waren beide noch sehr jung, vielleicht Anfang zwanzig. Jedes Mal wenn einer der bewaffneten Männer in ihre Richtung schaute, flehten sie ihn an, sie gehen zu lassen, sie jammerten, dass sie Familie und Kinder hätten, dass sie verheiratet wären ... was auch immer ihrer Meinung nach die Männer dazu bringen würde, Erbarmen zu zeigen und sie freizulassen. Als das nicht funktionierte, kauerten sie sich zusammen und weinten.

Obwohl Cheyenne ebenfalls Todesangst hatte, glaubte sie nicht, dass es etwas bringen würde, zu weinen oder zu jammern. Diese Typen standen offensichtlich selbst unter Drogen und wollten nur hier rauskommen. Da es fünf Männer waren, wusste Cheyenne, dass sie und die anderen Frauen keine Chance hätten, einfach wegzulaufen. Sie steckten hier fest, bis sich die Pattsituation auflöste, wie auch immer das aussehen mochte.

Sie dachte an ihre Kollegen. Hatte jemand den Notruf verständigt? Hatte einer ihrer Kollegen den Anruf angenommen und um Verstärkung gebeten? Cheyenne wünschte sich von ganzem Herzen, sie wäre an diesem Tag nicht einkaufen gegangen. Das hatte sie nun davon, etwas essen zu wollen. Was sie jetzt dafür geben würde, bei der Arbeit an ihrem Schreibtisch zu sitzen und die Rettungsaktion von außen zu organisieren. Sie hatte noch nie viel darüber nachgedacht, selbst ein Opfer zu sein. Sie war immer diejenige gewesen, die anderen half. Niemals hätte sie gedacht, einmal selbst diejenige zu sein, die Hilfe braucht.

Cheyenne versuchte, sich wieder auf ihre gegenwärtige Situation zu konzentrieren, als der größte und böseste der bewaffneten Männer zu ihr in die Ecke kam und knurrte: »Heute ist ein schöner Tag zum Sterben.«

Das machte die Kassiererinnen natürlich noch hysterischer, als sie bereits waren. Er lachte mit einem grausamen Grunzen. Cheyenne wusste, dass er es genoss, sie einzuschüchtern. Sie saß nur ausdruckslos da und versuchte, ihren Schock zu unterdrücken.

»Also, meine Damen«, sagte der angsteinflößende Mann, »wir können hier nicht raus, bis diese Bullen aus dem Weg sind, und sie werden nicht verschwinden, wenn wir sie nicht dazu bringen. Und da kommt ihr ins Spiel.«

Cheyenne holte tief Luft. Sie wusste, egal was er mit ihnen vorhatte, es würde nicht gut ausgehen.

»Da ich heute gute Laune habe ...« Cheyenne konnte nicht anders, als leise zu schnaufen. Anscheinend war sie nicht leise genug gewesen, weil der Mann sie jetzt böse anstarrte, bevor er fortfuhr: »Ich werde euch selbst entscheiden lassen, wer meine Nachricht an die Polizei draußen übermitteln darf.«

Cheyenne konnte praktisch fühlen, wie die Kassiererinnen immer nervöser wurden. Sie wusste, dass die anderen Frauen unbedingt diejenigen sein wollten, die nach draußen durften. Aber Cheyenne wollte abwarten und wissen, was der Haken an der Sache war. Auf keinen Fall würde dieser bösartige Typ eine von ihnen einfach freilassen. Sie waren ihr Ticket in die Freiheit, und Cheyenne wusste das.

Der Mann ging weg, rief ihnen aber zu: »Macht euch bereit, ich werde gleich mit der Nachricht zurückkommen.«

Sobald der Mann außer Hörweite war, begannen die Kassiererinnen, miteinander zu streiten.

»Ich muss hier raus«, sagte die Blondine.

»Auf keinen Fall. *Ich* sollte diejenige sein, die die Nachricht überbringt. Du bist nicht einmal verheiratet, egal was du ihnen erzählt hast«, argumentierte die andere Frau.

Ihre Stimmen wurden lauter und zickiger, während sie weiter stritten.

»Ja, aber ich muss mich um meine Mutter kümmern, du weißt, dass es ihr nicht gut geht«, schoss die Blondine zurück.

Cheyenne seufzte. Sie machte sich nicht die Mühe, sich in ihre Auseinandersetzung einzumischen. Sie war froh, dass die beiden Frauen sie noch nicht angegangen hatten. Anscheinend zogen sie es nicht einmal in Betracht, dass *sie* die Nachricht überbringen könnte. Sie war für die Frauen im Grunde unsichtbar. Aber das war okay, Cheyenne war Single, sie hatte weder Ehemann noch Kinder ... im Grunde war sie entbehrlich.

Die Frauen hörten auf zu streiten, als der Mann

mit einem Karton zurückkam. Cheyenne schauderte und wusste, dass der Inhalt dieses Kartons nichts Gutes zu verheißen hatte. Die drei Frauen hatten angenommen, er würde mit einem Zettel zurückkehren, auf dem die Männer ihre Forderungen aufgelistet hatten. Niemand hatte mit einem Karton gerechnet.

Der Mann stellte den Karton vorsichtig auf den Boden und drehte sich mit den Händen in den Hüften zu ihnen um, als wollte er sie davor warnen, sich ihm zu widersetzen. »Hier ist die Nachricht ... es ist eine Bombe.«

Cheyenne schnappte nach Luft und rückte weiter von dem harmlos aussehenden Karton auf dem Boden zurück, genau wie die beiden Kassiererinnen.

»Die Botschaft ist, dass wir diese Bombe und alle hier im Laden in die Luft jagen, wenn uns nicht freies Geleit gewährt wird. Die Splitterbombe wird in einem Umkreis von einem Kilometer jeden durchlöchern und töten.« Er verstummte und fing an zu lachen. Dann starrte er sie wieder an und sagte: »Ihr habt drei Minuten Zeit, um zu entscheiden, wer die Nachricht überbringen soll. Ich bin mir sicher, es wird euch nicht schwerfallen, euch zu entscheiden. Wer die Botschaft überbringt, wird frei sein.« Er lachte wieder, aber Cheyenne konnte keinen Humor in seinem Lachen hören. Er ließ sie allein zurück, um zu entscheiden, wer die tödliche Bombe nach draußen zu den Polizisten bringen sollte, während er sich mit seinen bewaffneten Kameraden unterhielt.

Cheyenne wandte sich an die beiden Frauen, die sich nur stumm ansahen. Wie erwartet fingen die Kassiererinnen an zu weinen. Cheyenne war kurz davor, selbst zu weinen, verkniff sich aber die Tränen. Wenn sie sterben sollte, wollte sie es nicht unter Tränen tun.

Flüsternd wandte Cheyenne sich an die beiden Frauen. »Es ist scheiße, aber er hat recht, wer das Paket rausbringt, wird frei sein.«

»Aber es ist eine Bombe«, krächzte die blonde Frau und konnte ihren entsetzten Blick nicht von dem Karton abwenden.

»Was ist, wenn es nur ein Bluff ist?«, fragte die andere Frau. »Ich meine, was, wenn sie uns nur glauben machen wollen, dass es eine Bombe ist, aber in Wirklichkeit ist nur ein Stück Papier drin?« Cheyenne dachte darüber nach. Das Mädchen könnte recht haben und die Männer wollten sie nur einschüchtern.

»Bist du bereit, das Risiko einzugehen?«, flüsterte die Blondine.

Die andere Kassiererin sackte in sich zusammen. »Auf keinen Fall.«

»Also, ich will es nicht riskieren. Diese Typen sind verrückt. Ich bin mir nicht sicher, ob sie überhaupt wissen, wie man eine Bombe baut, die robust genug ist, durch den Laden getragen werden zu können, ohne auf halbem Weg in die Luft zu fliegen.«

Leider musste Cheyenne ihr zustimmen.

Als hätten sie erst jetzt bemerkt, dass Cheyenne neben ihnen saß, drehten die Kassiererinnen sich zu ihr um. »Was ist mit dir?«

»Äh ...« Cheyenne fiel nichts ein, was sie sagen könnte, aber die Blondine ließ ihr ohnehin keine Gelegenheit dazu.

»Du trägst keinen Ring, also bist du nicht verheiratet. Hast du Kinder?«

Cheyenne schüttelte ehrlich den Kopf und wusste, worauf das hinauslaufen würde.

»Dann musst du es tun. Wir haben Familie, Menschen, die von uns abhängig sind.«

Als Cheyenne sie nur anstarrte, schloss die dunkelhaarige Frau sich dem Plädoyer an. Aber zumindest versuchte sie, nett zu klingen. »Bitte«, bettelte sie.

Einen kurzen Moment später beschloss Cheyenne schließlich mitzuspielen. Sie wusste, dass es wahrscheinlich die beste Entscheidung wäre. Wenn sie nur diesen verdammten Karton durch die Tür nach draußen bringen musste, um aus diesem Albtraum herauszukommen, wäre es das Risiko wert. »Ich werde es tun«, ließ Cheyenne die anderen Frauen wissen. »Ich weiß, dass ihr beide Familie habt. Hoffentlich wird nichts passieren. Daran müssen wir fest glauben.«

Die Frauen nickten und sagten nichts.

Der Mann mit der Waffe kam zurück zu den verängstigten Frauen und fragte streng: »Also? Wer wird meine Botschaft überbringen?«

Cheyenne hob den Kopf und sagte schlicht: »Ich.«

Das böse Grinsen, das sich auf dem Gesicht des Mannes zeigte, als er sich zu ihr umdrehte, mochte sie wirklich nicht.

»Dann steh auf, Schlampe, ich muss mein Geschenk an die Bullen vorbereiten.«

Cheyenne stand langsam auf und bereute bereits mit jeder Faser ihres Körpers, was sie gleich tun würde. Sie wusste, dass das nicht gut für sie ausgehen würde. Sie wusste es einfach.

Dude ging vor dem Lebensmittelgeschäft auf und ab. Er hasste es zu warten. Bisher wussten sie nicht viel darüber, was in dem Gebäude vor sich ging. Die Beamten der Küstenwache, die zu Beginn des Überfalls im Laden gewesen waren, hatten großartige Arbeit geleistet und fast alle Leute herausgeholt, aber sie gaben an, dass sich immer noch Zivilisten im Geschäft aufhielten. Sie waren sich jedoch nicht sicher, wie viele, und die bewaffneten Männer sagten nicht wirklich etwas, außer dass sie eine Bombe zünden und sie alle in die Luft jagen würden, wenn man sie nicht gehen lassen würde. Jetzt kam er ins Spiel. Jeder wusste, dass er der Beste war. Er brauchte nur eine Chance, die Bombe zu entschärfen, aber niemand wusste, ob er diese Chance bekommen würde.

Dude hörte, wie einer der Polizisten rief: »Seht!«

Er drehte sich um und sah durch die Schaufenster, wie zwei Frauen durch die Vorderseite des Ladens zur Tür kamen. Sie hielten sich aneinander fest und gingen schnell. Von den bewaffneten Männern war keiner zu sehen. Hatten sie sich rausgeschlichen? War das überhaupt möglich? Er sah, wie die Frauen den Laden verließen und auf die Streifenwagen zugingen.

»Halt. Stehen bleiben!«, sagte einer der Polizisten durch sein Megaphon. »Umdrehen, die Hände hinter den Kopf und auf die Knie.« Die Frauen taten, was er verlangte. Vier Polizisten kamen vorsichtig aus ihrer Deckung hinter den Fahrzeugen hervor und näherten sich den Frauen mit gezogener Waffe. Sie packten sie an ihren Händen, die sie hinter dem Kopf hatten, ließen sie aufstehen und zogen sie hinter die Streifenwagen zurück.

Dude hörte, wie die Polizisten die Frauen an Ort und Stelle verhörten und versuchten, mehr Informationen darüber zu bekommen, was zum Teufel los war.

»Wie viele bewaffnete Männer gibt es?«

»Fünf.«

»Welche Feuerkraft haben sie?«

Bei den fragenden Blicken der Frauen verdrehte Dude die Augen, während der Polizist erklärte, er wollte wissen, welche Art von Waffen die Männer hatten.

»Oh, sie haben jeder eine Pistole, nur der Anführer hat zwei davon und noch ein Gewehr«, erklärte die Blondine und rang dramatisch die Hände.

»Haben sie Sie gehen lassen? Wie sind Sie rausgekommen?«

Diesmal war es die dunkelhaarige Frau, die antwortete: »Sie wollten, dass eine von uns eine Nachricht überbringt, aber dann sagte der große Mann, dass die Nachricht eine Bombe sei. Die andere Frau hat eingewilligt, es zu tun, und der Typ hat sie mitgenommen. Sie haben uns allein zurückgelassen und da haben wir beschlossen, die Beine in die Hand zu nehmen, um nicht in die Luft gesprengt zu werden. Wir sind zum Eingangsbereich des Ladens gelaufen und als sie uns bemerkt haben, waren wir schon zu nahe an der Tür. Also mussten sie uns gehen lassen. Aber sie sind sauer, soviel ist sicher.«

»Also ist nur noch eine weitere Geisel drinnen?«

Als die Frauen nickten, fragte der Beamte erneut: »Sind Sie sicher?«

»Ja, ganz sicher«, sagte die Blondine verzweifelt und nickte in Richtung ihrer Kollegin. »Nun, wie sie schon gesagt hat, war die Botschaft, die wir überbringen sollten, eine Bombe, und keine von uns wollte es tun, weil wir Familie haben. Die andere Frau hat sich freiwillig gemeldet.«

Dude biss die Zähne zusammen. Freiwillig, so eine Scheiße. Wahrscheinlicher war, dass die beiden jungen Frauen es einfach abgelehnt hatten und der anderen Frau schließlich keine andere Wahl blieb.

Dude begann es, in den Fingern zu jucken. Er wollte nichts weiter, als diese Bombe in die Hände zu bekommen ... wenn es denn eine gab. Zu diesem Zeitpunkt konnten sie sich nicht sicher sein, ob irgendetwas von dem, was die bewaffneten Männer oder diese hysterischen Frauen sagten, der Wahrheit entsprach. Es gab jedoch keinen Zweifel daran, dass jeder in der Umgebung in Gefahr war. Die Geiselnehmer waren nervös, bewaffnet und wurden immer verzweifelter. Sie wollten aus diesem Laden raus und Dude wusste, dass sie alles tun würden, um ihr Ziel zu erreichen. Er fragte sich, was wohl ihr nächster Schritt sein würde.

Sie mussten nicht lange darauf warten, es zu erfahren.

Cheyenne schluckte schwer. Sie war doch nur die langweilige Cheyenne Cotton ... die Frau, der nie etwas Aufregendes passierte. Wie hatte es dazu kommen können, dass eine verdammte Bombe an ihren Körper geklebt war? Sie hatte gedacht, die Kerle wollten, dass sie die Bombe nach draußen *trägt* ... um den Polizisten zu zeigen, dass sie es ernst meinten, aber der Typ hatte offenbar andere Pläne. Er hatte sie gezwungen, die Bombe gegen ihren Bauch zu drücken, und dann angefangen, sie mit Klebeband zu umwickeln, bis sie sich nicht mehr bewegen konnte. Dann hatte er einen Schalter an der Unterseite des Kartons umgelegt und sie noch etwas fester verklebt. Er hatte die Bombe aktiviert und das ganze Paket so fest verklebt, dass Cheyenne nichts mehr darunter erkennen konnte. Aber sie konnte spüren, wie es an ihrem Körper tickte. Sie würde sterben. Zum Teufel noch mal.

Dude sah, wie fünf Männer im Laden auf die Tür zugingen. Er wünschte sich, dass sein Team jetzt da wäre. Er hatte keine Zeit mehr gehabt, Wolf anzurufen, und die Polizei mit ihren gezogenen Waffen machte ihn jetzt wirklich nervös. Dude hatte keine Ahnung, wo sich die angebliche Bombe befand, er wusste nur, dass es ihm in den Fingern juckte.

Alle Polizisten hatten ihre Waffen auf die Männer gerichtet, als sie durch den vorderen Bereich des Ladens gingen und durch die Glasscheiben zu sehen waren. Es gab keine Möglichkeit für sie, da rauszukommen. Die Männer gingen in einer Dreiecks-/Rechteckformation mit einer Frau an der Spitze und schirmten sie ab. Sie schoben sie vor sich her. Als sie an der Tür ankamen, öffneten sie sie einen Spalt.

Einer der Männer schrie: »Ihr werdet uns jetzt hier rauslassen und wir werden sie gehen lassen. Wenn nicht, wird sie zusammen mit euch allen sterben, und zwar durch die Bombe, die sie an ihrem Körper trägt!«

Dude wandte seine Aufmerksamkeit der Frau zu. Er hatte sich nicht wirklich auf sie konzentriert, als die Männer in Sichtweite kamen. Stattdessen hatte er sich auf mögliche Fluchtwege konzentriert und versucht festzustellen, welche Art von Feuerkraft die Männer hatten. Jetzt bemerkte Dude, dass die Frau mit meterweise Klebeband umwickelt war. Es sah aus, als hätten sie die Frau mit mehreren Rollen Panzerband förmlich mumifiziert. Dude konnte ehrlich gesagt nicht feststellen, ob sich unter all dem Klebeband eine Bombe befand oder nicht. Die bewaffneten Männer könnten bluffen. Aber Dude wusste, dass sie die Situation *nur* als Bombendrohung einstufen konnten, und zwar zu ihrer eigenen Sicherheit und der der Frau, die kreidebleich war und an ihrem Oberarm festgehalten wurde, der ebenfalls von Klebeband umwickelt war. Wenn man aus ihrem Gesichtsausdruck etwas schließen konnte, dann dass sich tatsächlich eine Bombe unter dem silbernen Klebeband befand. Sie sah verängstigt aus. Offensichtlich wusste sie, genau wie die Beamten um ihn herum, dass die Chance, dass sie aus dieser beschissenen Lage unverletzt herauskam, äußerst gering war.

Sobald der Mann, der die Drohung von sich gegeben hatte, die Tür wieder schloss, brach Chaos aus. Anscheinend hatten die Scharfschützen den Befehl erhalten, die bewaffneten Männer auszuschalten. Es waren fünf Männer im Laden, aber es gab wesentlich mehr Scharfschützen, die sich in Position gebracht hatten. Schließlich befanden sie sich in der Nähe eines Navy-Stützpunkts, in dem es reichlich SEAL-Scharfschützen gab. Und davon abgesehen hatte die örtliche Spezialeinheit ein eigenes Team dieser tödlichen Beamten.

Die Pattsituation hatte weit über vier Stunden gedauert. Dude wusste, dass alle es nur noch beenden wollten. Glas splitterte in alle Richtungen. Er *wusste*, dass die Scharfschützen gut waren, aber er hoffte wirklich, dass sie nicht die Frau erwischten. Die Situation war chaotisch, und durch Glas zu schießen war immer mit einem gewissen Risiko verbunden. Die Frau war unschuldig in die Sache hineingezogen worden. Dude hatte sie nur ein Mal kurz gesehen, aber er war sofort beeindruckt, wie standhaft sie war.

Natürlich hatte sie Angst, aber sie hatte weder geschrien noch versucht, sich aus den Armen der bewaffneten Männer loszureißen. Und noch erstaunlicher war, sie hatte nicht geweint. Im Augenblick hoffte Dude nichts mehr, als dass die Kugeln der Scharfschützen sie nicht getroffen hatten und sie für ihr tapferes Verhalten angesichts der extremen Gefahr belohnt wurde.

Cheyenne zuckte zusammen, als das Glas der Fensterscheiben zerbrach. Sofort duckte sie sich so tief sie konnte, was nicht sehr tief war, da sie mit Panzertape umwickelt war. Sie war sich der tickenden Bombe vor ihrem Körper mehr als bewusst, als sie versuchte, in die Knie zu gehen. Weitere Fenster zersplitterten um sie herum und Cheyenne spürte, wie ihr Flüssigkeit auf den Rücken und ins Gesicht spritzte. Einer der bewaffneten Männer sackte zusammen und fiel gegen sie. Sie verlor das Gleichgewicht und wurde gegen die Eingangstür des Ladens gedrückt. Cheyenne konnte ihre Hand nicht ausstrecken, um sich abzustützen. Sie wurde durch das Gewicht von mindestens einem der Männer, die sie in den letzten Stunden terrorisiert hatten, gegen die zersplitterte Scheibe gedrückt.

Cheyenne sah sich um und realisierte das zerbrochene Glas, das Blut auf dem Boden und die regungslosen Körper der fünf Männer. Verdammt, es war ein Wunder, dass sie noch am Leben war. Alle fünf Männer, die sie als Geisel gehalten hatten, lagen tot auf dem Boden. Sie war schon immer von den Fähigkeiten von Scharfschützen beeindruckt gewesen, aber es aus nächster Nähe mitzuerleben beeindruckte sie umso mehr.

Sie holte tief Luft und wusste, dass sie anfing, den Verstand zu verlieren, als sie dankbar darüber war, immer noch das Ticken der Bombe an ihrem Körper zu spüren. Gott sei Dank hatte der Sturz nicht den Zünder ausgelöst. Die Bombe war immer noch aktiv und tickte. Sie hatte keine Ahnung, wie viel Zeit sie noch hatte, bevor alles in die Luft flog, aber Cheyenne ging fest davon aus, dass sie sterben würde. Es gab keine Möglichkeit, die verdammte Bombe von ihrem Körper zu bekommen, ohne dass sie explodierte. Sie wollte aber unter keinen Umständen, dass unschuldige Menschen mit ihr in den Tot gerissen wurden.

Cheyenne schaffte es, sich mit ihrer Schulter an der wackeligen Scheibe abzustützen und sich aufzurichten. Sie rutschte von dem Körper des Mannes weg, der gegen ihren Rücken lehnte, der Mann, den sie für den Anführer der Bande hielt. Seine Augen waren geöffnet und starrten ausdruckslos gegen die Decke. Er sah tot fast genauso beängstigend aus wie lebendig ... nur ohne das verrückte Lächeln, das er aufgesetzt hatte, als er sie mit dem Klebeband umwickelt hatte. Sie trat einen Schritt nach links und ging um die Leichen der anderen Männer herum, die im Eingangsbereich des Ladens lagen. Sie machte ein paar große Schritte über die Glasscherben und die Blutlachen und ging zurück in den Laden. Cheyenne behielt den Parkplatz im Auge. Sie wollte sich so weit wie möglich von den Polizisten und Rettungskräften entfernen, um sie nicht zu gefährden, sollte die Bombe explodieren.

Sobald der Staub sich gelegt hatte, lief Dude zusammen mit ungefähr zehn anderen Polizisten, die an der Vorderseite des Lebensmittelladens das Geschehen beobachtet hatten, auf den Laden zu. Er hatte keine Waffe bei sich, war aber nicht besorgt darüber. Er war für die Bombe hier, die anderen Beamten würden sich darum kümmern, die Umgebung zu sichern. Zeit war jetzt von entscheidender Bedeutung. Das war es immer, wenn eine Bombe im Spiel war.

Dude hörte, wie die Beamten jemandem zuriefen: »Halt, nicht bewegen.« Er sah die Leichen der bewaffneten Männer auf dem Boden vor der Tür, konnte aber nicht die Frau ausfindig machen, die wie eine Mumie eingewickelt war. Als Dude weiter in den Laden ging und einen der langen Gänge entlangblickte, sah er sie. Sie war immer noch gefesselt und versuchte, vor den Polizisten zurückzuweichen, die auf sie zukamen.

Sie alle schrien sie an, sie solle stehen bleiben und sich ergeben. Sie schüttelte den Kopf und sagte: »Nein, nein, nicht näherkommen. Sie verstehen es nicht!«

Die Frau war so blass wie die Fliesen unter ihren Füßen. Ihr dunkles Haar, das zuvor zu einer Art Pferdeschwanz oder Zopf zusammengebunden gewesen war, hatte sich größtenteils gelöst und hing ihr ins Gesicht. Sie hatte Blutspritzer auf dem Gesicht und stolperte etwas, während sie sich zurückzog. Dude konnte nicht länger ruhig bleiben.

»Alle sofort stehen bleiben!«, rief er im Befehlston. Die Polizisten erstarrten umgehend, die Waffen immer noch gezogen, aber jetzt auf den Boden gerichtet anstatt auf die gefesselte Frau, die sich nach wie vor von ihnen entfernte und seinen Befehl ignorierte.

»Lassen Sie mich durch«, verlangte Dude, während er sich mit den Ellbogen seinen Weg nach vorne bahnte. Er drehte der Frau den Rücken zu und sprach zu den nervösen Männern, die jetzt vor ihm standen: »Wenn das tatsächlich eine Bombe ist, die unter all dem Klebeband an ihren Körper geklebt ist, muss ich Zugriff darauf erhalten, und das geht nicht, wenn sie weiter vor uns davonläuft. Geben Sie mir einen Moment mit ihr.«

Der verantwortliche Polizist nickte. Er wusste genau, wer Dude war und warum er hier war. »Sie haben zwei Minuten. Vielleicht ist sie selbst in die Sache verwickelt. Wir werden sie mit gezogener Waffe im Auge behalten. Wir geben Ihnen Deckung.«

Dude nickte, konnte aber die Auffassung des Polizisten nicht teilen, dass die verängstigte Frau mit den bewaffneten Männern möglicherweise unter einer Decke steckte. Er wusste aber, dass er schnell handeln musste, um der Sache auf den Grund zu gehen. Die Polizisten waren daran gewöhnt, mit dem Militär zusammenzuarbeiten, aber sie waren nervös und ihr Adrenalinspiegel war viel zu hoch. Dude hatte in seiner Ausbildung gelernt, sein Adrenalin zu kontrollieren. »Lassen Sie mich einfach mit ihr reden«, sagte Dude knapp und wandte sich wieder der Frau zu.

Sie hatte sich in dem Gang mit den Snacks kontinuierlich weiter von ihnen entfernt und war nicht stehen geblieben, während er angehalten hatte, um mit den Beamten zu sprechen. Dude ging langsam auf sie zu und ließ die Beamten hinter sich, ohne einen weiteren Gedanken an sie zu verschwenden. Er wusste, dass sie sich aufgeteilt hatten und vermutlich durch die anliegenden Gänge zum anderen Ende des Ganges unterwegs waren, um ihr den Weg abzuschneiden. Er und sein Team würden in dieser Situation dasselbe tun. Dude musste herausfinden, was los war, bevor diese Bombe hochging und sie alle tötete.

»Warum bleibst du nicht einen Moment stehen und redest mit mir? Es ist okay, es ist vorbei, die Männer sind tot, es wird dir nichts mehr passieren.« Dude sprach in leisem und beruhigendem Ton, versuchte aber, einen Hauch Autorität beizumischen, in der Hoffnung, dass sie auf die subtile Aufforderung reagieren würde.

Cheyenne schüttelte nur den Kopf. Hatten sie den Ernst der Lage nicht verstanden? Sie war eine tickende Zeitbombe um Himmels willen! Was machte dieser Typ? Warum kam dieser Mann auf sie zu? Sie hörte nicht auf ihn, sie wollte nur so weit weg von ihm wie möglich und sich irgendwo im Lager verstecken. Sie hoffte, einen Platz zu finden, an dem sie sich selbst so weit abschirmen konnte, dass niemand durch die Explosion der Bombe verletzt würde ... nun, niemand außer ihr. Aber, oh mein Gott, nach dem zu urteilen, was sie durch die Tränen in ihren Augen sehen konnte, sah der Mann vor ihr umwerfend aus. Sie wollte auf keinen Fall für seinen Tod verantwortlich sein. Zur Hölle, er hatte wahrscheinlich Frau und Kinder ... sie durfte nicht zulassen, dass er ums Leben kam.

Sie wich weiter zurück. Cheyenne konnte durch ihre

tränenverquollenen Augen kaum noch etwas sehen. Sie musste aufhören zu heulen und anfangen, sich darum zu kümmern, dass diese Leute in Sicherheit waren. In ihrer Panik hörte Cheyenne etwas hinter sich. Sie drehte sich um und sah entsetzt zwei Polizisten am Ende des Ganges. Sie hatten ihr den Weg abgeschnitten. Scheiße, nachdem sie alles versucht hatte, würden sie alle sterben. Sie drehte sich zur Seite, sodass sie mit dem Rücken zum Regal stand, und schloss fest die Augen. Ein paar Sachen fielen hinter ihr aus dem Regal, aber sie machte sich nicht die Mühe, die Augen zu öffnen, um nachzusehen, was es war. Unordnung in dem Laden zu verursachen war jetzt ihre geringste Sorge.

»Hey, Liebes«, sagte Dude erneut und sah, dass sie stehen blieb, nachdem sie die Beamten am Ende des Ganges wahrgenommen hatte. »Kannst du mich hören? Bitte schau mich an und rede mit mir. Sag mir, was los ist.«

Cheyenne öffnete die Augen und sah den Mann genauer an, der ihr durch den Gang gefolgt war. Er hatte keine Waffe, stand aber ungefähr drei Meter von ihr entfernt. Seine Hände hatte er mit geöffneten Handflächen seitlich an seinen Körper gelegt, um ihr zu zeigen, dass er keine Bedrohung war. Aber Cheyenne wusste, dass er nahe war, zu nahe. Wenn sie ihn nur dazu bringen könnte, sich zurückzuziehen, würde er vielleicht irgendwie überleben, sobald die Bombe hochging.

»Bitte«, krächzte sie, räusperte sich und versuchte es erneut. »Bitte, ihr müsst hier raus ... geht einfach ...«

Dude sah, wie sie versuchte, sich zusammenzureißen, was zunehmend Eindruck auf ihn machte. »Du weißt, dass wir das nicht tun können. Diese Polizisten müssen sich davon überzeugen, dass es dir gut geht und dass du nicht in der Sache mit drinsteckst.« Dude sah, wie ihre Pupillen sich vor Überraschung weiteten. Er hatte absichtlich versucht, sie zu schocken, damit sie endlich stehen blieb und ihm zuhörte. »Ja, ich weiß, das ist Unsinn, aber sie machen nur ihren Job, egal was du und ich ihnen erzählen. Warum hilfst du mir nicht, damit wir alle hier rauskommen und etwas essen gehen können?« Dude versuchte, sie etwas abzulenken und zum Lächeln zu bringen.

Offensichtlich war sein Versuch gescheitert, die Situation aufzulockern, als sie entgegnete: »Nein, ihr müsst alle hier raus. Ich stecke nirgendwo mit drin.« Cheyenne deutete mit dem Kinn auf ihre Brust. »Diese Bombe wird gleich explodieren und alle töten.« Sie senkte die Stimme und änderte die Taktik. Bettelnd sagte sie jetzt: »Bitte, geht einfach, ich möchte nicht, dass jemand stirbt.«

Plötzlich wurde Dude klar, was die Frau wollte, und sein Magen verkrampfte sich vor Respekt. Sie versuchte nicht zu fliehen, sie versuchte, sie zu *beschützen*. Er war sich bis jetzt nicht sicher gewesen, ob es überhaupt eine Bombe *gab*, aber jetzt, wo er näher dran war, konnte Dude das Paket unter dem

Klebeband vor ihrem Körper deutlich sehen. Es könnte sich dabei um alles Mögliche handeln, aber ihrem Verhalten nach zu urteilen war die Wahrscheinlichkeit hoch, dass es sich um genau das handelte, was die Geiselnehmer behauptet hatten. *Wenn* diese Bombe hochging, *würden* viele von ihnen sterben oder zumindest schwer verletzt werden.

Dude wandte sich abrupt von der Frau ab, die offensichtlich zu Tode verängstigt war, und drehte sich zu dem verantwortlichen Polizisten um, der ihm in geringer Entfernung durch den Gang gefolgt war.

»Bringen Sie sofort Ihre Männer hier raus!«, brüllte Dude. »Diese Bombe vor ihrem Körper kann jeden Moment hochgehen und wir müssen den Bereich räumen. Ich kümmere mich um den Rest.«

Der Beamte warf einen Blick auf Dudes ernstes Gesicht und befahl seinen Männern, sich zurückzuziehen.

Dude wandte sich wieder der Frau zu, als die Beamten sich aus dem Gang zurückzogen und zur Vorderseite des Ladens gingen. »Okay, sie sind weg, jetzt lass mich dir helfen.«

Die Frau nahm ihren unerbittlichen Rückzug wieder auf, nachdem die Beamten ihr den Weg freigemacht hatten.

»Nein, du musst auch gehen, tu mir das nicht an.« Cheyenne sah den Mann entsetzt an, als sie plötzlich erkannte, dass es »Cooper« war, der Soldat, den sie in genau diesem Laden gesehen hatte. Oh mein Gott.

Jetzt war es ihr noch wichtiger, dass er sie einfach gehen ließ. *Er* durfte nicht sterben. Nicht er.

Dude ignorierte ihre Worte und ging langsam, aber stetig weiter auf sie zu und sagte erneut mit dieser leisen, befehlenden Stimme, von der er wusste, dass Frauen ihr nur schwer widerstehen konnten: »Pass auf, du verschwendest meine Zeit. Ich bin ein Spezialist für Bombenentschärfung. Wenn irgendjemand verhindern kann, dass diese Bombe hochgeht und dich, mich und noch weitere Menschen in der Nähe tötet, dann bin ich das. Um Gottes willen, hör auf, wegzulaufen, und lass mich meinen Job machen.«

Cheyenne blieb bei seinen Worten und dem Ton in seiner Stimme überrascht stehen und ließ den Mann näherkommen. Als er auf sie zukam, flüsterte sie: »Ich will nicht, dass du stirbst.«

»Ich werde nicht sterben, wenn du mir erlaubst, einen Blick auf diese Bombe zu werfen. Wenn du es nicht tust, werden wir beide *definitiv* draufgehen, weil ich dich *nicht* verlassen werde.« Dude war selbst überrascht über die Worte, die aus seinem Mund kamen. Es war nicht so, dass er rücksichtslos war oder sich von einer Frau beeinflussen ließ, aber etwas an der Tapferkeit und Selbstaufopferung *dieser* Frau berührte ihn zutiefst. Sie war hundertprozentig ehrlich zu ihm gewesen, das wusste er. Sie würde sich wirklich lieber im Lager einsperren und sich selbst in die Luft sprengen lassen, als sich von irgendjemandem helfen zu lassen, um zu verhindern, dass jemand anderes verletzt wird. Das konnte Dude auf keinen Fall zulassen.

Dude streckte die Hand aus und nahm ihren Arm, oder was er für ihren Arm hielt ... es war schwer zu sagen, was sich unter dem kilometerlangen Klebeband befand. Vorsichtig führte er sie in den hinteren Teil des Ladens. »Du hast allerdings recht damit, dass wir von den Fenstern wegmüssen, also komm schon.«

Cheyenne ließ sich von der Vorderseite des Ladens und den Polizisten und Schaulustigen, die sich versammelt hatten, wegführen.

Dude brachte die Frau in einen kleinen Raum hinter der Fleischtheke. Er half ihr, sich an einen der Metzgertische zu lehnen, auf dem das Fleisch verpackt wurde, und starrte auf das Klebeband um ihren Körper. Er versuchte, sich in seinem Kopf einen Plan zu machen, bevor er ihn in die Tat umsetzte.

»Sprich mit mir«, sagte Dude zu der zitternden Frau, die jetzt vor ihm stand. »Erzähl mir, was sie zu dir gesagt haben, als sie dir die Bombe angelegt haben, und wie sie befestigt ist.«

Cheyenne mochte es nicht, dass dieser Mann hier bei ihr und in solch einer schrecklichen Gefahr war, aber sie wusste nicht, was sie sonst tun sollte. Sie hatte wirklich keine andere Wahl. Er schien zu wissen, was er tat. Sie konnte das Klebeband schlecht selbst entfernen und mit Sicherheit nicht die Bombe entschärfen. Sie holte tief Luft und tat, was er verlangte. Vielleicht, nur vielleicht, könnte sie sich an etwas erinnern, das ihm helfen würde, die verdammte Bombe loszuwerden.

»Er hat nicht viel gesagt. Er hat verlangt, dass ich die Bombe festhalte, was ich immer noch tue, und dann angefangen, mich mit dem Klebeband zu umwickeln. Nachdem ich bereits größtenteils eingewickelt war, hat er auf der Unterseite einen Schalter umgelegt und mich anschließend weiter umwickelt. Ich kann spüren, wie es an meinem Körper tickt.«

Seit sie den Gang verlassen hatten, hatte der Mann ihr nicht mehr in die Augen gesehen. Er war auf das Paket und ihren mumifizierten Körper fokussiert, als hätte er einen Röntgenblick und könnte durch das Klebeband hindurchsehen.

»Ich befürchte, es könnte etwas wehtun, wenn ich versuche, das Klebeband zu entfernen«, begann Dude und sah überrascht auf, als die Frau zu lachen anfing.

»Ich glaube, das Klebeband wird weniger wehtun als eine verdammte Explosion ... also mach schon.«

Dude sah sie zum ersten Mal genauer an. Sie war mit Blutspritzern überzogen, eine Träne hatte sich aus ihrem rechten Auge gelöst und es sah aus, als würde sie ein blaues Auge bekommen. Und trotzdem stand sie hier vor ihm mit einer Bombe an ihrem Körper und machte Scherze. Beeindruckend.

»Ich heiße übrigens Dude.«

Cheyenne seufzte. War das wichtig? Ja, sie glaubte schon, dass es wichtig war. »Dude?«

Er wusste, dass sie fragen würde, und hatte ihr

absichtlich seinen Spitznamen genannt. »Ja, es ist ein Spitzname. Meine Freunde an der Militärakademie haben ihn mir verpasst, als sie herausgefunden haben, dass ich während der Highschool die meiste Zeit mit Surfen verbracht habe, anstatt zu lernen. Der Name ist hängengeblieben.«

»Wie lautet dein richtiger Name?«

»Faulkner. Faulkner Cooper. Und wie heißt du, Schätzchen?«

»Cheyenne Cotton«, sagte sie leise.

»Nun, Cheyenne, dann lass uns anfangen.« Dude zog einen Stuhl heran, setzte sich und machte sich an die Arbeit.

Nachdem Dude zehn Minuten lang versucht hatte, das Klebeband zu entfernen, ohne sie zu verletzen oder die Bombe vorzeitig auszulösen, sagte Cheyenne eindringlich: »Versprich mir etwas.«

Dude blickte nicht auf, sondern antwortete sofort und ehrlich: »Alles.«

»Wenn du das Ding nicht abbekommst, bringst du dich verdammt noch mal in Sicherheit.«

Daraufhin sah Dude sie allerdings an. »Entschuldige, Shy, aber das kann ich dir nicht versprechen, alles andere, aber nicht das. Du kannst mich bitten, dich zum Abendessen einzuladen, zu dir nach Hause zu kommen und die Herbstblätter zusammen zu harken, verdammt, du könntest mich bitten, dich zu küssen, und ich wäre ohne Einwände einverstanden. Aber dich zurücklassen? Niemals.«

Cheyenne stutzte etwas über den Spitznamen, den er verwendet hatte. Niemand hatte jemals zuvor ihren Namen abgekürzt. Es fühlte sich intim an. Sie mochte es, aber jetzt war weder die richtige Zeit noch der richtige Ort, um darauf einzugehen. Sie ignorierte den Rest seiner Worte in der Annahme, dass er in der Hitze des Augenblicks nur auf etwas Wichtiges hinweisen wollte. »Du kennst mich nicht mal«, fuhr Cheyenne verzweifelt fort. »Du schuldest mir nichts, ich bin ein Niemand. Schau dich dagegen an, du bist wunderschön und ein wahrer Held. Ich weiß, dass du es bist. Du solltest dein Leben nicht für mich riskieren. Ich bin es einfach nicht wert.«

Cheyenne holte tief Luft und redete weiter, ohne Faulkner die Möglichkeit zu geben, etwas zu erwidern. »Ich habe weder Familie noch bin ich verheiratet, niemand wird mich vermissen. Ich weiß aber mit Sicherheit, dass du sowohl Familie als auch Freunde hast, die dich mögen und verdammt traurig wären, solltest du getötet werden. Schau dich an, offensichtlich hast du bereits eine Bombenexplosion überlebt, da kann ich es nicht zulassen, dass du von dieser getötet wirst.« Cheyenne verstummte.

Dude hatte nach ihrer leidenschaftlichen Rede nicht aufgehört, an dem Klebeband und der Bombe zu arbeiten, er hielt nur den Kopf gesenkt und fuhr mit seiner Arbeit fort. Cheyenne rutschte nervös umher. Wenn er sauer war, dass sie seine Hand erwähnt hatte,

Pech gehabt, vielleicht würde es ihn dazu bringen zu gehen.

»Warum denkst du, dass ich bereits eine Bombenexplosion überlebt habe?«, fragte Dude und ging nicht auf ihre anderen Argumente ein. Sie waren es nicht wert, einen Gedanken an sie zu verschwenden. Aber er war ehrlich neugierig auf ihren Gedankengang und wie sie darauf gekommen war, dass er in der Vergangenheit eine Explosion überlebt hatte. Dude dachte außerdem, dass es sie ablenken würde und er in Ruhe weiterarbeiten könnte. Sie war ziemlich hartnäckig. Etwas, das er normalerweise bewunderte, aber im Moment wollte er, dass sie sich auf etwas anderes konzentrierte.

»Na ja, ähm, deine Hand ... ich dachte, da du jetzt hier bist und versuchst, diese verdammte Bombe zu entschärfen, und du gesagt hast, du wärst ein Bombenspezialist ... oder so ... und also ... ich dachte nur ...« Cheyenne verstummte und war sich nicht sicher, was sie überhaupt sagen wollte.

»Nun, da hast du recht. Das ist tatsächlich mein Job. Ich bin unter anderem auch ein Sprengstoffexperte bei der Navy. Ich kann nicht behaupten, dass ich ein Held bin, aber mein ganzes Team zählt darauf, dass ich gut in meinem Job bin. Und, Schätzchen, ich *bin* gut in meinem Job. Verdammt gut. Auch wenn mich diese eine Bombe drei Finger gekostet hat, weiß ich, was ich tue. Es gehört schon etwas mehr als diese Amateurladung dazu, mich herauszufordern.«

Cheyenne schwieg einen Moment, aber nicht für lange. Das war zu wichtig. »Bitte, Faulkner ...«

Dude unterbrach sie und ließ sie ihre Gedanken nicht aussprechen. »Sei ruhig jetzt, du störst meine Konzentration«, sagte er sanft, aber etwas unehrlich. Er war hundertprozentig auf die Bombe vor ihm konzentriert. Dude schwitzte. Er hatte sich gerade durch das ganze Klebeband zu der eigentlichen Bombe vorgearbeitet. Er konnte jetzt Cheyennes Hände sehen und den Schalter an der Unterseite, von dem sie ihm erzählt hatte. Dude hatte Glück, es sah nach einem ziemlich primitiven Schalter aus, aber er war sich noch nicht sicher. Er würde weder Cheyennes noch sein eigenes Leben aufs Spiel setzen. Er musste ein bisschen mehr über die Bombe selbst in Erfahrung bringen, um sicher sein zu können.

Dude war beeindruckt von Cheyenne. Er wusste, dass sie Todesangst hatte, aber sie beherrschte sich. Er kannte nicht viele Leute, einschließlich Soldaten, die das getan hätten, was sie getan hatte ... zu versuchen, alle anderen vor Schaden zu bewahren. Er sagte es ihr, während er weiterarbeitete.

Cheyenne schüttelte den Kopf. »Das ist nicht wahr«, entgegnete sie.

»Dann sag mir, wie die anderen beiden Frauen an fünf bewaffneten Männern vorbeigekommen sind, während du an diese Bombe gefesselt wurdest.« Dude bat sie darum, obwohl er sicher war, die Antwort bereits zu kennen. Er wollte aber herausfinden, ob Cheyenne ihm die Wahrheit sagen würde.

Cheyenne schwieg.

»Das habe ich mir gedacht«, sagte Dude nach einem Moment. »Du hast dich freiwillig gemeldet, oder? Dann hast du eine Art Ablenkungsmanöver gestartet ...« Er nahm sich die Zeit, langsam nach oben und in ihre dunklen Augen zu sehen, bevor er sich wieder der Bombe zuwandte, die an ihrem Bauch klebte. Dann beendete er seinen Satz: »... dadurch konnten sie entkommen.«

Cheyenne seufzte. Faulkner war wirklich schlau. Sie hatte sich nicht einfach wie ein Lamm zur Schlachtbank führen lassen können, als sie ihr die Bombe anlegten. Sie hatte gerade genug dagegen angekämpft, um dafür zu sorgen, dass sie die volle Aufmerksamkeit der Männer auf sich gezogen hatte. Bevor der größte der Typen sie geschlagen hatte, hatte sie Blickkontakt mit den anderen Frauen herstellen können, um ihnen nonverbal zu verstehen zu geben, dass sie abhauen sollten. Sie hatten sie verstanden und hatten sich rausschleichen können, während die Männer mit ihr beschäftigt waren. Als Belohnung hatte Cheyenne sich ein blaues Auge eingefangen.

»Wie ich dir gesagt habe, im Gegensatz zu ihnen habe ich niemanden. Es war besser so.« Cheyenne schaute auf Faulkners Kopf, während er weiter versuchte, an die Bombe zu gelangen. Sie sah, wie Schweiß über sein Gesicht lief. Er wischte ihn mit der

Schulter ab und arbeitete weiter. Cheyenne wünschte, ihre Hände wären frei, damit sie ihm den Schweiß aus den Augen wischen könnte, aber das war verrückt. Nein, es war gruselig, sie hatte den Mann doch gerade erst kennengelernt um Himmels willen!

Cheyenne konnte nicht glauben, dass er wirklich »Cooper« war ... der Mann, von dem sie wochenlang geträumt hatte und den sie in genau diesem Laden verfolgt hatte. Er war einfach so wunderschön ... sie hatte sicherlich nicht geträumt, dass er sie auf *diese* Weise berühren würde. Die Berührung seiner Hand an ihrem Gesicht war nur kurz gewesen, aber ihr war trotzdem ein Schauer über den Rücken gelaufen.

Cheyenne schaute auf Faulkners verstümmelte Hand, um sich abzulenken. Sie meinte, was sie zu ihm gesagt hatte. Sie wusste, dass er ein Held war, und obwohl seine Hand nicht schön anzusehen war, wusste Cheyenne auch, dass man vom Aussehen nicht auf die inneren Werte einer Person schließen konnte. Wenn es nach ihr ging, war diese Hand pure Magie. Wenn er damit dafür sorgte, dass sie diese Bombe loswürde, wäre es ihr egal, wie sie aussah. Die Hälfte der drei mittleren Finger an seiner linken Hand fehlte, aber es schien ihn überhaupt nicht zu beeinträchtigen. Geschickt setzte er das ein, was von seinen Fingern noch übrig war, um um die Bombe herumzumanövrieren. Sie fragte sich, wie es wohl wäre, seine Hände an ihrem Körper zu spüren ...

Dude arbeitete für eine Weile schweigend, bevor

Cheyenne aus heiterem Himmel sagte: »Ich kenne dich, weißt du.«

Dude war überrascht und sah Cheyenne kurz in die Augen, bevor er seine Aufmerksamkeit wieder auf die Bombe konzentrierte.

»Ach wirklich?«, fragte er. »Haben wir uns schon einmal getroffen?« Dude wusste nicht, ob er sich an sie erinnern würde oder nicht. Sie war im Moment nicht gerade in Topform, aber ihm gefiel trotzdem, was er sah.

Cheyenne nickte und sagte zu ihm: »Ich denke, wir haben uns nicht wirklich *getroffen*, aber ich habe dich schon einmal *gesehen*.«

Dude nickte und biss die Zähne zusammen. Er kam jetzt zu einem schwierigen Teil. »Nun, es ist eine kleine Stadt«, sagte er geistesabwesend.

»Wie es der Zufall will, war es hier in diesem Laden. Wir waren beide einkaufen und sind in einem der Gänge aneinander vorbeigegangen. Du hast mir geholfen, eine Dose aus dem obersten Regal zu holen. Ich habe dir gesagt, dass ich mich auf das untere Regalbrett stellen könnte, um selbst ranzukommen, aber du hast darauf bestanden, dass es aus Sicherheitsgründen deine Pflicht sei, mir zu helfen und mich vor jeder Gefahr zu beschützen ...« Cheyenne verstummte und sie schlug sich geistig vor die Stirn. Sie hasste es, dass sie manchmal dazu tendierte, geschwätzig zu werden. »Ich weiß, dass du dich nicht mehr erinnerst, das ist okay. Ich bin sicher, es liegt einfach in deiner

Natur, Menschen zu helfen.« Beide schwiegen, während Dude arbeitete und nur nickte, um ihre Worte zu bestätigen.

Dude holte tief Luft. Jetzt oder nie. Er glaubte, den Draht entdeckt zu haben, der mit dem Sprengstoff verbunden war, der vor ihrer Brust befestigt war. Er konnte erkennen, dass in der Bombe auch mindestens ein Kilogramm Nägel steckte. Wenn sie hochging, würden die Splitter wie Geschosse durch die Luft fliegen. Sie würden mit Sicherheit sterben, genau wie der Geiselnehmer gesagt hatte. Dude wollte nicht weiter darüber nachdenken, wie Cheyennes oder sein eigener Körper aussehen würde, wenn sie von diesen Nägeln durchlöchert würden.

Dude sah zu Cheyenne auf. »Ich habe genug von dieser verdammten Bombe freigelegt, um sie entschärfen zu können. Bist du bereit?«

Cheyenne sah ihm in die Augen. Er wirkte nicht nervös, sondern eher ruhig und sachlich. Sie versuchte, ihren Herzschlag zu beruhigen. Wenn er so zuversichtlich war, wollte sie es auch sein. »Ich bin bereit«, bestätigte sie mit so tapferer Stimme wie möglich. Bevor er loslegte, fragte sie noch schnell: »Stört es dich, wenn ich die Augen schließe?«

Dude lachte leise und war zum ersten Mal amüsiert, seit er hier angekommen und diese Frau gesehen hatte. »Ich würde meine auch schließen, wenn ich könnte«, sagte er leise mit einem Lächeln.

Cheyenne kniff die Augen zusammen. Sie war

immer noch in dem Klebeband eingewickelt und konnte sich noch nicht viel bewegen, aber sie fühlte sich allein durch seine Anwesenheit leichter.

Dude schnitt den letzten Draht durch und wartete.

Cheyenne richtete den Blick auf Dude und sah ihn erwartungsvoll an. »Was?«, fragte er sie eindringlich. Er *glaubte* nicht, dass es einen zweiten Auslöser gab, aber es könnte möglich sein.

»Ich glaube, es hat aufgehört zu ticken«, sagte Cheyenne zu ihm. »War es das?«

Dude lächelte, stand auf und schob den Stuhl zurück. Er wischte sich mit dem Bizeps den Schweiß von der Stirn. »Das war's. Lass uns von hier verschwinden«, sagte Dude zu Cheyenne und griff nach ihrem Arm, um sie aus dem Laden zu führen.

Cheyenne schüttelte den Kopf und flehte ihn an. »Bitte ... bitte befreie mich von dem Rest des Klebebands, bevor wir rausgehen.«

Dude musterte Cheyenne kritisch. Sie hatte sich außerordentlich gut gehalten. Er hatte sich schon in einigen Situationen befunden, in denen er Zivilisten hatte ruhigstellen müssen, weil sie zu hysterisch waren und er sich nicht auf die Arbeit konzentrieren konnte. Diese Frau hatte nicht nur regungslos dagestanden, sondern gleichzeitig die Ruhe bewahrt. Dude wollte sie wirklich nicht verletzen und er wusste, dass das Entfernen des Klebebands mit Sicherheit wehtun würde.

»Cheyenne«, begann Dude, um sie davon abzubringen, aber sie unterbrach ihn und kämpfte verzweifelt gegen die Fesseln um ihren Körper an. Nachdem sie endlich die Bombe los war, konnte sie das Gefühl, gefesselt zu sein, nicht mehr ertragen.

»Bitte, Faulkner, ich kann mich nicht bewegen ... ich kann nicht atmen ... ich muss hier raus ... ich ...« Sie hielt inne, keuchte und sah auf den Boden. Cheyenne holte tief Luft und blieb stehen, offensichtlich versuchte sie, sich unter Kontrolle zu bringen. »Egal, es geht mir gut. Lass uns gehen.«

Dude konnte das Gefühl nicht leugnen, dass sich der Klang seines richtigen Namens aus dem Mund dieser Frau verdammt gut anhörte. Oh, Ice und die anderen Frauen benutzten auch die ganze Zeit seinen Namen, aber irgendwie klang es bei Cheyenne anders. Mit einer Hand auf ihrem mit Klebeband bedeckten Arm hielt Dude sie davon ab, sich von ihm zu entfernen. Sie hatte während der ganzen Tortur nichts von ihm verlangt. Er dachte, er könnte dieser einen Bitte nachgeben. »Beruhige dich, Shy. Lass mich sehen, was ich tun kann. Lehn dich zurück gegen den Tisch.«

Cheyenne lehnte sich wieder gegen den Tisch, während Dude nach einer großen Schere griff, die hinter ihnen auf dem Tisch lag. Er bedauerte es, sein Armeemesser nicht dabei zu haben. Da er nur mit den Jungs bei *Aces* gewesen war, hatte er sich nicht die Mühe gemacht, es mitzunehmen. Er machte sich mental eine Notiz, es in Zukunft überall mit dabeizuhaben.

Er begann am unteren Rand an ihrer Seite und schob die Schere langsam nach oben. Das Band bewegte sich nicht vom Fleck, als er es durchschnitt, da es an ihren Armen und an ihrer Kleidung und an den Überresten der Bombe klebte. Dann ging Dude zur anderen Seite über und machte das Gleiche. Sie war noch nicht frei, aber es war ein Anfang. Er schnitt weiter, bis er das meiste des Klebebandes durchgeschnitten hatte.

Schließlich sah Dude Cheyenne an und sagte: »Ich möchte dir nicht wehtun, aber dieses Band von deinen Armen abzureißen wird schmerzhaft sein.«

»Es ist mir egal«, drängte Cheyenne. »Mach es einfach.«

Sie zuckte zusammen, als er das Klebeband an ihrem linken Arm abriss. Cheyenne wusste, dass mit dem Band wahrscheinlich die meisten ihrer Armhaare mit ausgerissen wurden, aber sie hatte Angst nachzusehen. Sie kniff die Augen zusammen, als sie hörte, wie Dude tief Luft holte.

»Wie schlimm ist es?«, fragte Cheyenne ihn leise.

Dude versuchte, sich selbst zu beruhigen. Er wusste nicht, was für eine Art Klebeband es war, aber es war sehr stark. Teile ihres Arms sahen so aus, als hätte das Klebeband die Haut komplett mit abgerissen. Ihr Arm war rot und fleckig und sah aus, als würde es äußerst schmerzhaft sein. Cheyenne ließ sich nichts anmerken. Sie stand stoisch da und wartete auf seine Antwort.

»Nun«, begann Dude, »es ist nicht so schlimm. Ich habe versucht, vorsichtig zu sein, aber es wird trotzdem bestimmt eine Weile wehtun. Bitte lass mich das nicht noch einmal machen«, sagte er und bezog sich auf ihren anderen Arm.

Cheyenne seufzte. Wie konnte sie ihm widersprechen nach allem, was er schon für sie getan hatte? Das, was von der Haut auf ihrem Arm übrig war, tat verdammt weh, aber pragmatisch dachte sie, dass es viel mehr wehgetan hätte, wenn sie in winzige Stücke gesprengt worden wäre. »Okay, danke, dass du es wenigstens gelockert hast.«

Sie sahen sich einen Moment in Gedanken versunken an. Sie hatten gerade eine ziemlich intensive Erfahrung zusammen durchgemacht.

Cheyenne schaute Faulkner an und mochte, was sie sah. Sie vermutete, dass er älter war als sie, aber nicht viel. Er hatte dunkles Haar und dunkle Augen, mit denen er sie ansah, als wäre sie der einzige andere Mensch auf dem Planeten. Cheyenne hatte schon immer Männer in Uniform gemocht, und diesem Mann stand seine Uniform außerordentlich gut. Sie wusste nicht, was er dachte, aber ihr gefiel der intensive Ausdruck in seinen Augen, als er sie anschaute.

Dude betrachtete respektvoll die Frau, die vor ihm stand. Er gab es nicht gern zu, aber er war es trotz der Partnerinnen seiner Teamkollegen gewohnt, dass Frauen schwach waren. Die Frauen, mit denen er sich verabredet hatte, waren es mit Sicherheit gewesen.

Zum Teil gehörte es zu ihren unterwürfigen sexuellen Wünschen, aber es war mehr als das. Dude war es gewohnt, die Verantwortung zu übernehmen und die Leute um ihn herum zu kontrollieren, aber bei Cheyenne hatte er nicht viel tun müssen. Sie war stark und hatte das getan, was getan werden musste, unabhängig von ihren Gefühlen oder dem, was sie tun wollte.

Dude hätte sich nicht davon abhalten lassen, mit seiner Hand eine Haarsträhne aus ihrem geröteten Gesicht zu streichen, selbst wenn sein Leben davon abgehangen hätte. »Du bist eine tolle Frau, Cheyenne Cotton.« Dude verweilte einen Augenblick, als er mit seiner verstümmelten Hand über ihr Haar zu ihrer Schulter fuhr. Dann sagte er mit einem Hauch von Bedauern: »Lass uns gehen.«

Dude begleitete Cheyenne vorsichtig in den vorderen Teil des Ladens. Er legte seine Hand an ihren Rücken und sie gingen zur Eingangstür. Cheyenne blieb stehen, als sie die Menge vor dem Laden sah. Natürlich waren Polizisten und das Militär vor Ort, aber sie bemerkte auch Fernsehkameras und Reporter. Sie hätte wissen müssen, dass die Presse hier sein würde, aber sie hatte sich um andere Dinge gekümmert ... nämlich darum, die letzten Stunden zu überleben.

Cheyenne holte tief Luft und sagte leise zu dem Mann, der geduldig neben ihr stand: »Ich weiß, dass es viel verlangt ist ... aber ...« Sie hielt inne, knabberte an ihrer Lippe und versuchte, den Mut zu fassen, den starken Soldaten um einen großen Gefallen zu bitten ...

»Ja?« Dude stupste sie sanft an.

»Kannst du meine Hand halten, wenn wir rausgehen?« Cheyenne sah zu ihm auf. »Ich weiß, dass es nichts bedeutet, aber ich glaube nicht, dass ich das allein überstehe.« Sie deutete mit dem Kopf auf den Bereich vor dem Laden. Cheyenne spürte, wie ihr Gesicht rot anlief. Es war ihr peinlich, aber sie hatte sich noch nie so allein gefühlt wie bei dem Anblick der Menge, durch die sie durchmusste, sobald sie aus der Tür ging.

Dude spürte, wie sich tief in ihm etwas regte. Sie war voller Schmutz und Blut, große Teile ihres Oberkörpers waren immer noch in Klebeband eingewickelt, ihr Arm sah aus, als würde er schrecklich schmerzen, und alles, was sie wollte, war jemand, der ihr die Hand hielt. Es war eine so kleine Bitte, aber es bedeutete ihm sehr viel. Frauen baten ihn normalerweise nicht um einen Gefallen, sie warteten darauf, dass er Gefallen verteilte. Dudes Respekt für Cheyenne stieg weiter nach allem, was sie durchgemacht hatte und jetzt fühlte.

Er musste etwas zu lange gezögert haben, bevor er antwortete, denn Cheyenne schüttelte plötzlich den Kopf, sah nach unten und murmelte: »Egal, das war dumm. Lass uns gehen«, und bewegte sich in Richtung Tür.

Dude nahm ihre rechte Hand mit seiner linken, bevor sie einen weiteren Schritt machen konnte und er darüber nachgedacht hatte, dass es seine verletzte Hand war, die sie halten musste. Er hatte sich eigentlich selbst geschworen, niemals die Hand einer Frau mit seiner verletzten Hand zu halten. Niemals. »Cheyenne«, sagte er leise, »es war nicht dumm. Es gibt nichts, was ich jetzt lieber tun würde, als deine Hand zu halten, während wir uns gemeinsam den Löwen da draußen stellen. Komm schon.« Die Worte waren nichts als die hundertprozentige Wahrheit. Es machte Dude nichts aus, jemanden anzulügen, um ihn zur Kooperation zu bewegen, aber in diesem Moment log er nicht. Das Gefühl von Cheyennes Fingern in seiner Hand war etwas, von dem Dude wusste, dass er es nie vergessen würde. Sie war nicht angewidert, sie fühlte sich nicht abgestoßen, sie legte einfach ihre Finger um seine und hielt ihn fest, als würde sie die Narben und die fehlenden Fingerglieder an seiner Hand nicht bemerken. Äußerlich sah sie ruhig und gelassen aus, aber der feste Griff ihrer Hand bewies ihm, dass es sich um eine Fassade handelte.

Cheyenne packte Faulkners Hand fester, schluckte schwer, hob ihr Kinn und holte tief Luft. Mit dem riesigen Mann an ihrer Seite ging sie zur Tür und wusste, dass sie diesen Moment trotz allem, was während der letzten Stunden passiert war, nie vergessen würde. Dass er ihre Hand hielt und sie auf diese kleine Weise unterstützte, bedeutete ihr mehr als jede andere Geste, die er hätte machen können. Sie brauchte ihn und er hatte keinen Moment gezögert, für sie da zu sein. Er war nicht nur für sie da, sondern er sorgte auch dafür, dass sie sich nicht schlecht dabei fühlte.

Cheyenne blendete die Fragen der Reporter, die Forderungen der Polizisten, die Lichter und den Lärm aus ... einfach alles ... und konzentrierte sich darauf, Faulkners Hand festzuhalten und ihm dahin zu folgen, wo er sie hinbringen würde.

KAPITEL VIER

Cheyenne saß im Empfangsraum der Notaufnahme und wartete auf ihr Taxi. Der Weg aus dem Laden bis zum Krankenwagen war ein Albtraum gewesen, an den sie nicht mehr denken wollte. Das einzig Positive war Faulkners Stärke gewesen, als er den Weg für sie freigemacht hatte. Sie war auf dem Weg so heftig angerempelt worden, dass sie hingefallen wäre, wenn Faulkner nicht gewesen wäre. Er hatte ihre Hand losgelassen, seinen Arm um ihre Taille gelegt und sie an seinen Körper gezogen. Cheyenne hatte sich nicht einmal geschämt, sich von ihm helfen zu lassen und sich an ihn zu lehnen.

Nach allem, was sie in den Stunden zuvor durchgemacht hatte, hatte es sich einfach gut angefühlt, sicher an Faulkners Seite festgehalten zu werden und zu wissen, dass er sich darum kümmerte, dass sie es sicher durch die Menschenmenge schafften. Er hatte sie zum Krankenwagen gebracht und dafür gesorgt, dass sie sich ohne weitere Zwischenfälle auf eine Trage setzen konnte. Sobald sie saß und stabil war, hatte Faulkner sie kurz auf den Kopf geküsst und ein letztes Mal ihre Hand gedrückt, bevor er aus dem Krankenwagen gestiegen war und die Türen hinter ihm geschlossen wurden.

Die letzten drei Stunden hatte sie im Krankenhaus verbracht. Die Polizei hatte ihre Aussage aufgenommen und sie hatte erzählt, was passiert war, zumindest was aus *ihrer* Sicht passiert war. Die Krankenschwestern hatten den Rest des Klebebands entfernt, was schmerzhafter gewesen war, als Cheyenne erwartet hätte, und anschließend beide Arme mit einer antibiotischen Salbe eingerieben.

Als Cheyenne zum ersten Mal wieder in den Spiegel sah, war sie schockiert. Sie war ein Wrack. Sie war mit Blut besprizt und ihr Haar hing schlaff von ihrem Kopf herunter. Netterweise hatte eine Krankenschwester ihr einen OP-Kittel gegeben, damit sie sich umziehen konnte. Cheyenne vermutete, dass sie Glück gehabt hatte, aber sie konnte jetzt nur noch daran denken, nach Hause zu kommen und eine schöne heiße Dusche zu nehmen.

Das Problem war nur, dass ihre Arme wegen der Verbände und der Salbe während der nächsten vierundzwanzig Stunden nicht nass werden durften. Die Krankenschwestern hatten so viel des Blutes wie möglich aus ihren Haaren entfernt, aber Cheyenne wusste, dass sie sich nicht sauber fühlen würde, bis sie geduscht hatte.

Sie seufzte. Seit Faulkner ihr in den Krankenwagen geholfen und ihre Hand gedrückt hatte, hatte Cheyenne ihn nicht mehr gesehen. Sie hatte nicht wirklich erwartet, ihn wiederzusehen. Er hatte nur seinen Job gemacht. Er würde nach Hause fahren und wahrscheinlich mit seinen Freunden darüber reden, was für einen verrückten Tag er gehabt hatte, bevor er sein Leben ganz normal weiterlebte, genau wie sie es tun würde ... außer dass sie erst noch nach Hause kommen musste.

Da ihr Wagen noch auf dem Parkplatz des Lebensmittelgeschäfts stand, musste Cheyenne ein Taxi rufen. Es war wirklich erbärmlich, dass sie nicht einen einzigen Menschen kannte, den sie in dieser Situation darum bitten könnte, sie abzuholen. Auf keinen Fall würde sie ihre Mutter oder Schwester anrufen. Sie würde ihnen niemals die Möglichkeit geben, ihr Pech noch auszukosten. Dieser beschissene Tag würde nur noch beschissener werden, wenn sie eine von beiden involvieren würde. Vielleicht würde sie später eine von ihnen anrufen und erzählen, was passiert war, aber das müsste warten, bis sie sich besser fühlte und in der Lage wäre, mit deren Reaktion umzugehen.

Cheyenne war eine Einzelgängerin und es machte ihr normalerweise nichts aus, allein zu sein, außer an Tagen wie diesen. Sie hätte eine ihrer Freundinnen von der Arbeit anrufen können, aber sie hasste es, auf andere Menschen angewiesen zu sein. Außerdem waren sie nicht wirklich die Art von Freundinnen, die man aus heiterem Himmel anrief, um aus dem Krankenhaus abgeholt zu werden. Also hatte sie einfach ein Taxi gerufen und wartete nun darauf, nach Hause gebracht zu werden. Nach Hause in ihre einsame Wohnung. Cheyenne hatte noch zwei Tage Zeit, bevor sie wieder arbeiten musste, und sie plante, einen davon im Bett zu verbringen. Dann würde sie die längste Dusche nehmen, die die Menschheit je gesehen hatte, bevor sie ihren normalen Alltag wieder aufnehmen würde.

Cheyenne lachte laut und eine kleine alte Dame, die im Wartezimmer des Krankenhauses saß, sah sie missbilligend an. Sie musste sich noch etwas zu essen besorgen. Sie war an diesem Nachmittag schließlich aus einem bestimmten Grund im Lebensmittelgeschäft gewesen. Sie hatte nur noch ein paar Dosen Champignoncremesuppe und etwas Salatdressing im Haus. *Scheiß drauf. Ich werde mir etwas bestellen, bis ich wieder einkaufen gehen kann.* Cheyenne wusste, dass sie nie wieder in dem Laden einkaufen würde, in dem sie als Geisel genommen worden war, selbst wenn es der Ort war, an dem sie Faulkner zum ersten Mal gesehen hatte. Und selbst wenn es ein beliebter Laden für andere Männer in Uniform war. Es war nicht so, dass sie befürchtete, wieder als Geisel genommen zu werden, es war nur ... sie wusste es nicht. Sie fühlte sich einfach nicht wohl bei dem Gedanken, den Laden wieder zu betreten.

Schließlich hielt das Taxi vor den Schiebetüren des Krankhauses. Cheyenne ging nach draußen, vergewisserte sich, dass es ihr Taxi war, stieg ein und ließ sich auf die Rückbank fallen, die leicht nach Körpergeruch und Zigarettenrauch stank. Nachdem Cheyenne dem Taxifahrer die Adresse gegeben hatte, lehnte sie den Kopf zurück gegen den Sitz und schloss die Augen. Sie dachte absichtlich nicht daran, wie viele Keime an der Kopfstütze lauern könnten. Sie fühlte sich komisch. Die Schmerzmittel, die die Ärzte ihr verabreicht hatten, wirkten offensichtlich, denn sie hatte keine Schmerzen, aber sie machten sie auch ein bisschen benommen. Sie sollte wahrscheinlich nicht selbst fahren, wenn sie an ihrem Wagen ankam, aber der Weg vom Laden zu ihrer Wohnung war nicht sehr weit. Sie würde besonders vorsichtig fahren. Es würde ihr gut gehen. Es ging ihr doch immer gut.

Dude konnte nicht aufhören, an Cheyenne zu denken. Sie war der mutigste Mensch, den er seit langer Zeit getroffen hatte. Ihr Verhalten erinnerte ihn sehr an Ice. Zur Hölle, an alle Frauen seiner Teamkollegen. Cheyenne hatte sich mutig dem gestellt, was ihr widerfahren war, und sie war nicht in Panik geraten. Vom ersten Moment an, als Dude gesehen hatte, wie sie vor den Beamten zurückgewichen war, um sie vor Schaden zu bewahren, bis zum letzten Augenblick, als sie ihn tapfer im Krankenwagen angelächelt hatte, war sie die reine Anmut in Person gewesen.

Er hatte sie nicht allein lassen wollen, aber die Polizei musste Dudes Aussage aufnehmen und er musste seinem Kommandanten Bericht erstatten. Eine gute Stunde hatte er damit verbracht, darüber nachzudenken, was in dem Laden mit Cheyenne passiert war und was er getan und gesehen hatte. Da Dude nicht mit Cheyenne verwandt war, gab es weder einen Grund noch eine gute Ausrede dafür, mit ihr ins Krankenhaus zu fahren.

Die Angehörigen der Presse waren unerbittlich gewesen. Dude wusste, dass es ihre Aufgabe war, genauso wie es seine Aufgabe war, einen Bericht über das abzuliefern, was passiert war. Aber diesmal war es irgendwie anders. Jedes Mal wenn sie dem Pressesprecher der Polizei Fragen über Cheyenne stellten, wo sie lebte, was sie gesagt hatte, was sie dachte und was sie jetzt machte, wollte Dude sie beschimpfen und ihnen sagen, dass es sie nichts anginge und dass sie sie in Ruhe lassen sollen. Cheyenne war eine erwachsene Frau, sie konnte auf sich selbst aufpassen ... sie brauchte ihn nicht. Aber irgendetwas an ihr brachte ihn dazu, sie in die Arme nehmen und vor der ganzen Welt beschützen zu wollen.

Das Taxi hielt vor dem Supermarkt. *War es erst heute Morgen, dass ich hier war?*, dachte Cheyenne reumütig. Es fühlte sich an, als wäre es Tage her, seit sie in dem Laden gewesen war, um so viel einzukaufen, dass sie es sich für eine lange Zeit gut gehen lassen konnte.

Cheyenne rutschte unter Schmerzen vom Rücksitz, nachdem sie den Fahrer bezahlt hatte. Als das Taxi wegfuhr, ging sie auf ihren Wagen zu. Sie hatte am Morgen wie gewöhnlich im hinteren Teil des Parkplatzes geparkt, um etwas mehr Bewegung zu bekommen. Als sie sich ihrem Wagen näherte, hörte sie, wie hinter ihr ein anderes Fahrzeug hielt.

Cheyenne war nach allem, was passiert war, außerordentlich vorsichtig, drehte sich schnell um und sah einen riesigen Pritschenwagen, aus dem Faulkner ausstieg. Cheyenne sah ihn verwirrt an. Was machte er hier? Sie sah sich um, ob noch jemand hier war, mit dem er sich vielleicht treffen wollte. Außer ihnen befand sich aber sonst niemand auf dem Parkplatz.

Dude sah Cheyenne an, als er sich ihr näherte. Sie sah überrascht aus, ihn zu sehen. Sie sah auch müde aus ... und hinreißend. Sie trug blaue OP-Kleidung aus dem Krankenhaus. Ohne Zweifel war ihre eigene Kleidung ruiniert. Die Sachen waren ihr etwas zu groß und es sah so aus, als würde die Hose jeden Moment herunterrutschen, sollte sie eine falsche Bewegung machen. Sie hatte Augenringe, die ihr blaues Auge noch deutlicher betonten, und beide Arme waren von den Handgelenken bis zu den Ellbogen und wahrscheinlich noch weiter hoch verbunden. Aber Dude konnte es wegen der weiten Klamotten nicht genau sehen.

»Hallo noch mal«, sagte Dude leise, als er vor Cheyenne stehen blieb.

»Ähm ... hi«, erwiderte Cheyenne zögernd. »Was machst du denn hier?«

Dude lächelte und sah ihr in die Augen. »Ich habe darüber nachgedacht, dass du heute früh wahrscheinlich deinen Wagen hier geparkt hast, und da du mit dem Krankenwagen ins Krankenhaus gefahren bist, musstest du ja irgendwie hierher zurück, um ihn zu holen. Ich wollte dich im Krankenhaus besuchen, um zu sehen, wie es dir geht, und um dich abzuholen, aber als ich angerufen habe, wurde mir gesagt, dass du bereits entlassen wurdest. Es tut mir leid, dass ich dich verpasst habe.«

Cheyenne sah den Mann vor sich verwirrt an. »Du hast im Krankenhaus angerufen? Warum das denn?«, fragte sie, ohne darüber nachzudenken, wie unhöflich es klang. »Ich ... ich ... meine«, stammelte sie, um sicherzugehen, dass Faulkner nicht beleidigt war.

Dude grinste. »Ich weiß, was du meinst, Shy, und um ehrlich zu sein, ich bin mir nicht sicher warum ... Ich wollte mich nur davon überzeugen, dass es dir gut geht, und fragen, ob ich dir irgendwie helfen kann. Was hat der Arzt gesagt?« Er deutete mit einer Kopfbewegung auf ihre Arme.

»Äh, okay, gut, mir geht es gut. Sie haben nur

meine Arme verbunden, damit die Wunden sich nicht entzünden. Außerdem haben sie alles mit einer schleimigen Salbe eingeschmiert und es juckt. Ich darf die Arme nicht nass machen, was lächerlich ist, weil diese Salbe wirklich eklig ist und ich mich nach allem, was heute passiert ist, ekelhaft fühle. Darüber hinaus habe ich nichts zu essen in meiner Wohnung, was nicht verwunderlich ist, wenn man bedenkt, dass das der Grund dafür war, warum ich heute Morgen überhaupt in diesem verdammten Laden war. Mein Einkauf liegt wahrscheinlich immer noch in dem Wagen mitten in einem der Gänge und ich habe Hunger, aber ich weiß nicht, ob ich überhaupt etwas essen kann, weil die Schmerzmittel, die mir verabreicht wurden, mich wirklich benommen machen.«

Cheyennes Worte verhallten in der Luft, die sie umgab, und sie schloss sofort die Augen. Heilige Scheiße, hatte sie diesen ganzen Mist wirklich gerade ausgesprochen? Sie schämte sich.

»Ach, komm her, Shy.« Dude spürte, wie ihm das Herz bei ihren Worten schmolz. Sie war bezaubernd. Die Schmerzmittel, die ihr im Krankenhaus gegeben worden waren, machten sie offensichtlich viel gesprächiger, als sie normalerweise war. Er kannte einige Kollegen bei der Navy, die genauso auf Schmerzmittel reagierten. Sie redeten und redeten und redeten, scheinbar ohne Filter. Nur war es bei Cheyenne verdammt süß.

Ohne darauf zu warten, dass sie sich bewegte, trat

Dude einen Schritt auf sie zu und zog sie in seine Arme. Er entspannte sich, als Cheyenne sich an ihn schmiegte. Er hatte etwas Angst gehabt, dass sie seinen Versuch, sie zu beruhigen, zurückweisen würde. Dude hörte, wie sie ein Mal schniefte, und spürte dann, wie sie ihre Nase an seinen Hals legte. Ihr Atem war warm auf seiner Haut und Dude legte den Kopf ein wenig zur Seite, bis er sie mit seiner Wange berührte.

»Du riechst gut.«

Dude lächelte. Er hatte nicht damit gerechnet, dass sie das sagen würde. Sie überraschte ihn immer wieder.

»Vielen Dank.« Dude stand auf dem dunklen Parkplatz mit dieser erstaunlichen Frau in seinen Armen und erkannte, dass er sie nicht mehr gehen lassen wollte. »Kann ich dich nach Hause bringen?«

»Ich brauche meinen Wagen.«

»Ich denke nicht, dass du fahren solltest. Ich kenne dich nicht sehr gut, aber ich nehme an, dass du mir das unter normalen Umständen nicht alles erzählt hättest, habe ich recht?« Er spürte, wie sie widerwillig nickte, und lächelte. »Alles klar. Ich werde dich nach Hause bringen und dafür sorgen, dass dein Wagen zu deiner Wohnung kommt.« Dude wusste, dass er einen seiner Teamkollegen anrufen könnte, um das Fahrzeug zu holen und für sie nach Hause zu fahren.

Cheyenne war zu müde, um zu streiten oder zu protestieren. Es fühlte sich so gut an, dass sich jemand um sie kümmerte. Sie konnte sich nicht erinnern, wann das letzte Mal jemand angeboten hatte, sich um sie zu kümmern. In diesem Moment hätte Cheyenne wahrscheinlich allem zugestimmt, was Faulkner sagte.

Sie erschrak, als er hinzufügte: »Ich muss aus deinem Mund hören, dass es okay ist, Shy.«

Cheyenne zwang sich, zu dem Mann aufzublicken, der sie festhielt. Sie sah ihm in die Augen und entdeckte nichts als Aufrichtigkeit. »Okay, aber wenn du in Wirklichkeit ein Serienmörder bist, dann mach es bitte schnell. Ich hatte wirklich einen schlechten Tag.« Ihre Worte waren leise, klangen aber hundertprozentig ehrlich.

Dude lachte laut und legte seine Hand an Cheyennes Wange. »Schmerzmittel lockern dir wirklich die Zunge, oder?«, fragte er rhetorisch. »Mach dir keine Sorgen, Shy. Ich verspreche dir, dass ich dich in einem Stück nach Hause bringen werde. Du bist bei mir in Sicherheit.«

»Ich *fühle* mich auch sicher bei dir. Ich weiß nicht warum, aber es ist so. Danke, Faulkner. Ernsthaft. Ich weiß, dass du wahrscheinlich bessere Dinge zu tun hast, als mich in der Gegend herumzufahren. Aber ich weiß es zu schätzen. Das tue ich wirklich.«

Dude zog sich zurück, legte eine Hand um Cheyennes Taille und führte sie zu seinem Pritschenwagen. »Ich weiß, dass du das tust, Schätzchen. Komm schon, ich bringe dich nach Hause. Wir wollen ja nicht, dass du dich in einen Kürbis verwandelst. Hast du deinen Schlüssel?«

»Ja, ein Polizeibeamter hat meine Handtasche ins Krankenhaus gebracht, als dort meine Aussage aufgenommen wurde. Ich habe keine Ahnung, wie er sie in dem Chaos im Laden gefunden hat. Es ist ja nicht so, als hätte ich sie lässig über der Schulter getragen, als wir aus dem Laden kamen.«

Dude nickte, erleichtert, dass er nicht das Schloss ihrer Wohnungstür aufbrechen musste. Er hätte es getan, aber das war nicht der erste Eindruck, den er Cheyenne von sich vermitteln wollte. Er öffnete die Beifahrertür und half ihr beim Einsteigen, dann griff er nach dem Gurt und schnallte sie an. Dude schloss die Tür und ging zur Fahrerseite. Er setzte sich auf den Fahrersitz und sah zu Cheyenne hinüber. Sie hatte den Kopf an die Kopfstütze gelehnt und zu ihm gedreht.

»Was ist los, Schätzchen?«

»Du bist heiß. Aber ich gehe davon aus, dass du das weißt.« Cheyenne klang, als würde sie ihm ein tiefes, dunkles Geheimnis verraten.

»Shy ...« Er stritt es nicht ab, stimmte aber auch nicht zu. Sie war äußerst charmant unter dem Einfluss von Schmerzmitteln. Dude schauderte, als er daran dachte, dass sie tatsächlich in diesem Zustand autofahren wollte.

»Im Ernst, das bist du. Ich weiß allerdings nicht, warum du hier bist. Hast du eine Wette verloren oder so? Haben sich deine Kumpels irgendwo versteckt und kommen gleich lachend heraus?«

»Was?« Dude wurde etwas sauer. Cheyenne konnte

nicht wirklich ernst meinen, was sie sagte.

»Ja, niemand, der so gut aussieht wie du, hat mich jemals zuvor eines Blickes gewürdigt. Ich bin nur ich. Und du bist ... na ja ... du bist Sex am Stiel.«

Dude konnte bei ihren Worten nicht einmal lächeln. Sie musste ihn veräppeln. »Schätzchen ...«

»Nein, wirklich. Ich weiß, ich bin nicht hässlich. Ich bin passabel. Ich glaube eigentlich, dass ich tolle Waden habe, und ich mag meine Arme ... zumindest mochte ich sie, bevor mir die Haare komplett ausgerissen wurden. Eins kann ich dir sagen, ich glaube nicht, dass Klebeband in naher Zukunft zu einer Modeerscheinung wird. Aber ich bin wahrscheinlich nicht die Art von Frau, mit der du sonst zusammen bist. Ich wette, die Puppen werfen sich dir nur so an den Hals. Ich vermute, wenn du in eine Kneipe gehst, gehst du nicht allein nach Hause, oder? Oh verdammt! Ich wette, du hängst mit einer Gruppe heißer Leute ab und hinterlässt überall eine Spur der Verwüstung, oder?«

Dude hob seine rechte Hand und legte sie leicht über Cheyennes Mund. Er wusste nicht, ob er aufgrund ihrer Annahmen sauer oder geschmeichelt sein sollte. Als sie verstummte und ihn einfach mit großen Augen ansah, sagte er zu ihr: »Cheyenne, zunächst gibt es keine verdammte Wette und ich bin etwas sauer, dass du überhaupt so etwas von mir denkst. Des Weiteren glaube ich, dass du etwas ganz Besonderes bist. Du bist lustig, süß, interessant. Und ich wäre im Moment nirgendwo lieber als hier bei dir. Und ja, ich habe eine Gruppe von Freunden, mit denen ich abhänge, aber fast alle von ihnen sind entweder verheiratet oder in einer festen Beziehung. Wir hinterlassen keine Spur der Verwüstung, weil wir nur Augen für unsere Frauen haben.« Dude bemerkte nicht einmal, dass er Cheyenne plötzlich in seine Gedanken und Worte einbezog.

»Ich hoffe inständig, dass du dich an dieses Gespräch erinnerst, wenn du morgen früh aufwachst und die Schmerzmittel nachgelassen haben, und dass du dann auch mit mir und meinen Freunden abhängen willst. Du bist ihnen ähnlicher, als du dir vorstellen kannst.«

Dude lächelte bei dem Ausdruck auf Cheyennes Gesicht. Sie hatte den Kopf nicht von der Kopfstütze genommen, sondern ihn mit ernstem Blick beobachtet.

»Aber du bist perfekt ...«, murmelte sie unter seiner Hand und hätte noch mehr gesagt, wenn Dude sie nicht unterbrochen hätte.

»Ich bin nicht einmal annähernd perfekt. Ich bin ein Mistkerl. Ich neige dazu, meine Klamotten auf dem Boden liegen zu lassen, bis es mich zu sehr nervt und ich alles in den Korb räume. Ich habe ein höllisches Temperament, aber ich würde niemals meine Hand gegen dich oder eine andere Frau erheben. Ich bin kontrollierend und übernehme gern die Führung. Und ...«, Dude hielt seine linke Hand hoch und erinnerte

Cheyenne an seine Verletzung, »... zu viele Frauen haben mir gesagt, dass ich ekelhaft oder einfach nur abstoßend bin, um noch zu glauben, dass ich perfekt bin.«

Cheyenne dachte nicht einmal nach. Sie nahm seine Hand, hielt sie fest und führte sie zu ihrem Mund. Sie küsste jeden seiner verstümmelten Finger und sagte: »Diese dummen Schlampen wissen nicht, wovon sie reden. Du bist perfekt, Faulkner. Diese kleinen Narben bedeuten gar nichts. Warte, doch, das tun sie. Sie bedeuten sehr viel. Sie bedeuten, dass du ein Held bist. Dass du dabei verwundet wurdest, unserem Land zu dienen und Menschen aus beschissenen Situationen herauszuhelfen. Ich weiß nicht, aus was für Situationen, denn wenn du es mir erzählst, müsstest du mich wahrscheinlich töten. Aber ich möchte es sowieso nicht wirklich wissen, weil ich in Wahrheit ein Weichei bin. Aber wenn diese Frauen dich wegen deiner Hand abgelehnt haben, sind sie Vollidiotinnen. Ernsthaft.« Cheyenne schloss die Augen und ihr war immer noch schwindelig. Gleichzeitig wollte sie sich auf das Gefühl von Faulkners Haut auf ihrer konzentrieren. Sie legte seine Hand an ihre Wange, wobei ihr der zärtliche Blick in Dudes Augen entging.

»Deine Haut ist so weich, außer hier.« Cheyenne rieb ihr Gesicht an seinen Narben entlang. »Hier ist sie rau und wo deine Finger waren, ist die Haut uneben. Es fühlt sich so gut an auf meiner Haut. Es ist wie ein

Massagegerät. Ich kann mir gut vorstellen, wie es sich anfühlen würde …«

Cheyenne brach den Satz abrupt ab und Dude konnte sehen, wie sie rot wurde. Wollte sie wirklich das sagen, was er vermutete? »Erzähl weiter, Shy, das möchte ich hören.«

Cheyenne ließ seine Hand los, aber Dude fuhr fort, mit seinen Fingern über ihre Wange zu streicheln.

»Äh, egal, diese Frauen waren Idiotinnen.«

»Gott, du bist verdammt süß.«

Cheyenne öffnete die Augen und sah die Intensität in Faulkners Blick. Im Innenraum des Wagens herrschte eine seltsame Spannung. Sie wollte die Augen schließen, aber sie konnte nicht.

Sie starrten sich einen Moment an, bevor Dude mit seiner Hand von ihrer Wange hinter ihren Nacken fuhr. Er zog sie zu sich und küsste sie auf die Stirn. Für einen Moment verharrte er mit seinen Lippen dicht bei ihr, bevor er sich zurückzog.

»Und jetzt werde ich dich nach Hause bringen, Aschenputtel, bevor die Uhr Mitternacht schlägt.«

»Ich liebe diese Geschichte«, seufzte Cheyenne verträumt.

»Warum überrascht mich das nicht?«, entgegnete Dude abwesend, als er seinen Pritschenwagen startete und vom Parkplatz fuhr.

Cheyenne kicherte bei seinen Worten, bevor sie verstummte.

»Wohin muss ich fahren, Shy?«

»Zu meiner Wohnung.«

»Ja, das dachte ich mir, aber wo ist das?«

»Oh. Scheiße. Das sind diese verrückten Schmerzmittel.«

»Ja.« Dude wartete einen Moment und erinnerte sie dann an seine Frage.

»Es tut mir leid. Ich wohne in den Oak Tree Apartments, Copper Ecke Fifth.«

»Ich weiß, wo das ist. Danke, ich werde dich dorthin bringen. Welche Apartmentnummer?«

Cheyenne drehte sich wieder zu ihm um und zog ihn auf. »Bist du dir sicher, dass du kein Serienmörder bist?«

Dude lachte sie wieder an. »Ja, ich bin mir sicher.«

»Okay, ich wohne Nummer fünfhundertdreizehn in Gebäude vier.«

»Mach die Augen zu, Shy, ich werde dich gleich nach Hause bringen. Ruh dich aus und ich wecke dich, sobald wir da sind.«

Cheyenne tat, was Faulkner verlangte. Sie schloss die Augen und entspannte sich auf dem Sitz. »Danke fürs Mitnehmen, Faulkner. Ich habe sonst niemanden, den ich anrufen könnte.« Sie konnte die Worte nicht aufhalten.

»Gern geschehen. Jetzt sei still.«

Cheyenne lächelte, öffnete aber nicht die Augen. In ihrem Kopf drehte es sich zu sehr, um einzuschlafen, aber es war himmlisch, sich entspannen zu können und sich eine Weile um nichts kümmern zu müssen.

KAPITEL FÜNF

Cheyenne öffnete die Augen und stöhnte. Sie wusste genau, wo sie war, und konnte sich an alles erinnern, was sie am Abend zuvor gesagt und getan hatte. Sie wäre froh gewesen, wenn sie alles vergessen hätte, aber dieses Glück hatte sie nicht.

Faulkner hatte sie zu ihrer Wohnung gefahren und ihr aus dem Wagen geholfen. Halb hatte er sie getragen, halb war sie gelaufen. Er hatte sie zu ihrer Wohnungstür gebracht und ihr den Schlüssel aus der Hand genommen, als sie ihn nicht ins Schloss zu bekommen schien.

Cheyenne war es peinlich, dass Faulkner ihre Wohnung gesehen hatte. Sie war etwas schlampig, so wie er es auch von sich behauptet hatte. Sie wusste es, aber es war ihr kleines Geheimnis gewesen. Jetzt nicht mehr. Sie hatte nichts erwidert, als er ihr erzählt hatte, er würde seine Klamotten ebenfalls auf dem Boden liegen lassen. Wenn ein Mann das tat, war es männlich und machohaft, aber wenn die Wohnung einer Frau unordentlich war, war das irgendwie erbärmlich. Faulkner hatte ihre Tür geöffnet und gelacht, als er das Durcheinander sah. Cheyenne hatte versucht zu erklären, dass sie einfach nie Lust hatte, ihre Wohnung zu putzen oder aufzuräumen, wenn sie von der Arbeit nach Hause kam. Er hatte nur über ihre Ausreden gelacht.

»Wir beide würden zusammen ein ordentliches Chaos veranstalten. Aber zumindest weiß ich jetzt, dass du nicht perfekt bist, Shy.«

Cheyenne hatte Faulkner angesehen, als hätte er drei Köpfe. »*Natürlich* bin ich nicht perfekt, Faulkner. *Du* bist perfekt.«

»Ich denke, das Thema haben wir schon abgehakt. Komm schon, ich bring dich ins Bett.«

Er hatte sie in ihr Schlafzimmer geführt und die Decke aufgeschlagen. Dann hatte er sie ins Bett gelegt, inklusive OP-Bekleidung, und sie wieder auf die Stirn geküsst und geflüstert: »Schlaf gut, Shy. Wir sehen uns dann morgen.«

Cheyenne hatte nicht viel darüber nachgedacht, sie war zu müde gewesen und hatte unter Tabletteneinfluss gestanden, aber jetzt, bei Tageslicht betrachtet, machte es sie fertig. Faulkner wollte sie heute wiedersehen? Hatten sie Pläne gemacht und sie erinnerte sich nicht mehr daran? Cheyenne wusste nicht, ob sie überhaupt bereit dazu war, Zeit mit Faulkner zu verbringen

… normale Zeit. Ohne Bomben, Bösewichte, Drogen und sie als Jungfrau in Nöten. Sie hätte erwartet, er würde so schnell wie möglich das Weite suchen, vor allem nach dem ganzen Unsinn, den sie gestern von sich gegeben hatte. Cheyenne vergrub den Kopf in ihrem Kissen und stöhnte, als sie sich daran erinnerte, wie sie ihm auf den Kopf zu gesagt hatte, dass er wahrscheinlich mit einer Gruppe heißer Leute abhing. Wer sagte denn so etwas? Verdammte Tabletten.

Cheyenne setzte sich auf die Bettkante, bereit, endlich zu duschen, als sich ihre Schlafzimmertür öffnete und Faulkner hereinkam.

Was zur Hölle?

Cheyenne zog die Decke wieder über ihren Körper bis unters Kinn.

»Guten Morgen, Shy. Ich hoffe, du fühlst dich heute besser.«

Cheyenne konnte Faulkner nur verblüfft anstarren und nicken.

»Worte.«

Cheyenne hatte das schon wieder vergessen. Faulkner hörte gern eine mündliche Antwort auf seine Fragen. »Ich fühle mich besser.«

»Gut. Ich habe dir Frühstück gemacht, wir können essen, nachdem du geduscht hast.«

»Frühstück?« Cheyenne starrte Faulkner nur verwirrt an. »Ich habe in meiner Wohnung nichts zu essen. Ich bin mir ziemlich sicher, dass das eines der vierhundertvierundfünfzig Dinge war, die ich dir gestern Abend erzählt habe, von denen ich mir jetzt wünschte, sie nicht von mir gegeben zu haben.«

»Du hast jetzt Lebensmittel im Haus. Ich habe Fiona angerufen, die Frau einer meiner Teamkollegen. Sie war heute Morgen einkaufen und hat uns etwas zu essen mitgebracht. Es sollte für eine Weile reichen.«

»Fiona?« Cheyenne versuchte, sich aus der seltsamen Dimension herauszuschütteln, in die sie offenbar gefallen war.

»Ja, Fiona. Jetzt komm schon. Steh auf. Mal sehen, wie man diese Verbände entfernt. Wir müssen uns deine Arme anschauen. Und wenn sie in Ordnung sind, kannst du duschen.«

Cheyenne neigte den Kopf, tat aber, was Faulkner verlangte. Sie schwang ihre Beine herum und setzte sich auf die Bettkante.

Dude legte eine Hand unter ihren Ellbogen und half ihr aufzustehen. Als Cheyenne einen festen Stand hatte, ging er einen Schritt zurück und wartete darauf, dass sie ins Badezimmer ging, das an das kleine Schlafzimmer angrenzte.

Cheyenne ging vor Faulkner ins Bad.

»Ich gebe dir eine Minute Zeit, um zu tun, was du tun musst, dann komme ich zurück, um dir mit diesen Verbänden zu helfen.«

Cheyenne hatte geglaubt, dass es nicht mehr peinlicher werden könnte, als sie sich daran erinnert hatte, was sie am Abend zuvor zu dem wunderschönen Mann gesagt hatte, der jetzt in ihrem Schlafzimmer auf sie wartete, aber da hatte sie sich wohl geirrt. Sie beeilte sich mit ihrer Morgentoilette, putzte sich die Zähne und stand mit gesenktem Kopf vor dem Waschbecken. Sie stützte sich auf die Hände, als Faulkner zurückkam.

Er stand hinter ihr und legte seine Hände neben ihre aufs Waschbecken. Cheyenne spürte seine Wärme an ihrem Rücken. Sein Körper war ein einziger großer Muskel und es gefiel ihr, wie er sich an ihrem Körper anfühlte. Sie kam sich sicher und geborgen vor. Es war verrückt, aber es war auch ein Gefühl, an das sie sich nicht gewöhnen durfte. Sie sollte sich eher Sorgen darum machen, dass dieser fremde Mann anscheinend die Nacht in ihrer Wohnung verbracht hatte und immer noch da war. Aber sie konnte sich nicht darüber aufregen. Er hatte nichts weiter getan, als sich um sie zu kümmern. Cheyenne wusste, dass sie ihm vertrauen konnte, aber sie war sich nicht sicher, warum er die Nacht bei ihr verbracht hatte.

»Warum bist du noch hier?«, fragte Cheyenne ernst und hob den Kopf, um Faulkner im Spiegel anzusehen.

»Weil du mich brauchst.«

»Aber wir kennen uns doch gar nicht.«

»Wir kennen uns besser als manche Leute nach ein paar Verabredungen.«

»Ja, aber wir *hatten* noch nicht einmal eine Verabredung.«

»Was ich bald ändern möchte.«

»Hast du eigentlich immer die passende Antwort auf alles, was ich sage?« Cheyenne war frustriert über Faulkners ruhige und rationale Reaktionen auf alles, was sie ansprach.

»Ja. Bist du jetzt bereit dafür, die Verbände zu lösen?«

Cheyenne nickte und rollte dann mit den Augen, als Faulkner sich nicht bewegte, sondern stattdessen nur seine Augenbrauen hob. »Ja, ich bin bereit, die Verbände zu lösen.«

Dude lächelte sie nur an. Er trat ein Stück zurück, sodass sie sich in seinen Armen umdrehen konnte. Er griff hinter sich und zog ein bösartig aussehendes Messer heraus.

»Jesus, Faulkner. Ist es notwendig, damit herumzulaufen?«

Er schaute auf das Armeemesser in seiner Hand. »Ja, Shy, es ist notwendig. Es tut mir nur leid, dass ich es gestern nicht dabeihatte, als ich versucht habe, das verdammte Klebeband von deinen Armen zu entfernen. Es war in meinem Pritschenwagen. Es war fahrlässig von mir, es nicht bei mir zu haben.«

Dude wollte es nicht erwähnen, aber das Messer hatte ihm mehr als ein Mal das Leben gerettet. Er hob es an ihren Arm und sagte: »Bleib ruhig stehen.« Er würde sie nicht verletzen, eher würde er zehn Terroristen ohne Waffe entgegentreten, als diese Frau zu verletzen, aber stillzustehen würde ihm sicherlich dabei helfen, sie nicht zu verletzen.

Dude spürte, wie Cheyenne sich versteifte, und unterdrückte ein Lächeln, das sich auf sein Gesicht schleichen wollte. Er war verdammt glücklich, dass sie ihm nach wie vor vertraute. Wenn sie ihm erzählt hätte, dass sie in ihrer Wohnung nach dem Aufwachen einen Mann vorgefunden hatte, den sie kaum einen Tag kannte, und ihn nicht sofort rausgeschmissen hatte, hätte er ihr wohl den Hintern versohlt. Aber da er dieser Mann war und er wusste, dass er ihr niemals ein Haar krümmen würde, verlor er kein Wort über ihre Leichtsinnigkeit.

Er fuhr an ihrem rechten Arm mit dem Messer über den Verband und schnitt ihn auf. Dude legte das Messer aufs Waschbecken und zog langsam und vorsichtig den weißen Mull ab. Bei den wund aussehenden Hautpartien, die durch das Entfernen des Klebebands gereizt waren, zuckte er zusammen.

»Sieht gut aus«, sagte Cheyenne zufrieden und sah auf ihren Arm hinunter.

»Gut?«

»Ja, du hättest es gestern sehen sollen. Das Zeug, das sie mir auf die Arme geschmiert haben, wirkt offensichtlich Wunder.«

Sie lachten und Dude griff wieder nach dem Messer, um den Verband an Cheyennes anderem Arm zu entfernen. Als er damit fertig war, trat Dude zurück. »Okay, Shy, ich denke, du kannst jetzt duschen. Ich werde in der Küche auf dich warten. Lass dir Zeit.«

Cheyenne nickte und sah, wie Faulkner aus dem

kleinen Badezimmer ging und die Tür hinter sich schloss. Sie schüttelte amüsiert den Kopf. Sie hatte vorgehabt, den Tag damit zu verbringen, faul herumzulungern. Sie hatte keine Ahnung, was der Tag jetzt für sie bereithielt. Sie wusste nicht, warum sie Faulkner vertraute. Vielleicht lag es daran, dass sie ihn schon einmal im Laden gesehen hatte. Vielleicht lag es daran, dass er beim Militär war. Vielleicht lag es an der extremen Situation, in der sie am Tag zuvor gewesen war, und wie sanft er gewesen war, als er ihr das Leben gerettet hatte. Was auch immer es war, Cheyenne wusste, dass es wahrscheinlich dumm war, aber sie konnte sich nicht wirklich darüber aufregen, dass er sich in ihrer Wohnung aufhielt und anscheinend die ganze Nacht dort verbracht hatte. Achselzuckend drehte sie sich zur Dusche um, drehte das Wasser auf und wartete, dass es heiß wurde, während sie die OP-Kleidung auszog, in der sie geschlafen hatte.

Cheyenne blieb viel zu lange unter der Dusche, aber es fühlte sich himmlisch an. Sie schrubbte ihre Haut so fest, wie sie es sich traute und aushielt. Das heiße Wasser schien ihre Sorgen zusammen mit dem Schmutz und den Erinnerungen an ihre Tortur vom Vortag wegzuspülen.

Schließlich stellte sie das Wasser ab und stieg aus der Duschkabine. Auf dem Waschbecken lag frische Kleidung, die definitiv nicht da gewesen war, als sie angefangen hatte zu duschen. Cheyenne wurde rot und wütend, denn sie wusste, dass Faulkner im Badezimmer gewesen sein musste, während sie nur ein paar Zentimeter entfernt völlig nackt unter der Dusche gestanden hatte. Hatte er etwas gesehen? Hatte ihm gefallen, was er gesehen haben könnte?

Cheyenne war ehrlich zu ihm gewesen, als sie sagte, sie würde sich nicht für hässlich halten. Es gab Teile ihres Körpers, die sie mochte, aber bei anderen war sie sich nicht so sicher. Cheyenne war nicht dick und sie war nicht dünn. Sie hatte weder lange noch kurze Haare. Sie hatte keine lavendelfarbenen oder eisblauen Augen, sie hatte normale braune Augen. Sie war nicht klein, aber auch nicht groß. Sie war in allem durchschnittlich. Ziemlich normal. Ihre Mutter und Schwester hatten ihr oft genug gesagt, dass sie nichts Besonderes war. Und obwohl Cheyenne wusste, dass sie nicht auf sie hören sollte, hatten sie in diesem Fall nicht falschgelegen.

Cheyenne zog schnell die Kleidung an, die er auf das Waschbecken gelegt hatte, und wurde rot, als sie sah, welche Unterwäsche Faulkner ausgesucht hatte. Offensichtlich hatte er tief in ihre Unterwäsche-Schublade gegriffen, um den schwarzen Spitzen-Nylon-Tanga zu finden. Normalerweise trug sie so etwas nicht, daher wusste sie, dass er unter ihrer praktischeren Baumwoll- und Nylon-Unterwäsche vergraben gewesen war. Sie wollte ihn eigentlich nicht anziehen, konnte aber auch nicht widerstehen. Bei dem Gedanken, dass Faulkner ihn ausgesucht hatte, fühlte sie sich schön, wenn sie ihn trug.

Daneben hatte er ihr eine graue Trainingshose und ein T-Shirt gelegt, dessen V-Ausschnitt für Cheyennes Befinden viel zu tief war. Der BH, den er aus ihrer Schublade geholt hatte, war der einzige Push-up-BH, den sie besaß. Sie hatte ihn aus einer Laune heraus gekauft und dachte, sie würde sexy damit aussehen. Es war nicht so gewesen. Sie hatte sich unwohl damit gefühlt, als würde sie für etwas werben, das sie nicht besaß. Aber jetzt, wo Faulkner ihn herausgesucht hatte? Jetzt fühlte sie es. Sie fühlte sich sexy.

Cheyenne sah sich im Spiegel an, als sie fertig war. Der BH machte seinem Namen alle Ehre und betonte ihr Dekolleté. Er schob ihre Brüste hoch und brachte sie in dem tief ausgeschnittenen T-Shirt wunderbar zur Geltung. Cheyenne wusste, dass sie wahrscheinlich ein normales T-Shirt und einen ihrer normalen BHs anziehen sollte, aber zunächst ging sie, so wie sie war, ins Schlafzimmer zurück.

Vielleicht hätte sie nie wieder so eine Chance. Sie hatte keine Ahnung, wohin sie das alles führen würde, was auch immer das hier war, vielleicht nirgendwo hin. Aber sie würde den Moment genießen, solange es ging. Sie wäre dumm, es nicht zu tun. Sie hatte keine Ahnung, was Faulkner noch vorhatte. Cheyenne war gestern Abend aufgrund der Schmerzmittel ehrlich gewesen, zu ehrlich sogar, als sie gefragt hatte, was Faulkner von ihr wollte. Aber auch jetzt mit einem klaren Kopf an diesem Morgen war sie noch nicht viel schlauer als am Abend zuvor.

Cheyenne ging ins Wohnzimmer und blieb abrupt stehen, als Faulkner in ihrer Küche am Herd über einer dampfenden Pfanne stand, in der sich etwas befand, das wie ein Omelett aussah. Er drehte sich zur ihr um, als sie den Raum betrat, als hätte er gespürt, dass sie hereingekommen war.

»Hey, du siehst schon viel besser aus.«

Seine Worte waren harmlos, aber der Ausdruck in seinen Augen war alles andere als das. Cheyenne sah, wie er den Blick von ihren Füßen über ihre Beine nach oben wandern ließ, für einen Moment auf ihrer Brust verharrte und dann wieder auf ihrem Gesicht zum Ruhen kam.

»Danke.«

Sie starrten sich einen Augenblick länger an, als es wirklich nötig gewesen wäre, bevor Dude sich wieder dem Omelett zuwandte. Er holte tief Luft und versuchte, nicht daran zu denken, wie die Unterwäsche, die er ausgesucht hatte, ohne T-Shirt und Jogginghose an ihrem Körper ausgesehen hätte.

Er hatte in ihren Schubladen nach etwas gesucht, das Cheyenne nach dem Duschen anziehen könnte, und war bei ihrer Unterwäsche hängengeblieben. Alles war willkürlich und unorganisiert in die Schublade gestopft, und nichts war zusammengelegt. Dude war für einen Moment fassungslos, bevor er sich selbst dabei erwischte, wie er gedankenverloren ihre Baumwollunterwäsche beiseiteschob und auf dem Boden der Schublade den kleinen schwarzen Tanga fand.

Ohne länger darüber nachzudenken, hatte er ihn herausgezogen und mit seinem Daumen über das Material gestrichen.

Der gleiche Vorgang hatte sich mit ihren BHs wiederholt. Die meisten waren bieder und funktional, bis auf den einen schwarze BH mit Spitze und Polsterung. Dude war kein Experte, kannte aber den Zweck der zusätzlichen Polster.

Er warf noch einmal einen Blick auf Cheyenne und wusste, dass sie den BH angezogen hatte. Ihr Ausschnitt war mehr als nur ansatzweise zu sehen, als sie sich auf den Barhocker an der Küchentheke setzte. Er grinste, als sich eine leichte Röte auf ihrem Gesicht zeigte. Sie hatte ihn dabei erwischt, wie er sie musterte.

Dude drehte sich um und griff nach einem der Teller, die er neben den Herd gestellt hatte, nahm gekonnt das Omelett aus der Pfanne und legte es darauf. Er legte eine Gabel auf den Teller und stellte ihn vor Cheyenne auf die Küchentheke.

»Du hättest nicht kochen müssen«, versuchte Cheyenne zu protestieren.

»Ich weiß. Jetzt iss.«

»Ich hatte doch nichts mehr in meinem Kühlschrank außer Salatdressing ... Du hast gesagt, Fiona hat das alles eingekauft?«

»Iss, Shy.«

Dude lächelte, als Cheyenne pflichtbewusst die Gabel nahm und in das Omelett stach. Er bewegte sich nicht vom Fleck, bis sie einen Bissen genommen und ihre Augen genussvoll geschlossen hatte. Er ging zurück zum Herd und schlug weitere Eier in die noch heiße Pfanne auf. Dudes Aufmerksamkeit wechselte zwischen Cheyenne und seinem eigenen Omelett hin und her.

Während er sich sein eigenes Frühstück zubereitete, nahm Cheyenne ihren letzten Bissen. Sie sah ihn plötzlich verlegen an. »Es tut mir leid, ich hätte auf dich warten sollen. Jesus, ich bin schrecklich.«

»Es ist in Ordnung, Shy. Wenn du gewartet hättest, wäre es kalt geworden.«

»Aber ...«

»Ich sagte doch, es ist in Ordnung.« Dude wusste, dass er etwas härter war als für die Situation angemessen, aber er konnte nichts dagegen tun. Es war ein Teil seiner Persönlichkeit. Er war es gewohnt, dass man ihm gehorchte. Es war eine der Nebenwirkungen davon, ein SEAL zu sein, und davon, sich in Situationen zu befinden, in denen Gehorsam selbstverständlich und überlebensnotwendig war. Er war kein Kontrollfanatiker und kein BDSM-Anhänger, aber wenn er mit einer Frau ins Bett ging, wollte er auf jeden Fall die Kontrolle haben.

Dude hatte niemals darüber nachgedacht, was das für eine richtige Beziehung bedeuten würde, weil er nie eine richtige Beziehung gehabt hatte. Wie die meisten seiner Freunde, die jetzt fest liiert waren, riss er gern Frauen auf. Er schleppte sie ab, hatte seinen Spaß und verbrachte eine heiße Nacht mit ihnen. Aber nur eine Nacht. Die Frauen wussten, worauf sie sich einließen, und bisher hatte sich noch keine bei ihm beschwert. Sie hatten ihm alle bereitwillig die Kontrolle überlassen und waren am nächsten Morgen wieder verschwunden. Dude hatte nie wirklich darüber nachgedacht, wie das funktionieren sollte, wenn man mehrere Nächte miteinander verbringen würde.

Er schüttelte den Kopf. Dude wollte Cheyenne nicht auf dieselbe Art, wie er die anderen Frauen gewollt hatte. Er *mochte* sie. Wie er ihr am Abend zuvor gesagt hatte, war sie interessant und lustig. Das waren nicht die Adjektive, mit denen er in der Vergangenheit Frauen beschrieben hätte, die er mochte. Zur Hölle, er hatte sich nicht einmal die Mühe gemacht, die Frauen richtig kennenzulernen, bevor er mit ihnen ins Bett ging. Vielleicht machte ihn das zu einem Arschloch, aber er konnte seine Vergangenheit nicht mehr ändern.

Eine Frau zu mögen und sie kennenlernen zu wollen, bevor er mit ihr schlief, war Neuland für Dude. Er hatte auch noch nie seine Freunde mit einer seiner Beziehungen bekannt gemacht, was auch immer diese Art von Beziehung mit Cheyenne war. Er hatte sich nie die Mühe gemacht, einen seiner One-Night-Stands seinen Freunden vorzustellen. Aber hier war er nun, einen Tag, nachdem er Cheyenne kennengelernt hatte, und schon hatte er seine Freunde um Hilfe gebeten. Fiona war überglücklich gewesen, ihm zu helfen, die

Lebensmittel zu besorgen. Dude hatte Cheyenne nicht allein lassen wollen, während sie noch unter dem Einfluss der schweren Schmerzmittel aus dem Krankenhaus stand. Also hatte er Cookie angerufen, aber stattdessen war Fiona gekommen. Sie hatte genügend Nahrungsmittel für mindestens einen Monat eingekauft.

Dude hatte die Nacht auf Cheyennes Couch verbracht und war mindestens ein Mal pro Stunde aufgestanden und hatte seinen Kopf durch den Türspalt in ihr Zimmer gesteckt, um nach ihr zu sehen. Sie hatte geschlafen wie ein Stein. Sie hatte sich nicht einmal gerührt, als er neben ihrem Bett gestanden hatte. Als Dude Cheyenne einmal berührt hatte, hatte sie nur kurz gestöhnt und sich in seine Richtung gerollt. Es war schwieriger gewesen, als Dude gedacht hatte, ihr Zimmer danach zu verlassen.

Jetzt war er immer noch hier, kommandierte Cheyenne herum und drängte sich ganz allgemein auf. Dude wusste, dass er gehen und ihr etwas Freiraum geben sollte, aber er wollte es ehrlich gesagt nicht.

»Was hattest du dir für heute vorgenommen, Shy?«

Cheyenne sah zu Faulkner hinüber, der noch aß. Sie schob ihren Teller beiseite und stützte sich auf ihre Ellbogen. »Ich habe noch nicht wirklich viel darüber nachgedacht. Normalerweise hänge ich an meinen freien Tagen einfach nur rum.«

»Verdammt, ich habe doch noch nicht einmal gefragt, was du beruflich machst. Es tut mir leid.«

Cheyenne zuckte die Achseln. »Schon in Ordnung. Es ist ja nicht so, dass wir bis jetzt wirklich die Gelegenheit hatten, über unser Leben zu plaudern. Außerdem ist es nicht wirklich interessant. Ich arbeite beim Notruf am Telefon.«

Dude senkte die Gabel mit dem Omelett, die er gerade in den Mund nehmen wollte, und sah Cheyenne ungläubig an. »Was?«

Cheyenne war nervös und wusste nicht, warum Faulkner so komisch reagierte. Sie wiederholte: »Ich bin Telefonistin in der Notrufzentrale.«

»Du hilfst also, Menschenleben zu retten, wenn dringend jemand gebraucht wird.«

Er hatte keine Frage gestellt, aber Cheyenne hatte trotzdem das Gefühl, antworten zu müssen. »In gewisser Weise, ja, aber die meiste Zeit über ist es langweilig und wir bekommen auch viele Anrufe, die keine echten Notfälle sind.«

»Du brauchst es nicht kleinzureden, Shy«, erwiderte Dude. »Du hilfst Menschen in einer Notlage. Du bist für sie da, wenn sie Hilfe brauchen. Das ist großartig.«

Cheyenne fühlte sich bei seinem Lob unbehaglich und zuckte nur die Achseln.

Dude legte den Kopf schief und sah sie genauer an. Er war überrascht über ihren Beruf. Es war nicht so, als könnte er sich nicht vorstellen, dass sie diese Tätigkeit ausübte. Am Tag zuvor war sie selbst im Angesicht ihres eigenen Todes ruhig geblieben. Jetzt wusste er warum. Sie hatte viel Übung im Umgang mit ihren Emotionen in extremen Situationen. »Wie kommst du mit dem Stress klar, den deine Arbeit verursacht?«

»Was?« Cheyenne war erschrocken über Faulkners Frage.

»Ich habe gefragt, wie du mit dem Stress in deinem Job umgehst?«

»Äh, ich lese? Ich hänge hier zu Hause ab?«

Faulkner sah sie genau an. Cheyenne hatte seine Frage nicht beantwortet, sondern mehr oder weniger mit einer Gegenfrage reagiert. »Du setzt dich nicht damit auseinander, oder?«

»Es ist keine große Sache.«

»Es ist eine große Sache, Shy. Zur Hölle, sogar meine Teamkollegen und ich wissen, dass wir nach einer Mission Dampf ablassen müssen. Du musst es irgendwie rauslassen.«

»Ich weiß, dass du mit Sprengstoff arbeitest, aber was genau machst *du* beruflich, Faulkner?«, fragte Cheyenne defensiv. Sie wollte die Aufmerksamkeit von sich ablenken und da er mit dem Thema angefangen hatte, würde sie dabei bleiben.

»Ich bin ein Navy SEAL.«

Cheyenne sah ihn erschrocken an. Ach du heilige Scheiße!

»Nein, das darf doch nicht wahr sein.«

Dude schob seinen Teller weg und lehnte sich zu Cheyenne hinüber. Er mochte ihren Tonfall nicht. »Wie meinst du das, was darf nicht wahr sein? Wie ich in Bezug auf dich empfinde, fühlt sich so richtig an wie schon lange nichts mehr, Shy.«

»Nein, ich meine damit, dass du *wirklich* ein Held bist. Was zur Hölle machst du hier?«

Dude stand auf und kam Cheyenne so nahe, dass sie sich gegen die Theke lehnen musste. Er legte seine Hände hinter ihr auf den Tresen, sodass er direkt über ihr schwebte und sie unmöglich ignorieren konnte, was er sagen wollte.

»Für mich bist *du* die Heldin, Shy.« Dude ignorierte Cheyenne, als sie den Kopf schüttelte, und fuhr fort: »Du hilfst den Menschen jeden Tag. Jeden verdammten Tag. Du bist ihre Lebensader, wenn sie eine brauchen. Sie müssen nur ihre Hand ausstrecken, und du bist für sie da.«

»Aber ich rette sie nicht. Oft sind sie bereits tot oder liegen im Sterben oder zumindest jemand, den sie kennen.«

»Shy, Jesus.« Dude sah, wie Cheyenne anfing zu zittern.

»Nein wirklich, meistens habe ich keine Ahnung, was passiert oder wie es ausgeht. Manchmal sehe ich es in den Nachrichten. Ich rufe nur die Polizei und den Krankenwagen an, Faulkner. Ich rufe Leute wie *dich* an, um einzuschreiten und wirklich Leben zu retten.«

Dude fühlte sich nicht gut bei dem, was Cheyenne sagte. Es gefiel ihm nicht, wie sie über sich selbst und ihre Arbeit dachte. »Shy, ich will dir eine Geschichte erzählen. Wirst du dir anhören, was ich zu sagen habe?«

Bei Cheyennes Nicken hob er nur eine Augenbraue.

»Entschuldige, ja, ich werde zuhören.«

»Ich bin eine Enttäuschung für meine Eltern.« Dude konnte sehen, dass Cheyenne im Begriff war zu protestieren, aber er unterbrach sie. »Ich sage dir das nicht, damit du Mitleid mit mir hast oder so. Hör einfach zu.«

Cheyenne nickte und sah, wie ein Muskel in Faulkners Kiefer zuckte. Was immer er ihr sagen wollte, war ernst.

»Als ich ungefähr dreizehn war, habe ich ein Mal die Schule geschwänzt. Ich bin vom Surfen nach Hause gekommen und hatte erwartet, eine Standpauke von meinen Eltern über das Fernbleiben von der Schule zu hören. Stattdessen habe ich Blut in unserer ganzen Küche vorgefunden, jedoch keine Spur von meinen Eltern entdeckt. Es gab keine Nachricht oder sonst etwas. Ich hatte keine Ahnung, wo sie waren oder was passiert war. Ich wusste nur, dass das Haus leer war und Unmengen von Blut auf der Arbeitsplatte, in der Spüle und sogar auf dem Boden der Küche zu finden waren. Ich bin total ausgeflippt. Hysterisch habe ich die Nummer des Notrufs gewählt. Die Dame, die ans Telefon ging, war ein Engel. Sie hat mich beruhigt und gebeten, ein paar einfache Fragen zu beantworten. Sie hat eine Technik eingesetzt, von der ich heute weiß, dass sie Menschen dazu bringt, sachlicher zu denken und weniger emotional, indem die rechte Gehirnhälfte stärker beansprucht wird. Sie hat mich gefragt, wie ich heiße, wie alt ich bin und wie meine Adresse lautet. Ich bin mir sicher, dass du diese Techniken auch einsetzt. Als sie zur nächsten Frage kam, konnte ich jedenfalls schon etwas klarer denken.

Ich habe mich umgesehen und neben einem Schneidebrett mit klein geschnittenem Gemüse ein Küchenmesser gefunden. Während ich beschrieben habe, was ich gesehen habe, hatte die Dame am Telefon selbst Nachforschungen angestellt. Sie sagte mir, dass mein Vater meine Mutter in die Notaufnahme gebracht hat. Sie hatte sich beim Zubereiten des Abendessens verletzt und das But in der Küche verteilt, während sie auf meinen Vater gewartet hatte, um ihr zu helfen, einen Druckverband anzulegen.«

Dude lächelte, als Cheyenne eine Hand auf seinen Bizeps legte und ihn streichelte. Sie sah immer noch zu ihm auf, runzelte die Stirn und kaute auf ihrer Lippe. Unbewusst versuchte sie, ihn zu beruhigen. Dude gefiel das.

Schnell beendete er seine Geschichte, um zum Punkt zu kommen. »Es war mir verdammt peinlich, dass ich mir eingebildet hatte, meine Eltern wären erstochen oder entführt worden. Das Gefühl der Erleichterung werde ich niemals vergessen, als diese Dame am Telefon mich beruhigt und alles aufgelöst hat. Sie war in dieser Situation meine Lebensader und ich weiß nicht, was ich getan hätte, wenn sie nicht für mich da gewesen wäre. Dasselbe machst *du* für andere Leute. Du bist die Lebensader für jeden Menschen, der in einer Krise steckt und die Nummer des Notrufs wählt, wo du das Gespräch annimmst. Ich kenne den Namen dieser Dame nicht, ich habe sie nie getroffen und hatte nie die Gelegenheit, ihr richtig zu danken. Das bedauere ich bis heute. Ich wünschte, du könntest jeden einzelnen Menschen treffen, dem du geholfen hast, Shy. Ich wünschte, du könntest aus erster Hand erfahren, wie sehr du ihnen hilfst.«

Dude machte eine Pause und legte seine vernarbte Hand in Cheyennes Nacken. Er drehte ihren Kopf zu sich und zwang sie, ihm in die Augen zu schauen. »Was du tust, ist wichtig, Shy. Du bewirkst in deinem Leben mehr, als du jemals erfahren wirst. Die Menschen, mit denen du sprichst, werden nie vergessen, was du für sie getan hast, auch wenn ihr geliebter Mensch nicht überlebt hat. Steh dazu, Schätzchen. Sei stolz darauf.«

Cheyenne schloss kurz die Augen. Sie mochte das Gefühl von Faulkners Daumen unter ihrem Kinn und seinem kleinen Finger in ihrem Nacken. Es fühlte sich großartig an. »Ich werde es versuchen«, flüsterte sie.

»Tu das.« Dude trat noch näher an Cheyenne heran, legte eine Hand an ihre Taille und streichelte sie. »Ich werde dir jetzt den Verstand aus dem Leib küssen, Shy. Dann werde ich dich wahrscheinlich zu viel berühren, als es der Umstand zulässt, da wir uns erst gestern kennengelernt haben. Ich kann nicht aufhören, daran zu denken, dass du diesen Tanga trägst, den ich für dich ausgesucht habe, und wie eng er zwischen deinen Beinen anliegt, während du hier sitzt. Sobald ich mich zwinge, mich zurückzuziehen, hoffentlich bevor ich zu weit gehe, werde ich dich für ein paar Stunden in Ruhe lassen. Ich habe ein paar Dinge zu erledigen, aber ich komme später wieder. Ich werde dich mitnehmen, damit du die wichtigsten Menschen in meinem Leben kennenlernen kannst ... meine SEAL-Teamkollegen und ihre Frauen. Dann nehme ich dich mit zu mir nach Hause und du wirst die Nacht in meinem Bett verbringen, während ich auf der Couch schlafe. Bevor ich dich nehme, möchte ich sichergehen, dass wir beide dafür bereit sind. Hast du ein Problem damit?«

Cheyenne versuchte, nicht zu hyperventilieren. Es gab so viele Dinge, die an dem, was Faulkner gesagt hatte, nicht stimmten, aber sie sehnte sich geradezu verzweifelt nach jedem einzelnen dieser Dinge. »Ich muss morgen arbeiten«, brachte sie atemlos heraus.

Sie sah, wie Faulkner ein breites, leicht böses Grinsen aufsetzte. »Okay, vor deiner Schicht bringe ich dich hierher zurück, damit du dich umziehen und das tun kannst, was du sonst noch erledigen musst. Funktioniert das? Irgendwelche anderen Einwände?«

Cheyenne schüttelte den Kopf, fing sich aber und sagte: »Nein, Faulkner, keine Einwände.«

Der Ausdruck in seinen Augen war elektrisierend. »Du hast gestern Abend einen Gedanken geäußert und du solltest wissen, dass ich es kaum erwarten kann, dir zu zeigen, wie sich meine Hand auf deiner Haut anfühlt, Shy.« Dude senkte den Kopf, ohne ihr eine Gelegenheit zu geben, auf seine Worte zu antworten, und küsste ihr den Verstand aus dem Leib, wie er es versprochen hatte.

Er fragte nicht, er ließ es nicht langsam angehen, er tauchte ein und übernahm die Kontrolle. Dude gab ihr keine Chance dagegenzuhalten. Er steckte seine Zunge in Cheyennes Mund und nahm sie aggressiv. Er benutzte seine Zunge, seine Lippen und sogar seine Zähne. Er neckte, knabberte, biss und streichelte sie. Innerhalb weniger Augenblicke rekelte Cheyenne sich in seinen Armen und verlor sich in der Leidenschaft, die sie beide empfanden.

Dude packte sie an den Handgelenken und zog sie hinter ihren Rücken. Er hielt sie fest gegen ihren Rücken gepresst und ermutigte sie, sich ihm weiter hinzugeben. Mit seiner linken Hand strich Dude über ihre Brüste, die durch den Push-up-BH in dem tief ausgeschnittenen T-Shirt jetzt noch deutlicher zu sehen waren.

Dude entfernte sich von Cheyennes Mund, ignorierte ihr Wimmern des Protests und sah auf ihre Brust hinunter. Er konnte ihre erregten Brustwarzen durch den Spitzen-BH und das T-Shirt hindurch sehen.

»Normal? Jesus, Shy, sieh dich nur an. Du bist alles andere als normal.«

Ohne ihr die Möglichkeit zu geben, etwas anderes

zu sagen oder zu tun, senkte Dude den Kopf wieder und fuhr mit seiner Zunge zwischen ihren Brüsten entlang. Er hielt sie fest. Mit einer Hand umklammerte er immer noch die Handgelenke hinter ihrem Rücken und die andere ruhte direkt unter ihren Brüsten. Er konnte fühlen, wie ihr Herz gegen ihre Brust hämmerte, als würde sie einen Marathon laufen.

»Schön. So schön«, murmelte Dude und zog sich noch einmal zurück. Er sah Cheyenne wieder in die Augen. »Du hast keine Ahnung, wie sehr ich dich auf den Boden legen, dir die Kleider vom Leib reißen und den Rest des Tages damit verbringen will, dich zu probieren und herauszufinden, wie gut du dich unter mir anfühlst. Du hast keine verdammte Ahnung. Aber das hier ist *kein* One-Night-Stand, Shy. Sag es.«

»Kein One-Night-Stand.«

»Gut. Eine Nacht würde auf keinen Fall ausreichen.« Dude kämpfte mit sich selbst. Cheyenne war so schön und hilflos in seinen Armen und wartete darauf herauszufinden, was er als Nächstes mit ihr machen würde. Er wusste, dass er sich auf dünnem Eis befand. Er testete seine Dominanz bis zum Äußersten aus, aber er musste sie probieren.

»Warte, Shy. Ich muss deine Brustwarze wenigstens ein Mal an meiner Zunge spüren, bevor ich dich gehen lasse.« Dude lehnte sich zurück, nahm seine entstellte linke Hand und zog an dem V-Ausschnitt ihres T-Shirts. Wahrscheinlich hatte er es ruiniert, aber es war ihm verdammt egal. Er zog den Ausschnitt so weit herunter, bis er den Rand ihrer Nippel über dem BH sehen konnte. Während er das T-Shirt festhielt, schob er den BH mit einem Finger ein Stück hinunter, bis ihre Brustwarzen heraussprangen. Dude sah, wie sie sich in der kühlen Luft weiter verhärteten.

Cheyenne hatte große Warzenhöfe und ihre Brustwarzen waren dunkler als ihre Haut. Dude strich mit seinem Daumennagel über ihre Brustwarze und beobachtete, wie Cheyenne stöhnte und sich unter seiner Berührung wölbte und sich stärker an ihn drückte. »Scheiße. So schön.« Dude beugte sich vor und saugte fest an Cheyennes Nippel. Genau wie bei dem Kuss zuvor fing er nicht langsam an, sondern saugte sofort hart und benutzte seine Zähne, um an ihrer Brustwarze zu ziehen. Dude spürte, wie ihre Arme in seinem Griff zuckten, als sie sich gegen ihn presste.

Er ließ ihre Brustwarze los und sah nach unten. Dude wusste, dass er in sie eingedrungen wäre, hätte sie keine Kleidung getragen. Sie waren so eng aneinandergepresst und er hätte schwören können, dass er durch ihre Kleidung hindurch spüren konnte, wie feucht Cheyenne war.

Während er weiter mit seinem Fingernagel über ihre Brustwarze fuhr, beugte Dude sich vor und flüsterte ihr ins Ohr: »Oh ja, dieser Tanga ist schon feucht, nicht wahr, Shy? Ich würde ihn gern gegen meine Wange reiben, jetzt, nachdem du ihn getragen hast. Ich habe mir vorgestellt, wie er sich anfühlen und wie er riechen würde, als ich ihn aus deiner Schublade gezogen habe. Ich würde dafür töten, jetzt meine Hände darauf legen zu können.« Dude hörte Cheyenne wimmern. Sie legte den Kopf nach hinten und bot ihm ihren Hals zum Spielen an.

Er saugte und knabberte an ihrem Ohrläppchen. Dann bewegte Dude seine Lippen zu ihrem Hals. Er kümmerte sich nicht um die Konsequenzen und begann, sie dort zu markieren, wo es jeder sehen könnte. Er wählte absichtlich eine Stelle, an der sie seine Markierung nicht verbergen konnte, und saugte an Cheyennes Hals.

»Machst d-d-du mir einen Knutschfleck?«, stotterte Cheyenne, kämpfte aber nicht gegen ihn an, sondern legte den Kopf schief, um Dude mehr Platz für sein Wirken zu geben. »Was sind wir denn, fünfzehn?«

Dude wartete, bis er ihren Hals mit seinem Mund ausreichend markiert hatte, und hob schließlich den Kopf, um sein Werk zu begutachten. »Zur Hölle, ja, ich markiere dich. Ich möchte, dass du an meinen Mund denkst, an meine Finger auf deiner Brustwarze und daran, wie mich deine Beine umschlossen haben, jedes Mal wenn du in den Spiegel schaust, Shy.«

Während er mit den Fingern weiter an ihrer erigierten Brustwarze zupfte, wiederholte Dude, was er zuvor gesagt hatte, und betonte jedes Wort einzeln: »Dies ist kein One-Night-Stand. Ich glaube nicht, dass ich jemals genug von dir bekommen werde.«

Schließlich musste Dude aufhören, bevor er zu weit ging. Er beugte sich vor und leckte ein letztes Mal ihre Brustwarze. Es gefiel ihm sehr, wie hart sie für ihn war. Er wanderte mit seiner Zunge in ihren Ausschnitt und schmeckte sie noch einmal zwischen ihren Brüsten. Ein letztes Mal strich er mit seinem Daumennagel über ihre Brustwarze, bevor er widerwillig ihren BH hochzog, sodass ihre Brüste wieder bedeckt waren. Er beugte sich erneut vor, um noch einmal ihren Mund mit seinem zu nehmen. Dabei schob er seine linke Hand in ihren Nacken.

Dude lehnte sich zurück, sodass er sie nur noch mit seinen Händen an ihren Handgelenken und im Nacken berührte. Er wartete geduldig mit einem breiten Lächeln darauf, dass Cheyenne die Augen öffnete.

Als sie endlich ihre Augenlider hob, sah er genau, wie ihr die Schamesröte ins Gesicht schoss. »Du bist köstlich, Shy. Es tut mir leid, dass du gestern in diese Situation verwickelt wurdest, aber es tut mir nicht leid, dass wir uns dadurch kennengelernt haben. Wenn das der einzige Weg war, um dich in mein Leben zu holen, dann bin ich froh, dass es passiert ist. Ich bin ein egoistisches Arschloch, aber so empfinde ich nun mal.«

Dude wartete, während Cheyenne nichts sagte, aber weiterhin ruhig zu ihm aufblickte. »Ich mag dich, Cheyenne. Ich finde dich großartig. Ich bin im Schlafzimmer ein anspruchsvoller Hurensohn, aber wenn dieses Vorspiel mir eins gezeigt hat, dann, dass wir gut miteinander auskommen werden.«

Cheyenne kämpfte zum ersten Mal gegen seinen

Griff an und bemerkte, wie sehr Faulkner sie herumkommandiert hatte. Als er sie nicht losließ, starrte sie ihn entschlossen an. Ihr Blick hatte offensichtlich keine Wirkung, weil er nur lachte und ihre Handgelenke noch fester hielt.

»Ich mag es, wie du dich anfühlst. Ich spüre gern, wie dein Körper sich unter mir anspannt. Wenn dir zu irgendeinem Zeitpunkt nicht gefällt, was wir tun, dann sag es mir einfach. Ich schwöre, dass ich dich hören werde, Shy, okay?«

»Okay«, stimmte Cheyenne sofort zu. Faulkner hatte bisher nichts getan, was sie nicht mochte. Es war vielleicht nicht sehr förderlich für die starke Frau in ihr, aber es gefiel ihr, nichts weiter tun zu müssen, außer das Gefühl zu genießen, das Faulkner in ihrem Körper hervorrief. Sie mochte es, dass er die Kontrolle für ihr Liebesspiel übernahm.

Schließlich ließ Dude ihre Hände los und trat einen Schritt zurück. Er sah sie anerkennend an, als sie sich aufrichtete und versuchte, ihr Gleichgewicht wiederzugewinnen. Er fuhr mit dem Zeigefinger über den ausgeleierten V-Ausschnitt ihres T-Shirts und tauchte tief zwischen ihre Brüste. Schließlich schloss er die Augen und seufzte.

»Okay, jetzt, wo du weißt, dass ich ein Sex-Teufel bin, werde ich gehen. Ich habe ein paar Dinge zu erledigen, die mit den Geschehnissen von gestern zu tun haben. Ich muss alles meinem Kommandanten berichten und mich noch einmal bei der Polizei melden. Gegen drei werde ich zurück sein, um dich abzuholen. Dann fahren wir zu Wolf und Ice. Sie machen heute ein Picknick Impromptu.«

»Impromptu?«

Dude lächelte. »Ja, nachdem Fiona gestern Abend die Lebensmittel vorbeigebracht hatte, hat sie sofort die anderen Mädchen angerufen und sie haben das Treffen für heute arrangiert, um dich kennenzulernen.« Bei Cheyennes erschrockenem Gesichtsausdruck beugte Dude sich vor und lehnte seine Stirn gegen ihre. »Sie werden dich mögen, Shy. Vertrau mir. Erinnerst du dich, als du gesagt hast, dass dies kein One-Night-Stand ist? Das meine ich damit. Niemals würde ich einen One-Night-Stand zum Haus meines Freundes einladen, um meine Teamkollegen und ihre Frauen kennenzulernen.«

»Du hast mich dazu gezwungen, das zu sagen.«

»Ich habe dich nicht dazu gezwungen, irgendetwas zu sagen. Du hast es freiwillig gesagt.«

»Aber ...«

»Nein, kein Aber«, schnitt Dude ihr das Wort ab. »Dies. Ist. Kein. One. Night. Stand.« Er sprach es leise und mit fester Stimme aus.

Cheyenne lächelte. »Okay, Faulkner, was auch immer du sagst.«

Dude schüttelte nur den Kopf. Sie war so verdammt süß. Sein Lächeln wurde schwächer und er sah Cheyenne ernst an. »Alles in Ordnung damit? Mit uns?«

»Wir haben uns gerade erst kennengelernt. Es geht alles sehr schnell.«

»Das tut es. Aber es fühlt sich richtig an, oder nicht?«

»Ja.«

»Okay, dann hole ich dich um drei ab.«

»Okay, Faulkner. Ich werde auf dich warten.«

Dude trat von Cheyenne zurück. Während er sich von ihr zurückzog, ließ er sie nicht aus den Augen, bis er die Haustür erreicht hatte. »Ruh dich aus, Shy. Lass es ruhig angehen und übertreibe es nicht. Wir sehen uns später.« Dann drehte er sich um und öffnete die Tür. Kurz bevor er ging, drehte Dude sich noch einmal zu Cheyenne um. »Schließ die Tür hinter mir ab.« Er wartete darauf, dass sie nickte, dann verschwand er.

Cheyenne ging zu ihrer Wohnungstür, drehte pflichtbewusst den Schlüssel um und legte die Kette an, bevor sie an der Tür zusammensackte.

Heilige Scheiße, war alles, was sie denken konnte, als sie die Augen schloss und lächelte.

KAPITEL SECHS

Cheyenne rutschte nervös auf dem Beifahrersitz in Faulkners Wagen herum. Wie versprochen hatte er sie später am Nachmittag in ihrer Wohnung abgeholt. Cheyenne hatte den Tag damit verbracht, sich darüber Gedanken zu machen, was sie zu diesem »Treffen« mit seinen Freunden anziehen sollte, was er wirklich mit ihr vorhatte und warum sie ihn überhaupt zurückkommen ließ … und viele andere Kleinigkeiten, die ihr in den Sinn gekommen waren.

Das war so untypisch für sie. Erstens war sie nicht die Art von Frau, die sich so schnell auf einen Mann einließ. Verdammt, mit dem letzten Mann, mit dem sie sich verabredet hatte, war sie zwei Monate lang ausgegangen, bevor sie ihn den nächsten Schritt hatte machen lassen. Zweitens war sie nicht die Art von Frau, in die Männer sich verliebten, aber Gott, es fühlte sich gut an. Sie hatte von Faulkner geträumt.

Seit sie ihn in diesem Supermarkt gesehen hatte, während sie unschuldig nach Lebensmitteln gesucht hatte, träumte sie davon, dass er sie sehen und sich unsterblich in sie verlieben würde. Es war dumm, aber so wie ihre Familie es ihr ständig vorhielt, genoss sie es, davon zu träumen.

Cheyenne hatte den Tag damit verbracht, ihre Wohnung von oben bis unten zu putzen, einfach um nicht auszurasten. Sie hatte kein Problem damit zuzugeben, dass sie faul war, aber der Gedanke daran, dass Faulkner die ganze Nacht in ihrer chaotischen Wohnung gewesen war und ihre Schlamperei inspiziert hatte, war zu viel des Guten.

Also putzte sie. Cheyenne spülte das schmutzige Geschirr, das in der Küche stand, saugte Staub, sammelte die Werbesendungen ein, die sie normalerweise einfach auf den Couchtisch warf, und sortierte sie. Sie schrieb ein paar Schecks, um Rechnungen zu bezahlen, die bald fällig waren, und schmiss die Waschmaschine an.

Cheyenne sah sich um und dachte, sie sollte vielleicht noch Staub wischen, aber das ging etwas zu weit. Sie hatte noch nie den Zweck des Staubwischens verstanden. Welchen Sinn machte das? Es war nicht so, dass durch das Abwischen eines Möbelstücks der Staub in der Luft verschwinden würde. Sobald man das Bücherregal oder den Tisch oder was auch immer abgewischt hatte, setzte sich der Staub in der Luft sofort wieder ab ... es war also reine Zeitverschwendung. Cheyenne glaubte auch nicht, dass Faulkner den Staub sehen oder sich dafür interessieren würde.

Am frühen Nachmittag war es schließlich Zeit, dass Cheyenne sich überlegte, was sie anziehen würde. Mit einem verschmitzten Lächeln im Gesicht behielt sie den Tanga an. Im Laufe des Tages hatte sie sich daran gewöhnt und wenn sie ehrlich war, wollte sie Faulkner gefallen, indem sie ihn anbehielt.

Nachdem Cheyenne die Hälfte ihrer Garderobe anprobiert hatte, entschied sie sich für eine nicht zu tief sitzende Jeans – sie war schließlich keine achtzehn mehr – und dazu einen schwarzen Strickpullover mit U-Ausschnitt, der ein Hauch Dekolleté zeigte. Aber nicht so viel, um billig zu wirken. Ungefähr vier Sekunden lang dachte Cheyenne darüber nach, den Push-up-BH zu tragen, entschied sich aber dagegen. Ja, Faulkner hatte ihn ausgewählt, aber es erschien ihr seltsam, ihn zu tragen, wenn sie seine Freunde kennenlernen sollte.

Gegen den Knutschfleck an ihrem Hals, den Faulkner ihr verpasst hatte, konnte sie nicht viel tun. Aber wenn sie ehrlich war, musste sie jedes Mal lächeln, wenn sie ihn sah. Sie hatte schon früher in ihrem Leben Knutschflecke gehabt, damals an der Highschool. Ihr damaliger Freund hatte viel zu stark an ihrem Hals gesaugt und der daraus resultierende blaue Fleck hatte schrecklich ausgesehen. Mindestens eine Woche lang hatte sie einen Rollkragenpullover tragen müssen, bis er zumindest so weit verblasst war, dass er nicht mehr so grausam aussah. Aber Faulkners Markierung war subtil. Er hatte genau den richtigen Druck ausgeübt, um sie zu markieren, jedoch nicht so stark, um sie so aussehen zu lassen, als wäre sie dreizehn und würde mit ihrem ersten Freund herumexperimentieren.

Ihr Pullover hatte lange Ärmel, um ihre noch wunden Arme zu bedecken, was für Cheyenne sehr wichtig war. Sie wollte nicht zu sehr auffallen, wenn sie Faulkners Freunde traf, und mit einem kurzärmeligen Oberteil hätte sie das sicherlich getan. Sie zog ein Paar schwarze Flipflops mit glitzernden Strasssteinen an und vervollständigte das Outfit mit einem Paar Zirkonia-Creolen.

Gegen ihr blaues Auge konnte Cheyenne jedoch nichts unternehmen. Sie hatte nie wirklich gelernt, sich zu schminken, und dachte, wenn sie jetzt damit anfangen würde, würde sie wie ein kleines Mädchen aussehen, das zum ersten Mal mit dem Make-up ihrer Mutter spielte. Sie bürstete etwas Wimperntusche auf ihre Wimpern und trug einen Lippenbalsam mit Pfefferminzgeschmack auf. Den Lippenstift steckte sie in ihre Tasche, um ihn später auffrischen zu können. Sie trug nie richtigen Lippenstift, war aber förmlich süchtig nach aromatisiertem Lippenbalsam.

Cheyenne nahm an, dass sie passabel aussah. Sie würde keinen Schönheitswettbewerb gewinnen, aber sie fand, dass sie ziemlich gut aussah. Der Pullover gehörte zu ihren Lieblingskleidungsstücken und die

Jeans standen ihr gut. Die verbleibenden dreißig Minuten, bevor Faulkner eintraf, ging Cheyenne in dem kleinen Wohnzimmer auf und ab und knabberte nervös an ihren Fingernägeln. Es war eine schreckliche Angewohnheit, die sie größtenteils abgelegt hatte, auch weil ihre Schwester sie immer unbarmherzig damit aufgezogen hatte, aber wenn sie unter Stress stand, verfiel sie wieder in alte Verhaltensmuster.

Sie hatte auch eine kleine Tasche gepackt. Schließlich hatte Faulkner sie darüber informiert – nicht gebeten –, dass sie diese Nacht bei ihm verbringen würde. Sie war sich nicht sicher, ob er es wirklich so gemeint hatte, aber für den Fall der Fälle wollte sie vorbereitet sein. Cheyenne wusste, dass es ein bisschen komisch war und zu schnell ging, aber egal. Sie beschloss, den Moment auszukosten. Faulkner hatte gesagt und es sie wiederholen lassen, dass alles, was sich zwischen ihnen abspielte, kein One-Night-Stand war. Aber sie war sich nicht sicher, ob sie ihm wirklich glauben konnte. Sie würde trotzdem mitmachen. Wenn sich herausstellte, dass es doch nur ein One-Night-Stand war, würde sie sich auch nicht darüber beschweren. Cheyenne war so lange von diesem Soldaten im Lebensmittelgeschäft besessen gewesen, dass sie ihn jetzt auf keinen Fall gehen lassen würde. Verdammt, andere Leute hatten andauernd One-Night-Stands. Sie beschloss, das Leben und den Moment zu genießen und sich später darum zu sorgen.

Cheyenne packte ein T-Shirt zum Wechseln und Leggings zum Schlafen ein, sowie ein legeres Outfit für den nächsten Tag, bestehend aus einer weiteren Jeans und einem T-Shirt mit V-Ausschnitt. Faulkner hatte gesagt, er würde sie morgen vor ihrer Schicht nach Hause bringen, damit sie sich umziehen könnte. Cheyenne packte noch die Sachen ein, die sie für den nächsten Morgen brauchte – Shampoo, Zahnpasta und solche Dinge –, dann war sie fertig.

Kurz bevor Cheyenne vor Aufregung einen Herzinfarkt bekam, traf Faulkner ein. Sie öffnete die Tür und sah, wie er sie von oben bis unten musterte. Als ihre Blicke sich endlich trafen, war es offensichtlich, dass ihm gefiel, was er gesehen hatte.

»Vielleicht können wir doch lieber hierbleiben.«

Hä?

»Was?«

Dude schüttelte den Kopf, als wollte er den Gedanken vertreiben. »Scheiße. Nein, wir müssen los, alle warten auf uns.«

»Du willst doch nicht dorthin?« Cheyenne hob unbewusst den Daumen an ihre Lippen. Wenn Faulkner nach einem kurzen Blick auf sie entschieden hätte, dass er sie nicht mehr zu seinen Freunden mitnehmen wollte, würde sie sterben.

Dude sah den Ausdruck der Unsicherheit in Cheyennes Augen und trat sich geistig in den Hintern. Er machte einen Schritt in ihre Wohnung. Zufrieden stellte er fest, dass sie nicht zurückwich.

Er legte seine rechte Hand auf ihren Arm und führte seine vernarbte linke Hand zu ihrem Gesicht. In der Vergangenheit hätte er niemals daran gedacht, eine Frau mit seiner verstümmelten Hand zu berühren, aber Cheyenne schien es überhaupt nicht zu stören. Im Gegenteil, wenn ihre Worte und ihre Reaktion im Wagen gestern Abend eines gezeigt hatten, dann, dass sie es mochte.

»Shy, ich möchte unbedingt, dass du meine Freunde kennenlernst. Sie werden dich mögen und du wirst sie mögen. Aber als ich dich gerade wiedergesehen habe, konnte ich nur noch daran denken, wie du mich in deinem Bett genauso ansehen würdest, wie du es getan hast, als du die Tür geöffnet hast. Aber ich versuche, es langsam mit uns angehen zu lassen, um dir und mir zu beweisen, dass es keine einmalige Sache ist. Ich musste mich noch nie so sehr zurückhalten. Ich übe noch. Die Worte sind einfach aus meinem Mund gesprudelt, ohne dass ich sie aufhalten konnte.«

Cheyenne sah ihn mit großen Augen an. Faulkner konnte durch den Strickpullover ihre aufgerichteten Brustwarzen sehen. Er schloss für einen Moment die Augen und öffnete sie wieder. Er wollte, dass sie es verstand.

»Ich sage, was ich meine, Shy. Wenn ich nicht wollte, dass du meine Freunde triffst, dann würde ich dich nicht mitnehmen. Wenn ich nur ein Freund für dich sein wollte, dann würdest du es wissen. Ich bin ein einfacher Mann. Wenn ich müde bin, schlafe ich, wenn ich hungrig bin, esse ich. Aber ... ich will dich. Ich möchte nichts weiter, als dich in dein Schlafzimmer zu bringen und dir dabei zuzusehen, wie du dich für mich auszieht. Ich möchte, dass du mich beobachtest, so wie du es gerade tust, während ich mich für dich ausziehe. Ich will dich hart und schnell nehmen, dann will ich es langsam und sanft. Ich will dich in deiner Dusche und auf jedem Möbelstück in meinem Haus nehmen. Ich will dich von hinten nehmen, während deine Hände hinter deinem Rücken zusammengebunden sind, und ich will dabei zusehen, wie du mich in den Mund nimmst, bis ich explodiere. All diese Gedanken sind mir in dem Bruchteil einer Sekunde durch den Kopf gegangen, nachdem du die Tür geöffnet hattest und ich dich gesehen hatte. Deshalb habe ich gesagt, was ich gesagt habe, und nicht, weil ich nicht möchte, dass du meine Freunde triffst, verstanden? Zweifle nicht an mir, Shy.«

Cheyenne schaute Faulkner nur an. Ihr Kopf drehte sich. Sie konnte fühlen, wie sehr seine Worte sie angemacht hatten. Es wäre es ihr peinlich zu sehen, dass ihre Brustwarzen sich bei seinen Worten aufgerichtet hatten.

»Ich verstehe. Du hast alle Zweifel darüber beseitigt, ob du wolltest, dass ich deine Freunde kennenlerne oder nicht.«

»Gut. Eine Sache noch.«

»Ja?«

»Du trägst nicht den BH, den ich für dich ausgesucht habe. Warum nicht?«

Cheyenne wurde rot, sie war sich nicht sicher, ob Faulkner es bemerken würde. »Das kannst du sehen?«

Dude mochte den rosigen Farbton auf Cheyennes Gesicht. Er wollte sie in seine Arme ziehen und sie in ihr Schlafzimmer bringen, aber er beherrschte sich ... gerade noch. »Ja, das kann ich sehen. Du hast schöne Titten, Shy. Sie hängen nicht und sind fest. Aber dieser BH hat sie noch besser zur Geltung gebracht und dein Ausschnitt hat mich dazu verleitet, mein Gesicht zwischen deinen Brüsten vergraben und dich dort stundenlang anbeten zu wollen. Also ja, ich kann es sehen.«

Dude hob seine rechte Hand an ihre Brust und strich über den Ausschnitt ihres Hemdes.

»Ich ... äh ... steht mir der Pullover?«

Dude mochte die Unsicherheit in Cheyennes Worten nicht. Verdammt. Er trat sich geistig erneut in den Hintern. Er drückte sich heute permanent falsch aus. Er wusste, dass Cheyenne sich nicht sicher über ihr Aussehen war. Daran müsste er arbeiten.

»Ich glaube, ich habe bereits gesagt, wie gut du in diesem Oberteil aussiehst, Shy. Und wenn ich genau darüber nachdenke, mögen meine Teamkollegen zwar verheiratet sein, aber ich möchte nicht, dass sie dich den ganzen Abend anstarren, was sie tun würden, wenn du diesen BH tragen würdest. Ich denke, ich muss dafür sorgen, dass du deine sexy Dessous nur anhast, wenn wir alleine sind.« Cheyenne schenkte ihm ein kleines schüchternes Lächeln.

Dude zog Cheyenne an sich, legte seine rechte Hand unter ihr Kinn und hob ihren Kopf, damit er sie in einem perfekten Winkel lange und sinnlich küssen konnte. Der Kuss war viel zu schnell vorbei, aber Dude wusste, dass sie aufhören mussten. Jedes Wort, das er gesagt hatte, war die reine Wahrheit gewesen, und wenn sie nicht gleich aufbrechen würden, würden sie gar nicht mehr gehen.

Dude zog sich zurück. »Pfefferminze. Jedes Mal wenn ich dich küsse, schmeckst du anders.«

»Das ist mein Lippenbalsam«, sagte Cheyenne leise.

»Es gefällt mir.« Dude ließ seine rechte Hand unter ihrem Kinn und zwang sie, ihn anzusehen. Mit den Fingerstummeln seiner linken Hand strich er über den Knutschfleck an ihrem Hals, über ihr Schlüsselbein und dann über ihre Brüste. Ohne den Augenkontakt zu unterbrechen, bewegte Dude seine Hand ein Stück tiefer und fuhr über den Nippel ihrer rechten Brust. Als er spürte, dass er noch fester geworden war als zuvor, sah er schließlich nach unten.

»Verflucht, Shy, du reagierst so verdammt schnell.«

»Das tue ich sonst nicht«, sagte Cheyenne, ohne nachzudenken, und zuckte dann zusammen. Scheiße.

Dude kümmerte es nicht, dass sie erwähnt hatte, sie wäre mit anderen Männern zusammen gewesen. Stattdessen kommentierte er: »Oh Mann, wir werden eine Menge Spaß miteinander haben, nicht wahr?« Dude holte tief Luft und griff mit seiner Hand sanft nach ihrem Arm. »Hast du eine Tasche gepackt? Du kommst heute Abend mit zu mir.«

Cheyenne nickte schüchtern und deutete auf ihre Tasche neben der Tür.

Dude holte tief Luft. Zu sehen, dass sie getan hatte, was er von ihr verlangte, ohne sich zu sträuben, löste etwas in ihm aus. Ja, er hatte es ihr gesagt, aber letztendlich hatte sie die Entscheidung getroffen, es zu tun. Das war es, was er am meisten daran mochte, mit unterwürfigen Frauen zusammen zu sein. Letztlich hatten sie die Macht. Er könnte Cheyenne alles befehlen, was er wollte, aber am Ende war sie diejenige, die es zuließ oder nicht. Dude beugte sich vor und nahm die kleine Tasche. Plötzlich wünschte er sich, sie hätte für viel länger gepackt, und sagte: »Komm schon, wir müssen jetzt aber wirklich los.«

Cheyenne lächelte ihn an. Faulkner kommandierte sie gern herum. Es war offensichtlich, dass er im Schlafzimmer gern die Kontrolle übernahm, aber sie konnte ihn trotzdem auf der Gefühlsebene kontrollieren. Das gefiel ihr.

Jetzt saßen sie in seinem Wagen und waren auf dem Weg zu Ice' und Wolfs Haus.

»Erzähl mir von deinen Freunden«, forderte Cheyenne ihn auf, während sie die Straße entlangfuhren.

»Wolf ist unser Teamleiter. Ice ist seine Frau und

sie ist Chemikerin. Sie hat ihm das Leben gerettet, als das Flugzeug entführt wurde, in dem sie beide saßen.«

»Ich erinnere mich daran. Heilige Scheiße! Das war *dein* SEAL-Team?« Fasziniert von der Röte auf Faulkners Gesicht wartete Cheyenne darauf, dass er fortfuhr.

»Ja, das waren wir. Sie haben eine ganze Menge Scheiße durchgemacht, aber schließlich ist Caroline hierher umgezogen, um mit ihm zusammen zu sein. Sie haben vor Kurzem geheiratet. Dann sind da Abe und Alabama. Zwischen ihnen lief es großartig, bis Abe Scheiße gebaut hat, nachdem Alabama unbegründet verhaftet worden war, und er höllisch darum kämpfen musste, sie zurückzubekommen. Ich glaube nicht, dass ich jemals ein Paar gesehen habe, das sich mehr liebt und begehrt als diese beiden. Als SEALs liegt es in unserer Natur, andere zu beschützen, aber Abe hat es versaut, als es darum ging, auf Alabamas Emotionen zu achten. Gott sei Dank hat sie ihm vergeben.

Cookie und Fiona waren die Nächsten, die sich gefunden haben. Fiona war von einem Sexsklavenring entführt und über die Grenze nach Mexiko verschleppt worden. Cookie war derjenige, der sie dort rausgeholt hat. Mozart und Summer stellen das jüngste Pärchen in unserer Runde. Mozart war auf der Jagd nach dem Mann, der seine kleine Schwester getötet hatte, als er noch ein Teenager war. Irgendwie hatte der Mistkerl von Summer erfahren und wollte

Mozart provozieren, indem er seine Freundin entführt. Benny und ich sind die Letzten in unserem Team, die keine feste Beziehung haben.«

Nachdem Dude zu Ende gesprochen hatte, wurde es still. Er drehte sich zu Cheyenne um. Sie starrte ihn ungläubig an.

Dude lachte leise. »Ja, das klingt verrückt, aber ich schwöre dir, es sind alles normale Menschen und sie werden dich wirklich mögen.«

»Vielleicht sollten wir lieber umdrehen.« Cheyenne bekam es mit der Angst zu tun. Eine Chemikerin? Sexsklavenring? Verhaftet? Entführt? Das war zu viel für sie.

»Nein. Erkennst du es denn nicht?«

»Erkenne was?«

»Denk doch mal darüber nach, wie wir uns kennengelernt haben, Shy.«

»Ach du meine Güte.«

»Genau. Wenn die Leute über uns reden, werden sie auch darüber reden, wie ich dir das Leben gerettet habe, als du eine Bombe um deinen Körper geschnallt hattest. Das ist genauso dramatisch wie die Art und Weise, auf die meine Freunde ihre Frauen kennengelernt haben. Entspann dich, Cheyenne.« Dude drehte sich zu ihr um, als sie an einer roten Ampel anhielten, und legte seine Hand auf ihr Knie. »Ich würde dich niemals in eine Situation bringen, in der du dich nicht willkommen fühlst. Anfangs wirst du dich vielleicht etwas unwohl fühlen. Es ist immer schwer, neue Leute kennenzulernen. Aber ich weiß, dass du vier neue Freundinnen haben und den Respekt der Jungs in meinem Team gewonnen haben wirst, wenn der Abend vorbei ist. Entspann dich.«

Cheyenne kaute an ihrem Daumennagel und sagte: »Okay, ich werde es versuchen.«

Dude zog ihr den Daumen aus dem Mund, legte ihn an seine Lippen und saugte einen Moment daran, bevor er sie losließ. Er lachte über den überraschten Blick, den Cheyenne ihm zuwarf.

»Hör auf, auf deinen Fingernägeln zu kauen. Immer wenn ich dich dabei erwische, werde ich in Zukunft das Gleiche tun. Egal, wo wir sind. Merk dir das.«

»Äh ...«

Dude lachte nur und tätschelte ihr das Knie, als er seine Aufmerksamkeit wieder auf den Verkehr richtete.

Cheyenne beschloss, nicht sauer zu sein, sondern darüber zu lachen. »Ich bin nicht sicher, ob mich das wirklich abschreckt, Faulkner.«

Er grinste sie nur an. »Oh, ich denke, das wird es, wenn du dich nicht mit harten Nippeln und auf dem Stuhl windend vor den anderen wiederfinden willst. Ich wette, ich könnte beides bewerkstelligen, indem ich nur an deinem Daumen sauge.« Dude lachte, als er sah, wie Cheyenne auf dem Sitz herumrutschte.

Er sprach einfach aus, was ihm in den Sinn kam. »Jesus, Shy, wenn allein meine Worte das in dir auslösen, dann wirst du lieben, was mein Mund noch alles mit dir tun kann.«

»Hör auf, Faulkner. Ernsthaft. Ich kann nicht ...«

Dude wurde schnell wieder nüchtern, als er ihr Unbehagen bemerkte. »Es tut mir leid, Shy. Ich werde aufhören. Ich vergesse immer wieder, dass das alles neu für dich ist und dass du nicht daran gewöhnt bist.«

»Ich habe nur ... ach, scheiße. Warum kann ich in deiner Nähe keinen Satz geradeaus sprechen?«

»Das konntest du gestern Abend«, erinnerte Dude sie.

»Nur weil diese gemeinen Ärzte mich unter Drogen gesetzt hatten. Ich wusste nicht, dass die Schmerzmittel meine Zunge so lockern würden.«

Er hielt vor einem kleinen Haus in einer hübschen Nachbarschaft. Es gab eine kleine Veranda und eine Menge Fahrzeuge und Pritschenwagen stand in der Einfahrt und auf der Straße. Cheyenne glaubte nicht, dass sie schon bereit war.

»Hey, schau mich für eine Sekunde an, Cheyenne.«

Sie drehte den Kopf um und strich sich mit den Händen über die Oberschenkel. Cheyenne war nervöser, Faulkners Freunde zu treffen, als an dem Tag, an dem sie darauf gewartet hatte, ihren ersten Notruf zu beantworten.

»Wenn du wieder gehen willst, dann gehen wir. Wir müssen das nicht tun.«

Cheyenne hatte nicht erwartet, dass Faulkner das

sagen würde. »Aber du wolltest, dass ich deine Freunde kennenlerne.«

»Und das tue ich immer noch, aber ich möchte nicht, dass du dich deswegen verrückt machst. Ich weiß, dass ich dich dränge, das tut mir leid. Aber ich mag dich. Und ich wollte, dass du die wichtigsten Menschen in meinem Leben kennenlernst. Aber wir werden auch später noch genügend Zeit dafür haben. Es war eine dumme Idee.«

Cheyenne sah, wie Faulkner nach dem Schlüssel griff, der noch in der Zündung steckte. Sie streckte die Hand aus, legte sie auf seinen Unterarm und hinderte ihn daran, den Wagen wieder zu starten.

»Ich bin nervös, das leugne ich nicht, aber ich möchte sie kennenlernen. Das tue ich wirklich. Ich komme nicht viel raus, Faulkner. Es ist egal, ob ich sie heute oder in drei Monaten treffe, ich wäre trotzdem nervös. Teils weil es unbekannte Leute sind, teils weil sie für *dich* so wichtig sind. Ich mag dich.« Cheyenne senkte den Blick und fingerte an einem Faden herum, der von ihrem Sitz herunterhing. »Was ist, wenn sie mich nicht mögen? Was ist, wenn wir nichts gemeinsam haben? Ich ... ich möchte dich besser kennenlernen und weil sie so wichtig für dich sind, weiß ich, dass es zwischen uns niemals funktionieren würde, sollten sie mich nicht mögen.«

Dude wusste, dass dies ein wichtiger Moment war, und er bemühte sich, die richtigen Worte zu finden, damit Cheyenne ihn verstehen würde. »Glaub mir, wenn ich dir sage, dass sie dich mögen werden, Shy. Alabama hat als Putzfrau gearbeitet, als sie Abe kennenlernte. Sie hat ihre Abende damit verbracht, Büros sauber zu machen. Caroline ist Chemikerin, aber sie hatte gerade ihre Eltern verloren, als sie Wolf getroffen hat. Sie war dabei, ans andere Ende des Landes umzuziehen, weil sie in Kalifornien niemanden mehr hatte. Als Fiona entführt wurde, hat niemand sie als vermisst gemeldet. Sie hatte weder Freunde noch Familie, die sich Sorgen um sie gemacht hätten. Summer ist geschieden und war pleite, als sie Mozart kennenlernte, während sie als Zimmermädchen in einem heruntergekommenen Motel gearbeitet hat. Diese Frauen sind nicht die Art Frauen, die über dich urteilen würden. Das verspreche ich dir. Und falls das nicht offensichtlich ist, ich mag dich auch. Und selbst bei der extrem geringen Wahrscheinlichkeit, dass du nicht mit den anderen Frauen auskommst, möchte ich dich trotzdem besser kennenlernen.« Dude hielt einen Moment inne und sagte dann: »Du hast die Wahl, Shy. Ich würde dich niemals zu etwas zwingen, das du nicht willst. *Zu nichts.*«

Cheyenne wusste, dass er über mehr gesprochen hatte, als nur seine Freunde zu treffen, ging für den Moment aber darüber hinweg.

»Okay, dann los. Scheiße. Ich hatte eine verdammte Bombe an meinen Körper geklebt, wie schwierig kann das hier schon werden?«

Dude lachte und griff nach Cheyennes Hand. Er

zog sie zu sich für einen schnellen, festen Kuss und ließ sie dann los. »Bleib wo du bist, ich komme rum.«

Cheyenne verdrehte die Augen, wartete aber, bis Faulkner um den Wagen herumgegangen war, um ihr die Tür zu öffnen.

Er hakte sie unter und sie schlenderten den Weg zum Haus entlang. Cheyenne holt tief Luft und bereitete sich innerlich auf alles vor, was passieren könnte. Sie beschloss, sich heute Abend zu amüsieren. Diese Leute waren Faulkner wichtig, und sie wünschte sich mehr als alles andere auf der Welt, dass sie gut mit ihnen auskommen würde. Sie ermahnte sich selbst, sich nicht zum Trottel oder zur Spielverderberin zu machen. Sie wollte einfach nur sie selbst sein. Hoffentlich würde das reichen.

KAPITEL SIEBEN

»Faulkner!«

Cheyenne trat einen Schritt zurück, als die Haustür aufsprang und ein brünetter Wirbelwind sich Faulkner um den Hals schmiss. Er trat einen Schritt zurück und lachte, während er die Arme um die Frau legte und sie hochhob.

»Hey, Alabama. Wie geht es dir?«

»Es ist viel zu lange her, seit wir uns gesehen haben.« Alabama zog sich zurück und küsste Faulkner auf die Wange. Plötzlich drehte Alabama sich um und richtete den Blick auf Cheyenne. »Oh, scheiße, es tut mir leid, es ist wirklich zu lange her, dass ich ihn gesehen habe. Das war furchtbar unhöflich von mir. Herrgott.«

Cheyenne entspannte sich etwas. Sie mochte diese Frau sofort. »Schon okay, wirklich.«

Dude beugte sich vor, küsste Alabama auf die

Wange und wandte sich dann wieder an Cheyenne. »Komm schon, Shy, lass uns reingehen und ich werde dir alle vorstellen.«

Cheyenne nickte und lächelte Alabama an, als sie das Haus betraten. Sie gingen ins Wohnzimmer und Cheyenne erstarrte. Mist. Sie hatte gewusst, dass dort viele Menschen sein würden, aber es war ihr unangenehm, sie alle auf einem Haufen zu sehen. Cheyenne sah sich zu den muskulösen Männern um und seufzte. Sie hatte es gewusst. Sie lehnte sich zu Faulkner und stellte sich auf Zehenspitzen. Er beugte sich zu ihr hinunter, damit sie sein Ohr erreichen konnte. »Ich wusste es, du hängst doch mit einer Gruppe heißer Leute ab«, sagte sie ernst.

Dude warf den Kopf in den Nacken und lachte. Gott, seine Shy war wirklich witzig.

Cheyenne sah Faulkner mit einem Lächeln im Gesicht an. Sie mochte es sehr, wenn er lachte. Sie erinnerte sich noch, wie ernst er in dem Laden gewesen war, als er an der Bombe gearbeitet hatte. Etwas Leichtigkeit in sein Leben zu bringen erschien ihr als das beste Geschenk.

»Mädchen, du bist jetzt schon offiziell eine von uns. Ich habe Faulkner noch nie so lachen sehen. Noch nie.«

Cheyenne besann sich wieder der Tatsache, dass sie zu Besuch waren, wurde rot und sah die Frau an, die mit ihr gesprochen hatte.

»Ich bin Caroline. Ich freue mich, dich kennenzulernen. Als Fiona anrief und uns erzählte, dass Faulkner sie gebeten hatte, einige Lebensmittel zu deiner Wohnung zu bringen, wären wir am liebsten alle sofort rübergekommen. Wir freuen uns wirklich, dass du heute hier bist. Ich bin mir sicher, du bist ausgeflippt, als du erfahren hast, dass du uns alle treffen sollst. Glaub mir, da bist du nicht die Erste.«

Cheyenne lächelte und mochte die andere Frau sofort. Es schien, als sagten hier alle, was sie wirklich dachten.

»Es ist auch schön, dich kennenzulernen, Caroline. Danke für die Einladung.«

Ein großer Mann trat neben Caroline. Er sah älter aus als die anderen Männer, aber er war absolut großartig. Cheyenne konnte die starken Muskeln durch sein T-Shirt sehen.

»Ich möchte dir kurz alle vorstellen, bevor du noch lernen musst, Gedanken zu lesen, um herauszufinden, wer wer ist.«

Bevor er fortfahren konnte, stieß Caroline ihn in die Rippen und ermahnte ihn: »Und sag ihr die richtigen Namen. Du darfst nicht nur die Spitznamen verwenden.«

Wolf lächelte Caroline nachsichtig an. »Ja, Liebling.«

Caroline verdrehte die Augen.

Cheyenne lächelte wieder und entspannte sich ein wenig. Sie schienen alle so ... normal zu sein. Faulkner legte seinen Arm um ihre Taille und sie drehte sich für einen Moment zu ihm um. Er lächelte sie an und beugte sich dann vor. »Ich habe dir doch gesagt, dass sie dich mögen werden«, flüsterte er.

Cheyenne schüttelte nur den Kopf. Sie war erst zwei Minuten dort, die Geschworenen hätten ihr Urteil erst noch zu fällen. Aber es sah gut aus ... bis jetzt.

»Ich bin Wolf oder Matthew, wenn du meinen richtigen Namen wissen willst, und das ist Caroline, meine Frau. Manchmal wirst du hören, wie wir sie Ice nennen. Das ist ihr Spitzname.«

Cheyenne sah, wie Matthew Caroline so liebevoll und leidenschaftlich ansah, dass sie rot wurde. Sie versuchte, den großen Mann neben sich zu ignorieren, und konzentrierte sich auf die Vorstellungen.

»Das da drüben sind Mozart alias Sam und seine Frau Summer. Neben ihnen stehen Cookie beziehungsweise Hunter und Fiona. Dann ist da noch Abe, mit bürgerlichem Namen Christopher, mit Alabama. Und der einsam aussehende Typ da drüben ist Benny alias Kason. Er ist der Letzte von uns, der noch eine Frau finden muss.«

»Wie bitte?«, protestierte Benny. »Ich habe Frauen!«

Alle lachten.

Cheyenne lachte mit den anderen, aber innerlich zitterte sie. Wie zum Teufel sollte sie sich jemals all diese Namen merken? Sie hatte ein furchtbares Namensgedächtnis. Selbst bei der Arbeit musste sie sich die Namen der Leute am Notruftelefon immer sofort auf einen Notizblock neben ihrer Tastatur schreiben. Scheiße, sie hatte jetzt schon die meisten Namen dieser Menschen wieder vergessen.

»Leute, das ist Cheyenne Cotton. Bitte jagt ihr heute Abend keinen Schreck ein. Behaltet eure gruseligen und seltsamen Geschichten für euch. Ich möchte nicht, dass sie schreiend aus dem Haus läuft.«

Cheyenne winkte der Gruppe selbstbewusst zu. Gott, war das unangenehm.

»Also dann«, sagte Caroline und übernahm die Führung, »Matthew, du und Christopher geht raus und grillt die Steaks. Möchte mir jemand mit dem Rest der Gerichte helfen?«

Cheyenne meldete sich sofort. Auf keinen Fall wollte sie nur herumstehen, während alle anderen sich um das Essen kümmerten. »Ich helfe dir.«

Caroline lächelte sie an. »Großartig. Danke. Ich kann etwas Hilfe gut gebrauchen.«

Cheyenne wollte Caroline in die Küche folgen, aber Faulkner ließ sie nicht los. Sie sah ihn fragend an.

Er erwiderte für einen Moment aufmerksam ihren Blick.

»Was ist los?«, flüsterte Cheyenne und fragte sich plötzlich, ob es falsch gewesen war, ihre Hilfe anzubieten.

»Danke.«

»Wofür?«

»Dafür, dass du hier bist. Für die Hilfe. Dafür, dass du es versuchst, für mich.«

»Sie scheinen alle sehr nett zu sein, Faulkner. Ich bin froh, dass du mich mitgenommen hast.«

Cheyenne konnte erkennen, dass Faulkner noch mehr sagen wollte, aber stattdessen beugte er sich vor und küsste sie auf die Stirn. Er ließ seine Lippen länger verharren, als es in Gegenwart seiner Freunde mit einer Frau, die er erst einen Tag kannte, wahrscheinlich üblich war. Dann hob er den Kopf wieder und sagte: »Jetzt geh und mach mir etwas zu essen, Frau.«

Cheyenne lachte und schlug ihm auf den Arm. »Was auch immer, *Dude*.«

Dude drückte liebevoll Cheyennes Taille, bevor er sie losließ. Lächelnd ging sie in die Küche.

Cheyenne sah sich zufrieden in dem überfüllten Raum um. Der Abend war wunderbar verlaufen. Sie hatte sich viel früher entspannen können, als sie es jemals für möglich gehalten hätte. Die anderen Frauen waren lustig und fröhlich und es war ihnen egal, ob sie vor den Männern etwas Dummes oder Lächerliches sagten.

Und die Männer. Heilige Scheiße! Cheyenne musste sich tatsächlich irgendwann kneifen, um sich davon zu überzeugen, dass sie nicht träumte. Dass sie wirklich mit diesen sechs unglaublich heißen Männern in einem Haus saß und plauderte, war unwirklich.

Sie hatte sich nicht alle Namen merken können und sie wusste sicherlich nicht mehr, welcher Spitzname zu welchem Mann gehörte, aber letztendlich war das egal. Sie ließ sich einfach mittreiben und niemand schien es zu bemerken.

»Ich bin voll. Jesus, Caroline, musstest du so viele verdammt gute Gerichte zubereiten?«, beschwerte sich Fiona. Sie saß in einem Sessel auf Hunters Schoß. Cheyenne konnte sehen, wie Hunter abwesend über ihre Hüfte streichelte.

»Ich habe es vielleicht ein bisschen übertrieben, aber es war alles so gut, oder nicht?«

»Ich glaube, wenn ich noch einen Bissen mehr gegessen hätte, würde ich explodieren wie der Typ in diesem Monty Python-Film«, grummelte Alabama lachend.

»Ich liebe diesen Film«, sagte Cheyenne. Mit einem aufgesetzten britischen Akzent ahmte sie eine Stelle aus dem Film nach: »Ich kann kein Gramm mehr essen.«

Alle lachten und Cheyenne lächelte zurück.

»Wie läuft das Studium?«, fragte Dude Alabama. Er wusste, dass sie auf ihren Abschluss hinarbeitete.

»Es läuft gut. Es sind diese überfürsorglichen Eltern, die wirklich verrückt sind. Einmal kam eine Mutter tatsächlich in den Unterricht, um sich Notizen für ihr Kind zu machen. Es war lächerlich. Manchmal ist es schwierig, in der Vorlesung mit Teenagern zusammen zu sitzen, die keine Ahnung davon haben, wie das Leben wirklich ist. Wenn sie wüssten, wie wertvoll eine Ausbildung später im Leben sein wird, würden sie härter daran arbeiten und es nicht als selbstverständlich betrachten.«

»Da hast du recht«, sagte Summer. »Ich habe mir für meinen Abschluss den Hintern aufgerissen und die Arbeit in der Personalabteilung wirklich gemocht.«

»Ich erinnere mich noch, dass ich mich jeden Tag mit solchen Eltern auseinandersetzen musste, als ich an einer Universität in Texas gearbeitet habe. Einmal habe ich sogar einen Anruf von den Eltern eines *einunddreißigjährigen* Studenten bekommen. Er war nicht in der Lage, selbst herauszufinden, wie er eine Mitschrift bestellen konnte. Verrückt«, fügte Fiona kopfschüttelnd hinzu.

Cheyenne hätte gern Fragen gestellt, hielt aber den Mund und hörte einfach nur zu. Hoffentlich würde sie diese Frauen bald besser kennenlernen und verstehen, wie sie tickten, um in Zukunft selbst etwas zu den Gesprächen beitragen zu können, ohne sich komisch dabei zu fühlen.

»Ice, hast du schon herausgefunden, wie du diese neue chemische Verbindung hinbekommst, an der du gearbeitet hast?«

Caroline lachte über Bennys Frage. »Willst du die technische Antwort oder die Kurzfassung hören?«

Benny wusste, dass sie die ganze Nacht über Chemikalien reden konnte. Er lächelte und sagte zu ihr: »Die Kurzfassung bitte.«

»Ja.«

Alle lachten, als Caroline nicht näher darauf einging.

»Na, dann herzlichen Glückwunsch.«

»Danke, Benny. Wenn diese Verbindung das tut, was wir uns erhoffen, werden viele Menschen in Zukunft besser verträgliche Medikamente für einige der schlimmsten Krankheiten bekommen können.«

Für einen Moment war es ruhig im Raum, dann fragte Summer: »Also, was machst du beruflich, Cheyenne?«

Cheyenne rutschte unbehaglich auf der Couch herum. Faulkner saß neben ihr und bemerkte es natürlich. »Summer«, warnte er seine Freundin, wissentlich, dass Cheyenne sich immer noch über ihre Gefühle bezüglich ihres Jobs klar werden musste. Er hasste es, dass Summer Cheyenne unbeabsichtigt direkt darauf ansprach.

Schnell ging Cheyenne dazwischen und legte ihre Hand auf Faulkners Oberschenkel, um ihn zu beruhigen. »Nein, schon in Ordnung. Das ist doch keine große Sache. Ich verdiene meinen Lebensunterhalt als Telefonistin.«

»Oh, du bist also im Kundenservice oder so etwas?«

»Nicht ganz. Ich arbeite beim Notruf.«

Für einen Moment sagte niemand etwas, dann fragte Fiona entschuldigend: »Was heißt das genau? Es tut mir leid, wenn ich es wissen sollte, aber ich weiß es einfach nicht.«

»Oh nein, du brauchst dich nicht zu entschuldigen. Ich hätte es besser erklären sollen. Ich gehe ans Telefon, wenn Leute die Nummer des Notrufs wählen, wenn es brennt oder jemand einen Herzinfarkt hat oder so.«

»Du beantwortest Anrufe bei der Notrufnummer?«, fragte Caroline mit komischer Stimme.

Cheyenne sah Caroline an, die ihr in einem anderen großen, flauschigen Sessel gegenübersaß. Auch sie saß auf dem Schoß ihres Mannes und Cheyenne sah, wie Matthews Blick sofort zu seiner Frau wanderte. Bei dem Tonfall ihrer Stimme sah er nicht glücklich aus. Er sah besorgt aus.

Cheyenne spannte sich an. Oh Scheiße. War Caroline beleidigt? Hatte sie in der Vergangenheit schlechte Erfahrungen mit dem Notruf gemacht?

»Es ist okay, Shy«, murmelte Dude neben ihr und spürte ihr Unbehagen. Er legte seinen Arm um ihre Schulter und zog sie an seine Seite.

»Ja, ich beantworte Anrufe bei der Notrufnummer«, sagte Cheyenne vorsichtig zu Caroline.

Cheyenne beobachtete, wie Caroline von Matthews Schoß aufstand. Sie riskierte einen Blick auf die anderen Menschen im Raum. Die Gesichter der Frauen sahen sanft aus. Die Männer schauten nicht gerade böse, aber sie waren angespannt. Irgendetwas passierte gerade und Cheyenne hatte keine Ahnung, was es war.

Caroline ging durch den kleinen Raum und stellte

sich vor Cheyenne. Sie ging vor ihr auf die Knie und legte ihre Hände auf Cheyennes Beine.

Cheyenne wusste nicht, was sie tun sollte. Sie riskierte einen kurzen Blick auf Faulkner, aber sein Blick war auf Caroline gerichtet. Cheyenne wandte sich wieder nervös der Frau zu, die zu ihren Füßen kniete, und wusste nicht, was sie erwarten sollte.

»Vielen Dank. Offensichtlich hast du keine Ahnung, wie wichtig deine Arbeit ist.«

Cheyenne wusste nicht, was sie sagen sollte, also sagte sie nichts.

»Ich habe mir immer gewünscht, die Person zu treffen, die mir geholfen hat, als ich den Notruf angerufen habe.«

Oh Scheiße, Cheyenne wusste nicht, ob sie bereit dafür war, diese Geschichte zu hören. Sie spannte sich an. Faulkner verstärkte den Griff um sie und nahm ihre linke Hand in seine vernarbte Hand. Cheyenne ergriff seine Hand, als wäre er das Einzige, was zwischen ihr und einem Exekutionskommando stand.

Cheyenne hörte, wie Faulkner zu Caroline sagte: »Das habe ich ihr bereits gesagt, Ice. Aber ich bin mir nicht sicher, ob sie es wirklich verstanden hat. Erzähl ihr deine Geschichte. Vielleicht können wir sie alle davon überzeugen, wie sehr sie das Leben anderer Menschen verändert.«

»Faulkner ...«

»Schhhh, Shy. Hör zu.«

Cheyenne wandte sich wieder Caroline zu und

schaute dann zu Matthew. Gefühlvoll sah er Caroline von seinem Platz aus an. Er hatte sich aufgerichtet und stützte sich auf seine Unterarme, die er auf seine Knie gelegt hatte. Er sah entspannt aus, aber Cheyenne wusste, dass er sofort durch den Raum auf sie zueilen würde, wenn es nötig wäre.

»Als ich in Virginia gelebt habe, wurde ich eines Abends nach der Arbeit auf dem Weg nach Hause verfolgt. Matthew und der Rest des Teams waren auf einer Mission. Ich hatte gerade meinen neuen Job angefangen und kannte noch niemanden. Ein Mann ist in meine Wohnung eingebrochen und ich musste mich in der Dusche verstecken. Ich hatte furchtbare Angst und habe, fast ohne nachzudenken, die Nummer des Notrufs gewählt. Jedem Kind wird von klein auf beigebracht, den Notruf zu verständigen, wenn man Hilfe benötigt, und genau das habe ich getan. Es war kein langes Gespräch mit der Frau am anderen Ende der Leitung, aber sie war großartig gewesen. Sie ist nicht in Panik geraten und hatte innerhalb von Sekunden die Polizei verständigt, nachdem sie mein Problem verstanden hatte.

Ich habe keine Ahnung, wer sie war oder wie sie hieß, aber in dieser Situation war sie meine Lebensader. Das werde ich niemals vergessen. Also stellvertretend für sie und für jeden, der jemals die Notrufnummer gewählt hat, danke. Danke, dass du da bist. Vielen Dank, dass du uns allen hilfst. Einfach danke!«

Cheyenne sah, dass Carolines Augen sich mit Tränen füllten und sie ihren Kopf auf Cheyennes Knie legte. Cheyenne hob eine Hand und legte sie auf Carolines Kopf. »Ich ... gern geschehen.« Cheyenne wusste nicht, was sie sonst noch sagen sollte, sie fühlte sich unbehaglich und gleichzeitig gerührt.

Schließlich hob Caroline den Kopf und schenkte Cheyenne ein Lächeln. »Du, meine Freundin, wirst für den Rest deines Lebens gutes Karma haben, allein aufgrund dessen, was du beruflich machst.«

Cheyenne war verlegen und hoffte, dass sie bald das Thema wechseln würden und das Gespräch sich nicht mehr um sie drehen würde. Sie war noch nicht bereit, vor anderen über ihren Job zu prahlen, aber nach dem zu urteilen, was Caroline und Faulkner gesagt hatten, begann sie zu überlegen, ob ihre Arbeit vielleicht von Bedeutung war. Zumindest für einige Leute.

»Also ... wie haben denn die LA Kings beim letzten Eishockeyspiel abgeschnitten?«, fragte Benny und versuchte mit Erfolg, die Stimmung im Raum etwas aufzuhellen.

Alle lachten. Caroline stand auf und wischte sich die Tränen aus den Augen. Sie ging zurück zu Matthew, und er zog sie auf seinen Schoß und küsste sie innig.

Cheyenne sah, wie Matthew seine Hand an ihren Hinterkopf legte und sie herumschob, bis sie seitlich auf seinem Schoß lag. Ihre Beine baumelten über die

Armlehnen des Sessels und ihr Oberkörper wurde von Matthews Arm gestützt. Beeindruckend.

Cheyenne rutschte auf ihrem Sitz herum und zitterte, als Faulkner ihr ins Ohr flüsterte: »Ich habe dir gesagt, dass du unglaublich bist.«

Sie lächelte nur.

Einen Moment später schaltete Hunter den Fernseher ein. Nach der ausgiebigen Mahlzeit und den emotionalen Enthüllungen war die Gruppe erschöpft.

Nachdem sie sich eine heitere Sitcom angesehen hatten, kamen die Spätnachrichten. Cheyenne versteifte sich überrascht, als sie hörte, wie der Nachrichtensprecher ihren Namen nannte. Alle sahen fasziniert auf den Fernseher, während der Reporter einen Bericht vom Vortag anmoderierte.

»*Cheyenne Cotton wurde gestern Abend aus dem Krankenhaus entlassen, nachdem sie am Nachmittag zuvor beim Bombenalarm im Supermarkt nur leicht verletzt worden war. Die fünf Männer, die Miss Cotton eine Bombe um den Körper geschnallt hatten, wurden bei dem Versuch getötet, den Laden zu verlassen. Ein Sprengstoffexperte der Navy war hinzugezogen worden, um die Bombe zu entschärfen. Hier verlassen sie gerade den Supermarkt, nachdem die Bombe entschärft wurde.*«

Cheyenne bemerkte erschrocken, wie sie und Faulkner auf dem Video zu sehen waren, als sie aus dem Laden kamen. Sie sah blass aus und hielt seine Hand, während er sie aus dem Laden über das zerbrochene Glas zum Krankenwagen führte. Sie sah, wie

Faulkner seinen Arm um ihre Taille legte, um sie vor den Reportern abzuschirmen. Der Bericht endete und die Kamera schaltete zurück zu dem Moderator, der hinter einem Schreibtisch saß und die Geschichte beendete.

»*Die fünf Männer, die getötet wurden, haben nach ersten Erkenntnissen unabhängig gearbeitet. Die Polizei kann derzeit weder bestätigen noch abstreiten, dass sie Teil einer Untergrundorganisation waren. Aufgrund der laufenden Ermittlungen werden ihre Namen von den Behörden nicht veröffentlicht. Miss Cotton hat jegliche Interviews abgelehnt und die Navy will den Namen des Sprengstoffexperten, der die Bombe entschärft und viele Menschenleben gerettet hat, nicht preisgeben. Wir werden die Geschichte weiterverfolgen und über neue Entwicklungen berichten. Und damit zu Tina mit dem Wetterbericht für diese Woche ...*«

Für einen Moment sagte niemand etwas, bis Mozart die Stille unterbrach. »Jesus, Cheyenne, wir hatten ja keine Ahnung, dass *du* das warst. Geht es dir gut? Solltest du überhaupt schon unterwegs sein?«

Cheyenne musste kichern. Großer Gott, diese Typen waren wirklich alle gleich. Beschützer durch und durch. »Mir geht es gut. Faulkner ist rechtzeitig gekommen.«

»Diese Mistkerle haben sie mit so viel Klebeband umwickelt, dass ich zehn Minuten gebraucht habe, um an diese verdammte Bombe heranzukommen. Das Klebeband hat ihr die Haut von den Armen abgerissen und das blaue Auge, das diese Arschlöcher ihr verpasst haben, kann man immer noch sehen«, erklärte Dude.

Cheyenne starrte Faulkner an. »Ich kann selbst reden, weißt du.«

»Ich weiß, aber aus deinem Mund wäre wahrscheinlich so etwas gekommen wie: ›Mir geht es gut, danke der Nachfrage‹«, sagte Dude mit hoher Stimme und veräppelte sie.

Cheyenne konnte hören, wie die anderen Frauen kicherten. Sie versuchte, ernst zu bleiben, konnte es aber nicht. Es war zu lustig, verdammt.

»Also, mir geht es wirklich gut, Faulkner, und danke, dass du nachgefragt hast.«

Alle im Raum lachten.

»Ihr seid zu komisch«, sagte Fiona. »Wir sind so froh, dass Faulkner gestern da war. Im Ernst, er ist der Beste mit diesen Bombensachen.«

»Bombensachen?«, knurrte Dude.

»Ja, Bombensachen.«

Cheyenne beobachtete, wie die Freunde sich gegenseitig neckten. Sie hatte noch nie solche Freunde gehabt. Verdammt, in ihrer eigenen Familie gingen die Leute nicht so miteinander um. Wenn Karen auf ihr rumhackte, war es immer bösartig und niemals aus Spaß. Sie mochte Faulkners Freunde wirklich.

Cheyenne merkte nicht, dass sie langsam einschlief, bis sie Faulkner sagen hörte: »Es ist Zeit für uns zu gehen. Shy kann kaum noch die Augen offenhalten.«

Dabei zwang Cheyenne sich, die Augen zu öffnen, und sah, das Faulkner aufstand und seinen Freunden die Hände schüttelte.

»Ja, es ist für uns alle Zeit zu gehen. Das Training morgen früh wird kein Zuckerschlecken«, stöhnte Mozart.

»Möchtest du noch zur Toilette, bevor ihr geht, Cheyenne?«, fragte Caroline höflich.

»Ja, bitte.«

Cheyenne folgte Caroline den Flur entlang zu dem kleinen Gäste-WC, das etwas versteckt war. Caroline drehte sich zu ihr um, bevor sie hineinging.

»Was ich vorhin gesagt habe, habe ich ernst gemeint, Cheyenne.«

Cheyenne nickte nur. Sie wollte nicht noch einmal darauf eingehen. Sie mochte Caroline, aber einmal *danke* pro Abend reichte.

»Ich bin so froh, dass du und Faulkner zusammen seid. Er verdient jemanden wie dich in seinem Leben. Wenn er und der Rest der Jungs nicht gewesen wären, wäre ich jetzt wahrscheinlich tot.«

»Ich bin mir nicht sicher, ob wir tatsächlich zusammen sind, Caroline«, sagte Cheyenne ehrlich. »Ich meine, wir haben uns erst gestern unter extremen Umständen kennengelernt.«

»Ich weiß, dass du das denkst, aber du verstehst diese Jungs noch nicht wirklich. Wenn wir überhaupt eine von Faulkners Frauen zu Gesicht bekommen haben, dann war es bei *Aces Bar and Grill* oder in einem

Restaurant. Er hat es noch nie ernst mit einer von ihnen gemeint. Niemals. Er hatte eine Schutzmauer um sich aufgebaut. Er ist ein Typ, der nur Schwarz und Weiß kennt. Entweder ist er hundertprozentig dabei oder gar nicht. Und glaub mir, Liebes, er steht hundertprozentig auf dich. So sehr ich dich auch mag, eines muss ich dir trotzdem sagen: Faulkner ist mein Freund. Tu ihm nicht weh. Wenn du nicht auf ihn stehst, dann lass ihn jetzt gehen. Ich rufe dir ein Taxi. Er wird sauer sein, aber er wird darüber hinwegkommen. Wenn du keine langfristige Beziehung mit ihm haben willst, dann beende es lieber jetzt gleich.«

»Aber ...«

»Lass mich bitte ausreden.«

Bei Cheyennes Nicken fuhr Caroline fort: »Diese Jungs sind leicht zu Fall zu bringen. Unter all der Härte sind sie in Wirklichkeit große Teddybären. Faulkner will dich. Ich kann es sehen. Wir alle können es sehen, aber ich bin mir nicht sicher, ob *du* es sehen kannst. Wenn es dir nur darum geht, mit einem SEAL zu schlafen, dann such dir bitte jemand anderen.«

»Machst du Witze?« Cheyenne wollte Caroline nicht verärgern, aber sie konnte die Worte, die aus ihrem Mund kamen, wirklich nicht fassen.

»Nein.«

»Glaubst du, ich *wollte* heute Abend hierherkommen? Wirklich? Wenn dieser hinreißende Mann, dem ich im Supermarkt nachgestellt habe, mir das Leben rettet, durch ein verdammtes Wunder an mir interessiert zu sein scheint und dann möchte, dass ich seine Teamkollegen und Freunde kennenlerne, glaubst du tatsächlich, ich *wollte* mitgehen? Ich wusste, dass ihr über mich urteilen würdet. Ich *wusste* es. Ich finde nicht leicht Freunde. Ich wusste nicht, wie ihr auf mich reagieren würdet. Ich wollte, dass ihr mich mögt, und ich wollte euch auch mögen, aber ich dachte, dass es wahrscheinlich zu früh wäre. Aber ich bin trotzdem gekommen, weil ich mit Faulkner zusammen sein will. Ich stehe auf ihn. Ich stehe so sehr auf ihn, dass ich mich sofort an sein Bett fesseln und mich von ihm auf seine ganz eigene Art nehmen lassen würde. Und ich würde es jede verdammte Nacht, ohne zu zögern, wieder tun. So sehr vertraue ich ihm.«

Cheyenne bemerkte nicht, dass ihre gehobene Stimme die Aufmerksamkeit der anderen erregte, die jetzt am Ende des Flurs hinter ihr standen und sie anstarrten.

»Ich weiß es zu schätzen, dass du dir Sorgen um deinen Freund machst, aber ich mag es überhaupt nicht, dass du mir unterstellst, dass ich nur mit einem SEAL ins Bett will. Jesus, Caroline, ich habe die meiste Zeit meines Lebens in Riverton verbracht. Glaubst du, irgendein SEAL hätte mich jemals zuvor gewollt? Es ist ja nicht so, dass ich mir einen von der Straße holen könnte wie ein Gericht von der Imbissbude. Ich habe keine Ahnung, was Faulkner in mir sieht, und ich hoffe, dass er es ernst meint und nicht nur mit mir spielt, aber ich kann dir verdammt noch mal garantieren, dass ich bei ihm bleibe, solange er an mir interessiert ist.«

Cheyenne atmete schwer, als sie fertig war. Sie bemerkte, dass Caroline sie anlächelte. Warum zum Teufel lächelte sie? Sie fand es heraus, als sich ein Arm um ihre Taille legte und eine weiterer um ihre Brust, bevor sie nach hinten gegen einen harten Körper gezogen wurde. Faulkner.

»Ich bin an dir interessiert, Shy.«

Cheyenne drehte sich weder um noch bewegte sie sich vom Fleck. Sie sah Caroline an, die nicht länger versuchte, ihr Lachen zu unterdrücken. »Bitte sag mir, dass er das nicht alles gehört hat«, flüsterte sie.

»Es tut mir leid, Cheyenne, ich glaube, sie *alle* haben es gehört.«

Cheyenne schloss die Augen, als sie das Rascheln der Kleidung und die leisen Schritte der anderen hörte, die sich ihnen in dem engen Flur angeschlossen hatten.

»Jesus.« Sie konnte nichts anderes sagen. Alle hatten mitgehört, wie sie gegenüber Caroline, die scheinbar die Matriarchin der Gruppe war, die Fassung verloren hatte. Scheiße.

»Okay, wir gehen jetzt. Danke für das Essen, Ice. Wolf. Wir sehen uns alle morgen früh.« Dude machte es kurz und knapp. Er nahm Cheyenne an seine Seite und legte einen Arm um ihre Taille, um dafür zu sorgen, dass sie dortblieb. Er führte sie durch die Gruppe seiner Freunde, die sie jetzt anlächelten.

»Tschüss, Cheyenne, es war schön, dich kennenzulernen.«

»Wir melden uns bald.«

Cheyenne hörte, wie Caroline durch ihre Verlegenheit hindurch zu ihr sagte: »Wir haben bald einen Mädchentag, um einkaufen zu gehen. Ich rufe dich an.«

Die anderen Männer verabschiedeten sich ebenfalls und Faulkner führte sie zur Haustür hinaus zu seinem Pritschenwagen. Er öffnete die Beifahrertür und wartete, bis sie bequem saß. Dann beobachtete Cheyenne, wie er um die Vorderseite des Fahrzeugs ging und neben ihr einstieg. Ohne ein Wort startete er den Motor, drehte mitten auf der Straße um und fuhr die Straße hinunter, vermutlich zu seiner Wohnung.

KAPITEL ACHT

Auf der Fahrt zu Faulkners Haus sagte Cheyenne nichts. Es war ihr unglaublich peinlich, dass Faulkner und seine Freunde alles gehört hatten, was sie zu Caroline gesagt hatte. Sie war nicht verärgert über das, *was* sie gesagt hatte, es war die absolute Wahrheit gewesen. Sie schätzte es, dass Caroline ihren Freund beschützen wollte, aber meine Güte, sie hätte doch sehen müssen, dass Cheyenne nicht so war.

Aber zu wissen, dass all seine Freunde und sogar Faulkner selbst sie gehört hatten, war ihr wahnsinnig peinlich. Seit sie das Haus verlassen hatten, hatte er auch nicht viel zu ihr gesagt. Er war die ganze Fahrt über still gewesen. Cheyenne hatte fast erwartet, dass Faulkner sie zurück in ihre eigene Wohnung bringen und sie wortlos absetzen würde, aber das hatte er nicht getan.

Sie hielten an einem kleinen, gepflegten Backsteinhaus mit einem kleinen Vordach über der Haustür. Eine lange Auffahrt führte an der Seite des Hauses vorbei zu einer Einzelgarage hinter dem Haus. Der Garten war gepflegt, die Sträucher an den Seiten des Hauses waren geschnitten und der Rasen schien frisch gemäht zu sein.

Faulkner bog in die Einfahrt ein, fuhr bis vor die Garage und stellte den Wagen ab. Er öffnete die Garage nicht, sondern stieg einfach aus und ging zu Cheyenne herum. Er half ihr auszusteigen, öffnete die Hintertür und nahm ihre Reisetasche vom Rücksitz. Alles, ohne ein einziges Wort zu verlieren. Dann legte er seine Hand um ihre Taille und führte sie zur Terrassentür. Er drehte den Schlüssel im Schloss und sie traten ein.

Die Hintertür führte in einen Nebenraum, in dem sich eine einfache Waschmaschine und ein Wäschetrockner befanden. Ohne ihr die Gelegenheit zu geben, sich umzusehen, schob Faulkner sie durch die kleine, aber funktionale Küche ins Wohnzimmer. Es war wenig überraschend zu sehen, dass dort ein riesiger Fernseher an der Wand hing. Außerdem gab es eine Couch und ein Doppelsofa, die im rechten Winkel angeordnet waren, dazu ein kleiner Couchtisch.

Die Wände waren in einem hellen Grauton gestrichen, was das dunkle Braun der Sofas ausglich. Der Raum sah definitiv sehr männlich aus, passend zu Faulkner.

Dude blieb immer noch nicht stehen und ermutigte Cheyenne weiterzugehen. Er führte sie in das Schlafzimmer im hinteren Teil des Hauses. Als sie eintraten, ließ Dude ihre Tasche fallen und drehte Cheyenne in seinen Armen herum, bis er sie an ihren Oberarmen festhielt und sie zu ihm aufblickte.

»Es tut mir leid ...«

Dude schnitt Cheyenne das Wort ab, bevor sie etwas anderes sagen konnte. »Dir braucht überhaupt nichts leidzutun. Du hast keine Ahnung, wie viel mir deine Worte bedeuten. Ich weiß nicht einmal, wo ich anfangen soll. Erstens bin ich verdammt sauer, dass Caroline dich auf diese Weise angegangen hat.«

»Sie liebt dich, sie wollte auf dich aufpassen.«

»Da scheiß ich drauf. Das war einfach unhöflich. Aber wenn sie dich nicht konfrontiert hätte, hättest du vielleicht nicht gesagt, was du gesagt hast, und ich wäre nicht da gewesen, um es zu hören. Ich glaube, ich werde deine Worte niemals vergessen. Ich wusste, dass du nicht gerade begeistert von der Idee warst, heute Abend dorthin zu fahren. Aber nachdem wir darüber gesprochen hatten, dachte ich, dass du damit einverstanden wärst. Aber das warst du nicht, oder? Du hast es nur getan, weil du dachtest, dass ich es will. Du hast es für mich getan.«

Er sah Cheyenne an, als würde er auf ihre Zustimmung warten, also nickte sie leicht.

»Ja, du hast es getan, weil du mir gefallen wolltest.«

Als Faulkner nichts weiter sagte, nickte Cheyenne

erneut und gab ihm die Sicherheit, die er brauchte. Diesmal verlangte er nicht, dass sie es aussprach.

»Du stehst auf mich. Du hast es gesagt. Ich habe es gehört. Alle meine Freunde haben es gehört. Ich werde nicht zulassen, dass du das zurücknimmst.«

»Ich hatte nicht vor, es zurückzunehmen. Ich bin doch keine Idiotin, Faulkner. So sehr wie du mich herumschubst und herumkommandierst, wäre ich mit Sicherheit nicht hier, wenn ich nicht mit dir zusammen sein wollte. Wenn ich jetzt nicht in deinem Schlafzimmer sein wollte, dann wäre ich nicht hier. Ich bin keine Vollidiotin.«

Cheyenne war fasziniert von den Auswirkungen ihrer Worte auf Faulkner. Sie konnte sehen, wie seine Pupillen sich weiteten. Sein Griff um ihre Oberarme verfestigte sich und sie sah, wie er die Zähne zusammenbiss, bevor er fortfuhr: »Du hast ja keine Ahnung, was ich in dir sehe.«

Cheyenne schüttelte nur den Kopf und stimmte zu. Sie hatte keine Ahnung, was er in ihr sah.

»Jesus, Shy, es ist einfach alles. Du bist besonnen, du bist treu, du bist unabhängig, du bist bescheiden und schüchtern, aber dann bist voller Kraft und Energie, wenn es drauf ankommt. Du bist ein wandelnder Widerspruch, und das macht mich so an, dass ich es kaum aushalten kann. Und dann sagst du, du vertraust mir so sehr, dass du dich von mir an mein Bett fesseln lassen würdest. Du hast ja keine Ahnung, was du mir damit suggeriert hast. Ich glaube nicht, dass du deine eigenen Bedürfnisse verstehst, oder meine, aber ich will es mit dir zusammen herausfinden. Du hast gesagt, du gehörst mir, solange ich an dir interessiert bin. Nun, Shy, ich bin interessiert, und du gehörst verdammt noch mal mir.«

Verlegen flüsterte Cheyenne: »Redest du über BDSM?«

»Setz dich aufs Bett, Shy«, befahl Dude, ohne die Frage zu beantworten, ließ ihre Arme los und wich einen Schritt zurück.

»Was?«

»Setz dich aufs Bett. Los.«

Cheyenne verstand nicht und trat einen Schritt zurück. Faulkner bewegte sich synchron zu ihr. Jedes Mal wenn sie einen Schritt zurücktrat, trat er einen Schritt vor. Sie ging noch einen Schritt, dann noch einen. Cheyenne hielt den Blick fest auf Faulkner gerichtet, als sie langsam rückwärts durch den Raum ging, bis sie mit ihren Beinen gegen das Bett stieß. Sie setzte sich und sah Faulkner weiter an. Ohne nachzudenken, hob sie ihren Daumennagel an den Mund und fing an zu knabbern. Sie war verdammt nervös. Was war hier los?

»Nicht BDSM, Shy. Das nicht. Ich bin kein Freund von Etiketten. Was wir gemeinsam tun, entscheiden wir. Nicht mehr, nicht weniger. Aber überleg mal, was gerade passiert ist. Ich habe dich gebeten, etwas zu tun, und du hast es getan. Warum?«

Cheyenne dachte über das nach, was er gesagt hatte. »Ich weiß es nicht.«

»Du weißt es.«

»Weil du mich darum gebeten hast und ich dir gefallen wollte.«

»Genau. Darum geht es hier. Ich möchte dir gefallen und du willst mir gefallen. Und das machen wir, indem ich die Kontrolle übernehme. Es ist das, was ich brauche, und du unterwirfst dich so bereitwillig.« Dude setzte sich vor ihr auf den Boden. Er nahm den Daumen, an dem Cheyenne gekaut hatte, und führte ihn zu seinem Mund. »Was habe ich dir gesagt, würde ich tun, wenn ich dich das nächste Mal dabei erwische?« Er wartete darauf, dass sie antwortete.

»Dass du das Gleiche tun würdest.«

»Verdammt richtig.« Ohne den Blick von Cheyennes Augen abzuwenden, nahm er ihren Daumen in den Mund. Er knabberte daran und wickelte seine Zunge darum. Er saugte, streichelte, biss.

Als er endlich losließ, fühlte Cheyenne sich butterweich. »Im Ernst, soll das abschreckend sein, Faulkner? Ich muss dir nämlich sagen, dass es das wirklich nicht ist.«

Dude lachte bei ihren Worten und legte seine vernarbte Hand um ihre. »Meine Shy. Du hast es gesagt. Ich habe es gehört. Meine Freunde haben es gehört. Gott sei Dank war ich nicht auf einer Mission und konnte gestern hier sein. Jemand anderes hätte die

Bombe wahrscheinlich genauso gut entschärfen können, aber es war nicht jemand anderes. Ich war es. Wir haben diese leicht entflammbare Verbindung. Etwas, das ich noch nie zuvor gefühlt habe. Im Laufe der Zeit werden wir herausfinden, was das bedeutet. Aber ich warne dich, ich glaube nicht, dass ich so bald das Interesse an dir verlieren werde.«

»Okay«, war alles, was Cheyenne sagen konnte. Es war nicht so, als würde sie darüber mit ihm streiten wollen.

»Okay. So wird heute Nacht ablaufen. Du ziehst dir an, was auch immer du dir zum Schlafen mitgebracht hast. Ich weiß, ich habe angekündigt, dass ich heute Nacht auf der Couch schlafe, aber ich glaube nicht, dass ich das kann. Ich werde hier bei dir schlafen. In meinem Bett. Nichts wird passieren. Das habe ich dir versprochen. Du kannst mir vertrauen. Ich möchte, dass du dich entspannst und dass du dich an mich gewöhnst und dich wohl bei mir fühlst, bevor wir diesen Teil unserer Beziehung vertiefen. Morgen früh stehen wir auf, ich mache dir Frühstück und dann fahre ich dich nach Hause, damit du dich auf deine Schicht vorbereiten kannst. Den Rest werden wir herausfinden, wenn es so weit ist.«

Cheyenne bemerkte sofort, dass er nicht fragte. Er bestimmte. Sie dachte einen Moment darüber nach. Als sie merkte, dass sie mit allem, was er gesagt hatte, einverstanden war, nickte sie nur, als hätte Faulkner eigentlich um ihre Zustimmung gebeten.

Er lächelte nur, beugte sich vor und brachte seinen Mund einen Zentimeter vor ihrem zum Ruhen. »Du gefällst mir, Shy. Verdammt, du gefällst mir. Jetzt zieh dich um.«

Dude stand auf und half Cheyenne hoch. Er beobachtete sie, wie sie zu ihrer Tasche ging, sie aufhob und in das kleine Badezimmer verschwand, das direkt ans Schlafzimmer angeschlossen war. Sie schloss die Tür hinter sich und Dude sackte aufs Bett. Jesus, er war völlig fertig. Er kannte Cheyenne kaum einen Tag und war so verrückt nach ihr, dass es lächerlich war. Er hatte immer gedacht, Liebe auf den ersten Blick wäre etwas, das Autoren von Liebesromanen sich ausgedacht haben, um mehr Bücher zu verkaufen.

Aber er steckte schon bis zum Hals drin. Es war verdammt beängstigend, besonders für jemanden, der es gewohnt war, jeden Aspekt seines Lebens unter Kontrolle zu haben. Aber Dude gefiel es trotzdem. Neben Cheyenne im selben Bett zu schlafen, ohne *mit* ihr zu schlafen, würde eine der schwierigsten Herausforderungen seines Lebens werden. Aber er konnte nicht leugnen, dass der Gedanke, sie die ganze Nacht in den Armen zu halten, wie der Himmel auf Erden klang. Er hatte noch nie, kein einziges Mal, die ganze Nacht mit einer Frau verbracht. Er war vielleicht nach dem Sex kurz eingeschlafen, aber sobald er aufgewacht war, war er immer sofort gegangen, noch bevor die Nacht zu Ende war. Rückblickend wusste er, dass er ein Arschloch gewesen war, doch so war er nun mal und hatte es sein müssen. Aber jetzt fühlte sich schon der Gedanke, Cheyenne die ganze Nacht in seinen Armen zu halten, richtig an. Anstelle des panischen Gefühls, das er normalerweise bei dem Gedanken hatte, »den Morgen danach« mit einer Frau zu verbringen, konnte Dude es kaum erwarten zu sehen, wie Shy am Morgen aussehen würde.

Er verließ das Schlafzimmer. Er wollte nicht, dass Cheyenne sich unbehaglich fühlte, sobald sie aus dem Badezimmer kam. Dude schlug etwas Zeit in der Küche damit tot, sich davon zu überzeugen, dass er am nächsten Morgen alles haben würde, was sie zum Frühstück brauchten. Nachdem er der Meinung war, Cheyenne genügend Zeit gegeben zu haben, ging er zurück ins Schlafzimmer.

Als er Cheyenne in seinem Bett sah, fühlte er sich komisch. Er schluckte ein Mal schwer. Ohne ein Wort ging er ins Badezimmer. Da er wusste, dass Cheyenne ihn im Bad nicht direkt sehen konnte, machte er sich nicht die Mühe, die Tür zu schließen. Der Raum roch nach ihr. Es roch nach Zahnpasta und einer Art süßer Lotion. Dude sah sich die Flasche auf dem Waschbecken an, Lebkuchen. Verdammt. Er würde nie wieder an Weihnachten denken können, ohne sie und ihre verdammte Lebkuchenlotion im Kopf zu haben. Dude nahm an, dass es ihn hätte irritieren sollen, ihre Sachen überall auf seinem Waschbecken verstreut zu sehen, aber stattdessen war er begeistert.

Er putzte sich die Zähne und zog sich dann bis auf

die Boxershorts aus. Normalerweise schlief er nackt, wusste aber, dass das heute nicht angebracht wäre. Wahrscheinlich hätte er ein Hemd überziehen sollen, aber Dude konnte dem Gedanken nicht widerstehen, Cheyenne auf seiner Haut zu spüren. Er spielte ein gefährliches Spiel, konnte sich aber nicht zurückhalten.

Er ging zurück ins Schlafzimmer und sah Cheyenne auf dem Bett liegen, die Decke bis unters Kinn hochgezogen. Sie war offensichtlich nervös und unsicher.

Dude wollte sie nicht länger auf die Folter spannen, machte das Licht aus, schlug die Bettdecke auf seiner Seite auf, legte sich hin, drehte sich sofort zu Cheyenne um und zog sie in seine Arme.

Sie lag an seiner Seite mit ihrem Kopf auf seiner Schulter. Einen Arm legte Dude um ihre Schulter, den anderen auf ihre Taille.

Dude entspannte sich, als er fühlte, wie Cheyenne ihre Hand auf seine Brust drückte. Er entspannte sich noch mehr, als er spürte, wie sich ihre Muskeln lockerten und sie sich schließlich an ihn schmiegte.

»Bequem?«

»Überraschenderweise ja.«

»Warum überraschenderweise?«

»Ich habe noch nie die Nacht mit einem Mann verbracht.«

Als Faulkner tief Luft holte, erklärte Cheyenne hastig: »Nein, Jesus, Faulkner, ich bin keine Jungfrau.

Herrgott. Entspann dich. Ich wollte nur sagen, dass ich noch nie die ganze Nacht mit einem Mann im selben Bett geschlafen habe.«

»Ich möchte nicht, dass du über andere Männer sprichst, wenn du in meinen Armen, in meinem Bett liegst, Shy, aber nur fürs Protokoll, das waren Idioten. Ich bin zufriedener damit, dich hier in meinen Armen zu haben und zu wissen, dass du morgen früh noch hier sein wirst, als ich es jemals gewesen bin, wenn ich eine Frau gefickt habe.«

Cheyenne stützte sich schnell auf und versuchte, Faulkner in der Dunkelheit in die Augen zu sehen. »Wenn ich nicht über andere Männer sprechen darf, dann darfst du auch nicht darüber sprechen, andere Frauen gefickt zu haben«, sagte sie gereizt.

Lachend hob Dude die Hand und strich ihr beruhigend über den Rücken. Er spürte die weiche Baumwolle ihres Schlafanzugs. »Du hast recht, es tut mir leid, Shy. Ich werde es nicht wieder tun.«

»Ich meine, ich weiß, dass du haufenweise mit Frauen geschlafen hast, aber ich möchte nichts davon hören.«

»Es waren nicht haufenweise Frauen.«

»Was auch immer.«

Dude lachte leise. »Ich wollte nur sagen, dass ich noch nie so zufrieden war wie jetzt und hier, während ich dich einfach festhalte.«

»Gut rausgeredet.« Cheyenne lächelte. Wie könnte

sie länger wütend auf Faulkner sein, wenn er so etwas sagte?

»Schlaf jetzt, Shy. Ich halte dich.«

»Ich weiß.« Einen Moment später flüsterte Cheyenne: »Du hast mir keinen Gutenachtkuss gegeben.«

»Ich kann nicht. Wenn ich dich jetzt mit dem Mund berühre, dann bin ich verloren. Sobald ich das Aroma auf deinen Lippen schmecke, wird es mir sofort zu Kopf steigen. Es ist schon schlimm genug, dass ich diese Lebkuchenlotion rieche, die du aufgetragen hast. Ich stelle mir vor, wie sich deine Haut unter mir anfühlt und wie gut du riechen wirst, wenn ich mich endlich auf dich stürze. Wenn ich auch nur einen Hauch von Lebkuchengeruch vermischt mit dem Duft deiner sexuellen Erregung wahrnehme, werde ich die Kontrolle verlieren. Für dich mag es ein einfacher Gutenachtkuss sein, aber für mich ist es ein schmaler Grat, auf dem ich entlangwandere. Also sei ruhig und schließ die Augen. Du wirst deine Küsse noch bekommen. Ich verspreche es, Shy. Aber nicht heute Nacht, nicht jetzt.«

Cheyenne kicherte leise und sagte einfach: »Okay.«

»Schlaf jetzt, Shy. Um Gottes willen, schließ die Augen und schlaf.«

Dude lag im Dunkeln und wartete darauf, dass Cheyenne einschlief. Es dauerte nicht lange. Die Aufregung der letzten Tage und des heutigen Abends hatten sie offensichtlich verausgabt.

Dude hatte sie nicht angelogen. Sie in seinen Armen zu halten war eines der befriedigendsten Dinge, die er jemals erlebt hatte. Zu wissen, dass sie genau die Art von Frau war, die er wollte, und dass Cheyenne ihm gefallen wollte, war berauschend. Es war nicht nur die Tatsache, eine Frau in seinem Bett zu haben, von der Dude wusste, dass sie für fast alles offen war, was er mit ihr anstellen wollte, es war *Cheyenne*, die in seinem Bett lag und die offen für alles war, was er mit ihr anstellen wollte. *Das* war es, was es schwierig machte, die Kontrolle zu behalten. Nie im Leben hätte er erwartet, bei einem Bombeneinsatz die Frau seiner Träume zu treffen. Aber Dude wusste, dass er Gott den Rest seines Lebens dafür danken würde.

Als Cheyenne im Schlaf murmelte, drückte Dude sie fester an sich und lächelte, als sie sich beruhigte. Er wusste, dass alles sehr schnell gegangen war, und er musste das Tempo etwas drosseln, um sie nicht zu verschrecken. Aber er würde keinen Tag mehr verstreichen lassen, ohne dafür zu sorgen, dass sie wusste, dass er an sie dachte.

KAPITEL NEUN

Cheyenne lächelte über die SMS von Faulkner.
Ich denke an dich.
Er benutzte niemals Abkürzungen, wenn er ihr eine SMS schrieb. Er formulierte jedes Wort aus und verwendete keine niedlichen Emoticons. Es verging kein Tag, an dem er ihr nicht mindestens eine SMS schickte.

Sie dachte an ihren ersten gemeinsamen Morgen zurück. Sie war aufgewacht und hatte die Augen geöffnet, nur um zu sehen, wie Faulkner sie anstarrte. Sie hatte auf dem Rücken gelegen und er hatte sich auf seinen Ellbogen gestützt und sich über sie gebeugt. Er hatte ihr Haar gestreichelt und es ihr hinters Ohr gesteckt.

»Guten Morgen, Shy.«
»Guten Morgen.«
Sie hatten sich nur angestarrt, aber als er den Kopf

gesenkt hatte, als würde er sie gleich küssen, war Cheyenne aufgesprungen. Auf keinen Fall hätte sie ihn in ihre Nähe kommen lassen, bevor sie sich die Zähne geputzt hatte. Sie konnte fühlen, wie trocken ihr Mund war, und sich vorstellen, wie sie riechen musste. Igitt. Nachdem sie es erklärt hatte, hatte er nur gelacht und sie ins Badezimmer gehen lassen.

Er hatte ihr Frühstück gemacht, wie er es versprochen hatte. Sie hatten zusammen den Vormittag verbracht und sich währenddessen besser kennengelernt. Cheyenne hatte herausgefunden, dass Faulkner gern las, sogar Liebesromane. Er zwinkerte ihr zu und behauptete, es wäre »Weiterbildung«.

Nachdem er sie in ihre Wohnung gebracht hatte, hatte er sie lange und leidenschaftlich geküsst. Cheyenne hatte sich an diesem Morgen für einen Lippenbalsam mit Apfelaroma entschieden und an seiner Reaktion konnte sie sehen, wie sehr er ihn mochte. Bei der Erinnerung daran musste sie lächeln.

Dann hatte er im typischen Faulkner-Stil einfach seine Hand ausgestreckt und nach ihrem Handy verlangt. Sie hatte es entsperrt und ihm gegeben. Er speicherte seine Nummern ein und rief sich kurz selbst an, damit er auch ihre Nummer hatte.

Nachdem er ihr das Handy zurückgegeben hatte, hatte er sie noch einmal mit einer Hand an ihrem Nacken zu sich gezogen und ihr einen weiteren leidenschaftlichen Kuss gegeben.

»Wir sprechen uns später«, und dann war er weg.

Faulkner war seinem Wort treu geblieben. Während ihrer Schicht hatte sie mehrere SMS von ihm bekommen. Er forderte sie auf, ihm Bescheid zu geben, wenn sie nach Hause kam. Er mochte den Gedanken nicht, dass sie nachts um elf allein nach Hause fuhr.

Cheyenne verdrehte bei seiner Nachricht nur die Augen. Sie arbeitete schon so lange in der Spätschicht, dass sie die Uhrzeit nicht mehr beunruhigte. Das erzählte sie auch Faulkner, aber er hatte nur erwidert, dass es ihr vielleicht egal war, dass Kriminelle nach Sonnenuntergang aktiver waren, *ihm* aber nicht.

Cheyenne konnte so tun, als würde sie sich darüber ärgern, wusste aber tief in ihrem Inneren, dass sie sich selbst etwas vormachen würde. Es gefiel ihr, dass Faulkner sich Sorgen um sie machte. Es fühlte sich gut an.

Während der letzten zwei Wochen waren ihre Zeitpläne so unterschiedlich gewesen, dass sie nicht mehr die Nacht hatten zusammen verbringen können. Es hatte Cheyenne beunruhigt, bis Faulkner sie besänftigt hatte.

»Es ist mir egal, ob es ein Jahr dauert, bis wir wieder zusammen sein können, Shy, du gehörst mir. Wir haben alle Zeit der Welt. Hör auf, dir darüber Sorgen zu machen.«

Wenn sie an seine Worte dachte, fühlte sie immer noch das Kribbeln und es ging ihr besser, egal was sonst in ihrem Leben vor sich ging.

Cheyenne brauchte seine SMS heute mehr als sonst. An diesem Morgen hatte sie mit ihrer Mutter gesprochen und sich alles darüber anhören müssen, wie Karen einen großen Fall vor Gericht gewonnen hatte. Ihre Mutter hatte zwanzig Minuten mit Karens Erfolg geprahlt, bevor sie sich überhaupt die Mühe gemacht hatte, Cheyenne zu fragen, wie ihr Tag verlaufen war.

Als Cheyenne ihr erzählt hatte, dass sie einem Pärchen geholfen hatte, ihr Baby zur Welt zu bringen, nachdem der Mann die Notrufnummer gewählt hatte, hatte ihre Mutter tatsächlich gesagt: »Cheyenne, wann suchst du dir endlich einen richtigen Job?«

Cheyenne hatte nur geseufzt und abwesend weiter zugehört, bis ihre Mutter endlich auflegen musste. Sie war mit Karen zum Mittagessen verabredet. Es tat weh zu wissen, dass ihre Mutter und Karen sich regelmäßig trafen, sich aber nie die Mühe machten, Cheyenne einzuladen.

Aber als sie drei Worte von Faulkner auf ihrem Handy sah, fühlte sie sich besser.

Vermisse dich auch :)

Cheyenne legte ihr Handy beiseite, als das Telefon auf dem Tisch vor ihr klingelte.

»Hier ist der Notruf, wie kann ich Ihnen helfen?«

Die Stimme am anderen Ende der Leitung klang sehr ruhig, was höchst ungewöhnlich war. »Ja, ich suche eine Cheyenne, die beim Notruf arbeitet.«

Cheyenne runzelte die Stirn. Was zum Teufel? Sie

konnte nicht sagen, ob die Person am anderen Ende der Leitung ein Mann oder eine Frau war, die Stimme war gedämpft und weich.

»Gibt es bei Ihnen einen Notfall? Diese Leitung ist nur für Notfälle.«

Cheyenne hörte, wie der Anrufer auflegte. Sie zitterte. Das war wirklich komisch. Sie hielt ihren Job nicht wirklich geheim, aber es hatte noch nie jemand speziell nach ihr gefragt. Sie versuchte herauszubekommen, von welcher Nummer die Person angerufen hatte, aber der Anrufer war nicht lange genug in der Leitung gewesen und hatte ein Handy benutzt. Die Daten waren nicht verfügbar.

Ihr Handy summte mit einer weiteren SMS.

Ich hole dich heute Abend nach der Arbeit ab.

Cheyenne vergaß den seltsamen Anruf und schnappte sich aufgeregt ihr Handy.

Hast du morgen früh kein Training?

Das ist mir egal.

Aber du wirst müde sein.

Ich sagte ja, es ist mir egal. Es ist zu lange her. Ich muss dich sehen.

Cheyenne lächelte glücklich. Sie wollte Faulkner auch sehen. Sie hatten sich während der letzten zwei Wochen ziemlich gut kennengelernt. Er rief sie manchmal bei der Arbeit an und sie unterhielten sich, bis sie einen Notruf annehmen musste. Faulkner war es egal, dass sie sofort auflegen musste, wenn das passierte. Er sagte nur, sie sollte ihm eine SMS schreiben, sobald sie fertig war, damit sie weiterreden konnten.

Das hatte wirklich gut funktioniert. Cheyenne hatte alles Mögliche über Faulkner und seine Freunde herausgefunden. Es gefiel ihr, wie treu er war und wie treu seine Freunde ihm gegenüber zu sein schienen. Sie erfuhr, dass er gern kochte, aber es hasste, Wäsche zu waschen. Er gab zu, dass Caroline ihn dazu gebracht hatte, seinen ersten Liebesroman zu lesen, und dass er ihn tatsächlich genossen hatte.

Cheyenne hatte von ihrer Mutter und ihrer Schwester erzählt und dass sie sich in deren Gegenwart immer als das fünfte Rad am Wagen fühlte. Darauf hatte sie sich einen Vortrag von Faulkner anhören müssen, wie falsch sie lag und für wie erstaunlich er und seine Freunde sie hielten.

Die Gespräche mit Faulkner brachten sie immer zum Lächeln.

Cheyenne würde sich immer an das eine Gespräch erinnern, das sie eines Abends geführt hatten, nachdem sie von ihrer Schicht nach Hause gekommen war. Ungewöhnlicherweise hatte sie ihm eine SMS geschrieben, um zu sehen, ob er noch wach war. Normalerweise wollte sie ihn so spät nicht mehr wecken, weil sie wusste, dass er so früh aufstehen musste. Aber sie hatte einen schrecklichen Anruf erhalten und wollte unbedingt mit ihm sprechen.

Er hatte sofort zurückgeschrieben, dass sie ihn anrufen sollte.

»Was ist los, Shy?«

»Ich hatte nur ... ich hatte eine harte Schicht.«

»Was ist passiert?«

»Nur dieser eine Anruf.«

»Es ist nie *nur* ein Anruf, nicht wenn es dich aufregt. Erzähl mir davon.«

»Ich sollte dich nicht wach halten. Du musst in ungefähr drei Stunden aufstehen.«

»Cheyenne ...«

Sie konnte ihm nicht widerstehen, wenn er diesen Tonfall hatte, und wenn sie ehrlich war, wollte sie wirklich mit ihm sprechen.

»Eine hysterische Frau hat angerufen. Sie war in das Zimmer ihres zwölfjährigen Sohnes gegangen, um nach ihm zu sehen, und hat ihn erhängt in seinem Kleiderschrank vorgefunden. Er hatte sich einen Gürtel um den Hals gelegt und sich umgebracht.«

»Oh, Shy ...«

Bei Faulkners Mitgefühl wäre sie fast in Tränen ausgebrochen, aber sie fuhr schnell fort: »Sie hat mir erzählt, dass er in letzter Zeit still gewesen war. Sie wusste, dass er in der Schule Probleme hatte. Die siebente Klasse ist für alle Kinder hart, denke ich. Ich weiß, dass ich mich damals selbst die meiste Zeit gehasst habe. Sie sagte, sie sei eine alleinerziehende Mutter und habe nicht die Zeit gehabt, sich mehr um ihn zu kümmern, nicht so, wie sie es hätte tun sollen. Er war schwul und hatte seiner Mutter erzählt, dass einige der anderen Kinder ihn hänselten. Sie gab sich selbst die Schuld, Faulkner. Sie sagte, dass alles ihre Schuld sei. Ich habe mit ihr gesprochen, bis die Sanitäter kamen und versucht haben, ihren Sohn wiederzubeleben. Durch ihre Schilderung wusste ich, dass er wahrscheinlich schon tot war, aber ich habe sie beschäftigt, bis Hilfe kam. Sie wollte nicht auflegen. Sie wollte mir alles darüber erzählen, wie großartig ihr Sohn gewesen war. Sie sagte, er sei ein Künstler und wolle für Animationsfilme arbeiten, sobald er erwachsen ist. Erst als die Polizei ihr sagte, sie müsse jetzt auflegen, hörte sie auf.« Cheyenne schniefte. »Es war wirklich schwer.«

»Sie wird niemals vergessen, dass du für sie da warst.«

»Ich werde andere Menschen nie verstehen, solange ich lebe, Faulkner«, beklagte Cheyenne sich traurig. »Er war ein Kind, voller Potenzial, ein gutes Kind, und andere Leute haben ihm das Gefühl gegeben, aufgrund seiner sexuellen Orientierung weniger wert zu sein. Weniger würdig. Das ist einfach nicht richtig. Das ist nicht fair.«

»Hör auf dich selbst, Shy. *Höre*, was du selbst gerade gesagt hast.«

Cheyenne hielt inne.

Dude fuhr fort und hoffte, dass sie ihm wirklich zuhörte. »Deine Schwester tut dir schon dein ganzes Leben lang dasselbe an. Und jetzt macht es sogar deine Mutter, bewusst oder unbewusst. Sie ziehen dich runter und geben dir das Gefühl, dass das, was du beruflich machst, nicht so wichtig ist wie das, was Karen tut.«

»Heilige Scheiße, Faulkner, du hast recht.«

»Natürlich habe ich das.«

Cheyenne kicherte trotz des emotionalen Gesprächs, das sie geführt hatten. »Danke, das habe ich gebraucht.«

»Ich weiß, Baby. Es tut mir leid, dass du das durchmachen musstest. Glaub nie wieder, dass ich lieber schlafen würde, als dir zuzuhören und dir zu helfen, einen harten Anruf zu bewältigen. Wenn du das noch einmal denkst, werde ich sauer, verstanden?«

»Verstanden.« Normalerweise drehte sie sich nach so einem Anruf die ganze Nacht im Bett hin und her, doch in dieser Nacht hatte sie tief und fest geschlafen.

Cheyenne erschrak, als ihr Handy summte. Sie war so in ihren Gedanken verloren gewesen, dass sie vergessen hatte, Faulkner eine SMS zurückzuschicken.

Wir werden später entscheiden, was wir mit deinem Wagen machen. Ich bin um 23:10 Uhr da. Ist das in Ordnung?

Cheyenne tippte schnell eine Antwort ein.

Ja, kann es kaum erwarten.

Cheyenne konnte das Ende ihrer Schicht kaum noch abwarten. Sie hatte es genossen, Faulkner während der letzten Wochen per SMS und Telefon kennenzulernen, aber sie war mehr als bereit dazu, ihn persönlich wiederzusehen. Sie wusste nicht, ob er ihr Zeit gab, sich an ihn zu gewöhnen, oder ob er wirklich beschäftigt gewesen war, aber im Moment war es ihr eigentlich auch egal.

Sie hoffte wirklich, dass das Kribbeln zwischen ihnen nicht nachgelassen hatte. Sie ging nicht davon aus, aber was wusste sie schon über Männer wie Faulkner?

Cheyenne lehnte sich zurück und trommelte mit den Fingern auf die Tischplatte. Nur noch zwei Stunden, bis ihre Schicht zu Ende war.

KAPITEL ZEHN

Cheyenne winkte David zu, der sie nach ihrer Schicht ablöste, und ging zur Tür hinaus. Faulkner hatte ihr vor zehn Minuten eine SMS geschickt, dass er draußen auf sie wartete.

Sie hatte ihren Computer heruntergefahren und David erklärt, was am Abend bisher passiert war. Zum Glück war es bisher verhältnismäßig ruhig gewesen. Sie hing sich ihre Handtasche über die Schulter und ging auf den dunklen Parkplatz hinaus.

Faulkner hatte unter einer der Laternen geparkt und stand neben dem Wagen gegen die Beifahrertür gelehnt. Cheyenne ging mit einem breiten, glücklichen Lächeln auf dem Gesicht auf ihn zu.

Sie wusste nicht warum, aber plötzlich war sie schüchtern. Sie hatten fast jeden Tag telefoniert, aber es war anders, ihm wieder von Angesicht zu Angesicht gegenüberzustehen. Es war viel leichter, jemandem sein Herz auszuschütten, wenn man ihm nicht direkt in die Augen schauen musste.

»Hallo.«

»Hallo. Wie war die Arbeit?«

Cheyenne fand es toll, dass Faulkner immer nachfragte, wie ihre Schicht verlaufen war. »Es war okay, irgendwie langweilig.«

»Langweilig ist gut.«

Cheyenne nickte zustimmend.

»Komm her.«

Cheyenne zitterte bei dem Ton von Faulkners Stimme und ging zu ihm.

Dude legte seine Arme um Cheyenne und atmete sie förmlich ein. Heute Abend duftete sie nach Vanille. Er mochte ihre süß riechenden Lotionen sehr.

»Ich frage mich, welchen Geschmack deine Lippen heute haben.« Ohne ihr eine Chance zu geben zu antworten, beugte Dude sich vor und holte sich den Kuss, nach dem er sich seit ihrem letzten Treffen verzweifelt gesehnt hatte. Er fuhr mit seiner Zunge über ihre Lippen und schmeckte das Kirscharoma, bevor er in ihren Mund eintauchte. Sie öffnete sich bereitwillig für ihn und Dude gefiel das Gefühl, wie sie sich an seinem Rücken an seinem T-Shirt festkrallte, während er seinen sinnlichen Angriff fortsetzte.

Bevor er zu weit gehen konnte, zog er sich zurück. »Kirsche. Lecker.« Dude sah, wie Cheyenne ihre Lippen zu einem Lächeln verzog und den Kopf entzückend zur Seite drehte. »Lass uns gehen, es würde nicht gut ankommen, auf dem Parkplatz vor einem öffentlichen Gebäude beim Rummachen erwischt zu werden.«

Cheyenne sah wieder zu Faulkner auf und nickte nur. Er griff hinter sie, öffnete die Tür und wartete, bis sie eingestiegen war, bevor er die Tür hinter ihr schloss und zur Fahrerseite ging.

»Wo fahren wir hin?«

»Zu dir.«

Das hatte Cheyenne nicht erwartet. »Zu mir?«

»Ja, zu dir. Du hast ja nichts dabei, außer den Sachen, die du trägst. Also fahren wir zu dir, damit du packen kannst, und dann fahren wir zu meinem Haus.«

»Warum bleiben wir heute Nacht nicht einfach in meiner Wohnung? Wenn wir schon da sind ...« Sie verstummte, als Faulkner sie ansah, und fragte: »Was?«

»Weil ich dich in meinem Bett haben will, wenn wir uns zum ersten Mal lieben. Ich habe davon geträumt, wie du in meinem Bett liegst und auf mich wartest. Die ganze Zeit, in der wir getrennt waren, habe ich mich an den Gedanken gewöhnt, dich in meinem Schlafzimmer zu sehen. Ich bin fertig damit zu warten. Du gehörst mir und heute Abend wirst du in jeder Hinsicht mir gehören.«

Cheyenne starrte ihn nur an. Beeindruckend. Das war intensiv. Und es gefiel ihr. Sie lächelte. »Okay, Faulkner, was auch immer du verlangst.«

Er lächelte zurück. »Gewöhne dich schon mal

daran, diese Worte zu sagen, Shy. Die höre ich ausgesprochen gern aus deinem Mund.«

Cheyenne war nicht überrascht, als Faulkner sich zu ihr beugte und ihre Lippen für einen weiteren intensiven Kuss verschlang, bevor er sich zurückzog und den Wagen startete. Er fuhr vom Parkplatz zu ihrer Wohnung. Drei Fahrzeuge verblieben auf dem Parkplatz, von denen eines jedoch nicht leer gewesen war.

Faulkner hatte sie zu ihrer Wohnung gebracht und stand im Wohnzimmer, während sie packte. Sie brauchte nicht lange, aber Cheyenne achtete darauf, dass sie mehrere Outfits einpackte. Sie würde für die nächsten Tage weg sein und wusste nicht, was Faulkner mit ihr vorhatte. Sie dachte, es wäre besser, auf Nummer sicher zu gehen.

Sie kam aus dem Schlafzimmer und sagte: »Entschuldigung, dass es so lange gedauert hat, aber jetzt bin ich fertig.«

Faulkner kam nicht zu ihr, sondern stand neben ihrem Fenster und schaute hinaus. Er drehte sich um, während sie sprach, und sah sie nur an. Schließlich sagte er: »Du musst dir sicher sein, Shy. Du musst dir sicher sein, dass es das ist, was du willst, und es nicht nur tun, weil ich es will.«

»Ich war mir in meinem ganzen Leben noch nicht so sicher, Faulkner.«

»Na dann komm, lass uns gehen.«

Die Fahrt zu Faulkners Haus war ruhig, aber elektrisierend.

Als sie noch einen Block von seinem Haus entfernt waren, brach Dude die angenehme, aber intensive Stille. »Wenn wir bei mir zu Hause ankommen, wirst du zuerst ins Haus gehen. Ich gebe dir fünf Minuten, bevor ich nachkomme. Erledige, was auch immer du noch im Badezimmer erledigen musst. Wenn ich reinkomme, will ich dich nackt auf meinem Bett sehen, die Decke aufgeschlagen, nicht zugedeckt. Leg dich mit den Armen hinter dem Kopf auf den Rücken. Halte deinen Blick auf die Tür gerichtet, damit du mich sehen kannst, sobald ich eintrete. Sag in dem Moment nichts. Hast du noch Fragen oder Bedenken, bevor wir anfangen?«

Cheyenne spürte, wie ihre Brustwarzen sich bei seinen Worten sofort aufrichteten. Mein Gott, Faulkner meinte es hundertprozentig ernst. Es würde wirklich passieren, und es würde auf seine Weise passieren. Cheyenne versuchte, nicht zu hyperventilieren. »Vereinbaren wir ein Codewort?«

»Verdammt, nein«, antwortete er sofort. »Du brauchst kein Codewort. Wenn du etwas nicht magst, dann sag es mir einfach. Ich habe dir bereits mitgeteilt, dass ich diese Art von Spielchen nicht mag. Aber ich verspreche dir, Shy, du wirst alles mögen, was wir tun.

Ich stehe nicht auf Schmerzen, weder für dich noch für mich. Wenn du mich aufhalten musst, dann mache ich es nicht richtig.« Er machte eine Pause. »Noch etwas?«

Cheyenne schüttelte den Kopf.

»Sprich.«

»Nein, Faulkner. Ich bin bereit. Ich bin so bereit, dass ich gleich explodiere, ohne dass du mich überhaupt berührt hast.«

Cheyenne sah ein kleines zufriedenes Lächeln auf Faulkners Lippen, bevor er wieder ernst wurde. »Nein. Du kommst erst, wenn ich sage, dass du kommen darfst.«

»Jesus«, murmelte Cheyenne leise.

Es wurde still, bis Faulkner mit seinem Wagen schließlich in der Einfahrt anhielt.

»Geh, Shy. Fünf Minuten. Vergiss nicht, was ich gesagt habe.«

Dude sah zu, wie Cheyenne mit ihrer Tasche über der Schulter ins Haus ging. Er hatte ihr seinen Schlüssel gegeben und sie hatte keine Sekunde gezögert, ihn zu nehmen und schnell durch die Tür hineinzugehen. Dude legte den Kopf auf das Lenkrad.

Die letzten zwei Wochen waren die Hölle gewesen. Er hatte sich Gründe überlegt, warum sie nicht zusammenkommen sollten. Er hatte alles getan, um die Dinge zu verlangsamen, um Cheyenne wirklich kennenzulernen und ihr zu erlauben, ihn kennenzulernen. Zwei Wochen waren in den meisten normalen Beziehungen wirklich keine lange Zeit, aber diese Beziehung schien ihm nicht »normal« zu sein. Tief in seinem Inneren fühlte er, dass Cheyenne ihm gehörte. Sie waren beide zur richtigen Zeit am richtigen Ort gewesen. Dude hatte bisher nicht an Schicksal geglaubt, selbst nachdem er gesehen hatte, wie seine Freunde und Teamkollegen auf ungewöhnliche Weise ihre Traumfrauen gefunden hatten. In den zwei Wochen hatte Dude viel darüber gelernt, was Cheyenne zu dem Menschen machte, der sie heute war, und sich selbst dazu gebracht, sich umso mehr in sie zu verlieben.

Als er hörte, wie ihre Mutter und ihre Schwester sie behandelten, wäre er am liebsten zu ihnen marschiert, um ihnen die Meinung zu sagen. Nur die Tatsache, dass es Cheyenne peinlich gewesen wäre, hatte ihn aufgehalten.

Dude hatte Cheyenne von seinen Vorlieben und Abneigungen erzählt und er hatte ehrlich das Gefühl, dass sie sich dadurch nähergekommen waren. Seiner Libido gefiel es zwar nicht, aber Dude mochte das Gefühl, dass diese Beziehung anders war als alle anderen zuvor. In der Vergangenheit wollte er Frauen nicht kennenlernen, sondern nur ins Bett bekommen. Er hatte sich nur dafür interessiert, sie zum Höhepunkt zu bringen, bevor er selbst kommen konnte. Mit Cheyenne war es anders. Er wollte nicht mit ihr ins Bett gehen, bevor er mehr über sie erfahren hatte und wusste, wie sie tickte.

Sie war sensibel, schüchtern, leidenschaftlich, emotional und verschlossen und hatte unterdrückte Probleme. Sie verband so viele Widersprüche in sich, und das faszinierte ihn.

Dude sah auf die Uhr. Noch zwei Minuten. Er öffnete die Autotür und verriegelte sie hinter sich. Mit gekreuzten Beinen lehnte er sich gegen die Tür. Es war der Abend der Wahrheit. Er hoffte, dass Cheyenne ihn genießen würde.

Wenn nicht, dann hatten sie keine gemeinsame Zukunft. So einfach war das. Dude war so, wie er war. Er war ehrlich zu ihr gewesen. Er mochte keine Spiele und keine Schmerzen oder den anderen Mist, der mit dem einherging, was die Leute allgemein als BDSM bezeichneten. Er hatte davon in einigen von Carolines erotischen Romanen gelesen. Einige waren in Ordnung, aber es war nichts für ihn. Er brauchte es nicht, dass die Frau vor ihm niederkniete und ihn bediente oder sich auspeitschen ließ, aber er brauchte die Kontrolle. Zu wissen, dass die Frau ihm vertraute und ihn beim Liebesspiel führen ließ, war berauschend und erregte ihn.

Nach allem, was Dude gesehen hatte, wollte Cheyenne auch, dass er die Kontrolle übernahm. Sie hatte zu viel Last auf ihren eigenen Schultern zu tragen. Die wenigen Male, bei denen sie die Gelegenheit dazu hatten, war sie zwischen ihrem Job, ihrer Familie und ihrem unabhängigen Lebensstil in seinen

Armen dahingeschmolzen, wenn er die Führung übernommen hatte.

Er sah wieder auf die Uhr. Eine Minute. Er stieß sich vom Wagen ab und ging in Richtung Haus. Er war noch nie in seinem Leben so aufgeregt oder so hart gewesen. Er war bereit, sich zu nehmen, was ihm gehörte.

KAPITEL ELF

Cheyenne lag auf Faulkners Bett und wartete. Sie konnte fühlen, wie ihr Herz raste und ihr Atem sich beschleunigte. Sie hatte die Latten des Kopfteils mit ihren Händen so fest umschlossen, dass ihre Fingerknöchel weiß wurden. Er hatte ihr nicht gesagt, dass sie sich dort festhalten soll, aber als Cheyenne das Bett gesehen hatte, konnte sie nicht aufhören, sich vorzustellen, dort festgebunden zu werden.

Sie machte sich Sorgen um ihren Körper. Würde er Faulkner gefallen? In der Vergangenheit hatte sich ihr Sexualleben meistens im Dunkeln abgespielt und die Männer hatten sich in der Regel nicht die Mühe gemacht, ihren Körper näher zu untersuchen, bevor sie mit dem Wesentlichen begonnen hatten.

Cheyenne hatte das Licht im Schlafzimmer angemacht und beschlossen, es eingeschaltet zu lassen. Nachdem sie die Toilette benutzt hatte, hatte sie sich mit ihrer Lebkuchenlotion eingerieben und sich an seine Worte von vor zwei Wochen zu diesem Thema erinnert. Abschließend hatte sie den Lippenbalsam mit ihrem Lieblingsgeschmack, Kuchenteig, aufgetragen und sich die Kleider vom Leib gerissen. Ohne sich selbst noch einmal im Spiegel anzusehen, war sie in Faulkners Schlafzimmer gelaufen, um pünktlich an Ort und Stelle zu sein, sobald ihre fünf Minuten abgelaufen waren.

Faulkner hatte recht. Cheyenne wollte ihm gefallen. Er hatte sie gebeten, etwas zu tun, und sie wollte nichts weiter, außer seinen Anweisungen Folge zu leisten. Sie wusste, dass sie selbst auf ihre Kosten kommen würde, wenn sie Faulkner gefiel.

Da Cheyenne nicht wusste, wie viel Zeit vergangen war, behielt sie die Schlafzimmertür im Auge. Auf keinen Fall wollte sie dabei erwischt werden, in eine andere Richtung zu gucken, wenn Faulkner hereinkam. Außerdem wollte sie unbedingt seine erste ungefilterte Reaktion sehen, wenn er sie entdeckte.

Sie umklammerte die Latten des Kopfteils. Wie viel Zeit war vergangen? Die Anspannung brachte sie fast um.

Und dann war Faulkner da. Er durchbohrte sie mit seinen Blicken, als er den Raum betrat. Cheyenne sagte nichts, so wie er es ihr befohlen hatte. Sie wusste, dass sie zu schnell atmete, aber sie war wahnsinnig nervös. Cheyenne biss sich auf die Lippen und versuchte, ihre Worte zurückzuhalten.

Faulkner war intensiv und schön, und er gehörte nur ihr.

Sie sah, wie er durch den Raum auf sie zukam, bis er über ihr stand.

»Nette Idee, dich an den Latten festzuhalten, Shy. Lass nicht los, bis ich es dir sage.«

Cheyenne lächelte ihn an und nickte, dankbar, dass er ihre Bemühungen bemerkt hatte.

»Ich frage mich, welchen Geschmack du heute Abend trägst?«

Die Frage war rhetorisch. Cheyenne wusste, er wollte nicht, dass sie antwortete. Sie wartete darauf, dass er sie küsste, und schmollte, als er es nicht tat.

Stattdessen beugte er sich vor und steckte seine Nase in ihren Bauchnabel. Er berührte sie nirgendwo anders, aber Cheyenne musste trotzdem tief Luft holen.

Er atmete ein und richtete sich wieder auf. »Verdammt. Lebkuchen. Trägst du das extra für mich?«

Cheyenne nickte und ließ Faulkner nicht aus den Augen.

»Gott. Das ist so verdammt perfekt.«

Cheyenne sah, wie Faulkner langsam sein Hemd öffnete. Einen Knopf nach dem anderen. Sie konnte nicht anders, als sich auf dem Bett zu winden.

»Nicht bewegen, Shy.«

Cheyenne hielt sofort still. Mist. Das war schwieriger, als sie gedacht hatte. Sie hatte sich immer über die Frauen in den Büchern lustig gemacht, die wimmerten und stöhnten, wenn ihre Männer verlangten, sie sollten still liegen bleiben. Jetzt realisierte sie, dass es viel schwerer war. Diese Autorinnen wussten offensichtlich, wovon sie sprachen.

Cheyenne holte erneut tief Luft, als Faulkner sich neben sie aufs Bett setzte. Er trug immer noch seine Hose, aber kein Hemd mehr. Sie ließ den Blick begierig über seinen Körper wandern. Er war verdammt gut gebaut. Sie wusste, dass er jeden Morgen mit seinem Team trainierte, aber Jesus, sie hatte noch nie so einen Waschbrettbauch gesehen.

»Du magst das Gefühl meiner Hand, oder, Shy?«

Sie nickte sofort. Sie mochte es nicht nur, sie liebte es.

»Dann lass uns das mal testen, in Ordnung?«

Cheyenne holte tief Luft, als Faulkner direkt zum Angriff überging. Er verschwendete keine Zeit mit Spielchen, indem er ihren Bauch, ihre Schultern oder ihr Gesicht berührte. Er griff direkt nach ihren Brüsten und ihren Brustwarzen. Ihre Nippel waren steif vor Erregung. Mit seinen vernarbten Fingern rieb er über ihre Brüste, bis Cheyenne glaubte, ihr Herz würde ihr jeden Moment aus der Brust springen.

Sie öffnete den Mund, um Faulkner um etwas zu bitten, erinnerte sich aber in letzter Sekunde an seine Anweisung und schloss ihn wieder.

»Perfekt. Danke, dass du dich so sehr bemühst. Ich liebe es, deine Zurückhaltung zu beobachten.«

Dude legte seinen Zeigefinger auf ihre Lippen und

strich darüber, wobei er ihren Lippenbalsam an seinen Finger schmierte. Er grinste sie an und rieb den Balsam, den er von ihren Lippen gestohlen hatte, über ihre Brustwarze, dann beugte er sich vor. Cheyenne spannte sich an. Seit dem ersten Tag wollte sie seine Lippen wieder auf sich spüren. Sie hatte davon geträumt.

Faulkner knabberte und saugte und machte sie völlig verrückt. Mit seiner Hand folterte er weiter ihre Brustwarze, während er seinen Mund langsam zur anderen Brust bewegte. Schließlich legte er seine Hände auf beide Brüste. Cheyenne konnte fühlen, wie ihre Brustwarzen gegen seine Handflächen stießen. Er rieb und streichelte sie, während er fragte: »Ist das Kuchenteig?«

Cheyenne grinste ihn nur an.

»Oh, ich liebe dieses Spiel. Ich frage mich, wie viele verschiedene Geschmacksrichtungen du hast. Wir könnten eine Menge Spaß damit haben. Aber ich glaube, ich brauche jetzt einen anderen Geschmack in meinem Mund.«

Dude versuchte, seinen rasenden Herzschlag zu beruhigen. Als er den Raum betreten und gesehen hatte, dass Cheyenne seine Anweisungen bis ins kleinste Detail befolgt und obendrein noch ihre eigene Note hinzugefügt hatte, war es um ihn geschehen. Sie war verdammt schön. Sie war ein Fest für die Sinne.

Er nahm sich Zeit und rutschte ans Fußende des Bettes, ohne den Augenkontakt mit Cheyenne zu unterbrechen. Er legte sich zwischen ihre Beine und schob sie langsam weiter auseinander. »Spreizen!« Er tippte auf ihre Knie und lächelte, als sie sofort die Beine weiter spreizte, bis er sich bequem dazwischen legen konnte.

»Ich hoffe, du liegst bequem, Shy. Ich habe vor, eine Weile hier unten zu verbringen.« Dude beugte sich vor und atmete ein. »Oh ja. Der Geruch von Lebkuchen und dir. Es gibt nichts Besseres.«

Er machte sich daran, seine Frau zur Ekstase zu bringen. Dude brachte sie immer wieder bis kurz vor den Höhepunkt, zog sich aber in letzter Sekunde wieder zurück. Er wollte, dass Cheyenne einen Orgasmus erlebte wie noch nie zuvor. Er sah zu ihr auf, ohne sein Fingerspiel zu unterbrechen.

»Sieh mich an.«

Dude wartete, bis Cheyennes Blick nach unten wanderte und auf seinen traf, bevor er fortfuhr: »Du bist so gut, Shy. So verdammt willig. Du hast alles getan, wonach ich verlangt habe. Du hast meine Anweisungen bis ins kleinste Detail befolgt. Ich war noch nie so zufrieden. *Noch nie.* Lass dich fallen. So oft du kannst. Für mich. Sag nichts, aber halte auch nicht deine Reaktionen zurück. Ich will dich hören.«

Sobald diese Worte seinen Mund verlassen hatten, beugte er sich vor und saugte hart an ihrer Knospe. Cheyenne explodierte. Es war, als hätte sie auf seine ausdrückliche Erlaubnis gewartet. Vor Lust schrie sie auf, drückte den Rücken durch und ritt seine Finger.

Dude ließ Cheyennes ersten Orgasmus ausklingen und baute ihre Erregung sofort für einen weiteren auf. Sie rekelte sich und stöhnte, sprach aber kein Wort. Sie war unglaublich.

Langsam zog Dude seine Finger aus ihrer engen Muschi und beugte sich vor, um sie wieder mit seinem Mund und seiner Zunge zu verwöhnen. Er spürte, wie Cheyenne unter ihm zitterte. Er konnte nicht länger warten. Er musste sie haben. Sie zuckte noch immer von ihrem letzten Orgasmus und Dude hoffte, dass er ihr noch mindestens einen weiteren geben würde.

»Beine runter.«

Sobald Cheyenne ihre Beine schlaff auf das Bett fallen ließ, rutschte Dude nach vorne, bis er zwischen ihren Hüften lag. Schnell zog er seine Jeans herunter und sah, wie Cheyenne sich über ihre Lippen leckte. Er schaute nach unten und bemerkte, wie sein Schwanz bereits aus seinen Boxershorts herausguckte. Es überraschte ihn nicht. In der letzten halben Stunde war er härter gewesen als jemals zuvor in seinem Leben.

Als er wieder nach oben sah, sagte er: »Schau mir in die Augen, Shy.« Er grinste, als sie widerwillig den Blick hob. »Gleich darfst so lange gucken, wie du möchtest. Aber jetzt schau mir direkt in die Augen.«

Dude rutschte vom Bett und zog schnell seine Jeans und Boxershorts aus. Er öffnete die Nachttischschublade und schnappte sich ein Kondom, ohne den Augenkontakt mit ihr zu unterbrechen. Ohne hinzusehen, öffnete er die Verpackung und zog sich das Gummi über. Er nahm seine Position auf dem Bett über Cheyenne wieder ein. Doch diesmal stützte er sich so auf Händen und Knien ab, dass er sie nur mit seiner Männlichkeit berührte.

»Spürst du es?«, flüsterte er. »Ich kann mich kaum noch beherrschen. Am liebsten würde ich mit einem Schlag in dich eintauchen, um dich so auszufüllen, dass du nicht mehr weißt, wo dein Körper aufhört und meiner beginnt.«

Dude sah, wie Cheyennes Pupillen sich weiteten, bis er kaum noch die braune Farbe ihrer Iris erkennen konnte. »Willst du es?«

Cheyenne nickte verzweifelt. Er neckte sie noch ein bisschen mehr. »Bist du sicher?« Als sie wieder nickte und sich die Lippen leckte, fragte Dude noch einmal: »Vielleicht bist du zu müde?«

Als sie verzweifelt den Kopf schüttelte, sagte er ernst: »Sieh, was du mir antust, Shy. Ich kann nicht mehr warten. Ich dachte, ich könnte dich noch länger hinhalten, aber ich kann nicht mehr. Ich muss in dich eindringen.« Damit senkte Dude seinen Körper und presste sich gegen ihren Unterleib. Er drang so tief in sie ein, bis es genau so war, wie er ihr versprochen hatte. Bis er nicht mehr wusste, wo er endete und sie begann.

Sie war heiß und feucht und fühlte sich besser an als alles, was Dude jemals zuvor erlebt hatte.

»Bitte«, hauchte Cheyenne, »ich will dich berühren.«

Dude tadelte sie nicht, weil sie gesprochen hatte, sondern stöhnte: »Ja, Gott, ja.«

Bei seinen Worten lockerte Cheyenne ihren Griff um die Bettlatten und fuhr mit einer Hand durch Faulkners Haar, während sie mit der anderen die Muskeln auf seinem Rücken packte.

»Oh Gott, Faulkner. Ich kann nicht mehr schweigen. Bitte verlange das nicht.«

»Was immer du willst, Shy. Was immer du brauchst.«

»Ich brauche dich. Du musst dich bewegen. Ich brauche deine Hände auf mir. Du fühlst dich so gut an. Gott, du hast keine Ahnung. Ich habe nie ... ich meine, niemand hat jemals ... Scheiße. Ich kann nicht klar denken. Du bist überall so hart. Ich habe keine Ahnung, warum du mich willst, aber ich bin hier, ich gehöre dir. Jesus, Faulkner. Ja!« Es war, als bräche ein Damm, jetzt, wo sie wieder sprechen durfte. Ihre Worte sprudelten voller Emotionen aus ihr heraus, ohne dass sie darüber nachdachte.

Dudes Stöße wurden härter, je mehr sie sprach. Es war offensichtlich, dass sie nicht nachdachte, sondern nur aussprach, was sie fühlte. Dude hatte sich noch nie männlicher gefühlt.

»Ja, Shy, sag mir, was du brauchst.«

»Dich. Ich brauche dich. Härter. Bitte. Es fühlt sich so gut an. Jaaaaaa.«

Dude behielt die Augen geöffnet und beobachtete Cheyennes Gesicht. Sie hatte ihre Augen fest zusammengekniffen und den Kopf zurückgeworfen. Sie stöhnte und wand sich in seinen Armen, während sie sich gegen ihn drückte und er weiter in sie stieß. Cheyenne ließ ihn nicht los, auch wenn er besonders hart zustieß. Sie war ganz nahe bei ihm.

Sie öffnete die Augen und schaute ihn an. »Faulkner, verdammt. Ja. Ich ko…«

Dude griff nach unten und rieb hart mit seinem Daumen über ihre Klitoris. Das war alles, was es noch brauchte, und sie explodierte erneut. Bei dem Gefühl ihrer inneren Muskeln, die sich rhythmisch zusammenzogen und ihn umschlossen, biss Dude die Zähne zusammen. Er hielt seinen eigenen Orgasmus noch solange zurück, bis Cheyenne aufhörte zu zittern. Dann stützte er sich mit beiden Händen aufs Bett neben ihren Kopf und knurrte: »Schau mich an, Shy. Ich will, dass du siehst, wie du mich zum Höhepunkt bringst. Sieh dir an, was du mit mir machst. Du. Nur du.«

Cheyenne fühlte sich butterweich. Bei Faulkners Forderung öffnete sie die Augen und beobachtete sein Gesicht, während er in sie stieß. Sie sah, wie er explodierte. Er stieß noch einmal, zweimal in sie hinein und beim dritten harten Stoß blieb er bis zum Anschlag in ihr. Er schloss die Augen nicht vollständig, sondern verengte sie zu Schlitzen. Cheyenne sah, wie die Vene in Faulkners Hals pochte und wie er die Zähne zusammenbiss und stöhnte. Es war wahnsinnig sexy und sie wusste, dass sie dafür verantwortlich war. Cheyenne hob eine Hand an Faulkners Hals und packte ihn fest.

Schließlich verloren die Muskeln in seinem Körper die Spannung und er stieß einen langen Atemzug aus. »Jesus, verdammt.«

»Ich dachte, das ist mein Text«, neckte Cheyenne ihn verträumt.

Dude ließ sich stöhnend auf Cheyennes Brust fallen. Er hörte, wie sie überrascht aufkreischte, und fühlte dann, wie sie ihre Arme um seinen Rücken legte und ihn an sich zog. Er würde sie nie wieder gehen lassen. Niemals.

KAPITEL ZWÖLF

Was hast du heute vor?

Wir haben eine Besprechung mit unserem Kommandanten und dann Training.

Du hast immer Training.

Ja, und dir gefällt das Ergebnis davon.

Okay, das stimmt :)

Cheyenne musste lächeln, während sie Faulkner schrieb. Er war so lustig. Sie kommunizierte gern so mit ihm. Irgendwie wirkte es intim und sie fühlte sich ihm näher. Der letzte Monat war ein Traum gewesen. Aufgrund ihrer Schichten konnten sie nicht jede Nacht miteinander verbringen, aber wenn, dann genossen sie es in vollen Zügen.

Was machst du heute?

Mittagessen mit meiner Mutter und meiner Schwester.

Ich wünschte, du würdest solange warten, bis ich dich begleiten kann.

Ich schaffe das schon.

Warte, bis ich mitkommen kann.

Entschuldige, aber die Art funktioniert nur im Bett.

Verdammt. Ich dachte, ich versuche es wenigstens.

Cheyenne lachte laut, ignorierte die komischen Blicke der Leute um sie herum im Café und schrieb weiter.

Es ist nur ein Mittagessen. Ich werde dir schreiben, sobald ich fertig bin.

Ruf mich lieber an. Ich möchte deine Stimme hören, um mich davon zu überzeugen, dass es dir gut geht.

Mir wird es gut gehen.

Ruf. Mich. An.

Okay, okay, Herr Kommandant.

Bis später

Bis dann

Cheyenne schaltete ihr Handy aus und steckte es in die Tasche. Sie lehnte sich zurück und wartete darauf, dass ihre Familie kam. Sie hatte absichtlich das kleine Café ausgewählt, weil sie wusste, dass ihre Schwester es hassen würde. Sie war nicht stolz darauf, aber sie rechtfertigte es damit, dass ihr Mittagessen somit nicht allzu lange dauern würde.

Als Karen und ihre Mutter den Laden betraten, stand sie auf. Karen sah wie immer makellos aus. Sie trug einen knielangen, braunen Rock und dazu ein weißes Hemd mit Knöpfen und einen braunen Blazer. Ihre braunen Schuhe hatten niedrige Absätze und ihre

Haare hatte sie zu einer komplizierten Hochsteckfrisur gestylt.

Cheyennes Mutter war genauso herausgeputzt. Sie trug eine graue Hose mit einem blassrosa Kurzarmpullover aus Angorawolle, dazu ein Paar Schuhe mit flachen Absätzen. Ihr Haar hatte sie zu einem Knoten zusammengebunden. Das Grau ihres Haars passte perfekt zu der Hose, die sie trug.

Neben ihrer Familie fühlte Cheyenne sich schäbig, versuchte aber, das Gefühl abzuschütteln. An ihrem freien Tag war es ihr egal, was sie anzog. Die Jeans, das taillierte T-Shirt und die Flipflops waren absolut in Ordnung. Ihre Haare hatte sie zu einem Pferdeschwanz gebunden, damit sie ihr nicht ins Gesicht fielen.

»Hallo Mom, hallo Karen.«

»Cheyenne, wie oft muss ich dir sagen, dass du mehr auf dein Aussehen achten sollst?«

Cheyenne seufzte. Kein »Hallo«, kein »Wie geht es dir?«, ihre Mutter fing sofort an, sie zu kritisieren. Es würde sich niemals ändern. »Mom, es ist mein freier Tag ...«

Ihre Mutter schnitt ihr das Wort ab. »Das ist keine Entschuldigung. Du weißt nie, wem du unterwegs begegnen könntest, für den es sich lohnen könnte, gut auszusehen. Schau dir deine Schwester an. Sie sieht wie immer makellos aus. Wie erhoffst du dir, jemals einen Mann zu finden, wenn du dich nicht anstrengst?«

»Eigentlich ...«

Cheyenne wurde wieder das Wort abgeschnitten, diesmal von ihrer Schwester.

»Ich kann nicht glauben, dass die Nachrichten immer noch nicht genug von deinem Vorfall haben. Im Ernst, anderthalb Monate sollten doch langsam reichen.«

Cheyenne sah Karen verwirrt an und vergaß, dass sie ihrer Mutter eigentlich sagen wollte, dass sie einen Mann gefunden hatte, einen verdammt gut aussehenden Mann sogar. »Worüber redest du?«

»Weißt du es nicht? Gestern Abend wurde eine weitere Sondersendung über dich ausgestrahlt. Zumindest über das, was passiert ist. Ich weiß nicht, warum du nicht schon längst mit der Presse gesprochen hast, dann würden sie das Thema vermutlich endlich fallen lassen.«

»Eine *weitere* Sondersendung?« Cheyenne wusste nicht, wovon ihre Schwester sprach.

»Ja. Ein weiterer Bericht. Der Nachrichtensender hat einige Folgen über die beteiligten Personen gedreht. Sie haben über die Typen berichtet, die von der Polizei getötet wurden, und du wurdest auch erwähnt. Über den Soldaten dürfen sie wohl nichts zeigen. Irgendwie hatte ich Mitleid mit den Männern, die getötet wurden. Ich meine, sie hatten alle Familie und eine traurige Vergangenheit.«

Cheyenne konnte nicht glauben, was sie hörte. »Willst du mich verarschen?«

Ihre Mutter tadelte sie sofort: »Cheyenne, achte auf deine Ausdrucksweise!«

Cheyenne drehte sich zu ihr um. »Willst *du* mich verarschen?«

»Cheyenne Nicole Cotton, keine Schimpfwörter«, mahnte ihre Mutter sie erneut.

Cheyenne wandte sich wieder an Karen. »Ich kann nicht glauben, was du gerade gesagt hast. Du bist meine *Schwester*. Mein eigen Fleisch und Blut. Weißt du, was diese Typen *mir* angetan haben?«

»Du siehst für mich in Ordnung aus. Meine Güte, Cheyenne, du hast schon immer aus allem ein Drama gemacht.«

Cheyenne schüttelte den Kopf und beugte sich zu ihrer Schwester. »Ich habe euch heute eingeladen, weil ich versuchen wollte, mich besser mit euch zu verstehen. Ich habe mich immer schlecht dabei gefühlt, dass wir uns nicht verstanden haben. Aber ich kann nicht glauben, dass du so etwas über vollkommen fremde Menschen, dazu Kriminelle, sagst, obwohl es um deine eigene Schwester geht. Diese Männer, die dir leidtun, haben mich *geschlagen*. Sie haben mich mit Waffen bedroht. Sie haben mir eine Todesangst eingejagt und mir eine verdammte *Bombe* um den Körper geschnallt. Sie hätten mich, ohne mit der Wimper zu zucken, in tausend Stücke gesprengt. Und du hast die Nerven, dazusitzen und mir zu erzählen, dass du Mitleid mit *ihren* Familien hast? Dass sie ein so hartes Leben hatten, und dass es in

Ordnung war, was sie getan haben? Willst du mir als Nächstes erzählen, dass die Polizisten deiner Meinung nach nicht das Recht gehabt hätten, sie zu erschießen?«

»Ja, genau das denke ich«, erwiderte Karen sofort mit einem hasserfüllten Blick in den Augen.

Cheyenne nickte ein Mal und legte ruhig ihre Serviette vor sich auf den Tisch.

»Schau, vielleicht haben wir ...«, begann ihre Mutter.

Cheyenne unterbrach ihre Mutter. »Ich bin fertig mit dir. Du bist kalt, Karen. Ich habe keine Ahnung, wie du so geworden bist, aber es ist so. Ich weiß nicht, was ich dir angetan habe, dass du mich so sehr hasst, außer dass ich geboren wurde, aber ich glaube nicht, dass du mir dafür die Schuld geben kannst. Alles, was ich jemals gewollt habe, war eine große Schwester, zu der ich aufsehen und mit der ich abhängen kann, aber du hast mir nie eine Chance gegeben. Ich will dich niemals wiedersehen oder jemals wieder mit dir reden. Wenn du für diese Kriminellen mehr Sympathie empfindest als für deine eigene Schwester, dann gehörst du nicht mehr zu meiner Familie.«

Nicht Karen, sondern ihre Mutter erwiderte: »Cheyenne, das kannst du doch nicht machen. Das meinst du doch nicht so.«

»Was denkst *du* denn, Mutter? Hast du auch Mitleid mit diesen Typen?«

»Nun, es war ja nicht so, als hätte die Polizei ihnen

überhaupt eine Chance gelassen, sich zu ergeben, oder?«

»Dann bin auch mit dir fertig«, flüsterte Cheyenne sofort und Tränen schossen ihr in die Augen. »Mein ganzes Leben lang habe ich versucht, gut genug für dich zu sein. Ich habe alles getan, was ich konnte, damit du ein bisschen stolz auf mich sein kannst, so wie du es auf Karen bist. Aber offensichtlich kannst du das nicht. Aber das ist in Ordnung. Ruf mich nicht mehr an. Lass mich einfach in Ruhe.«

Cheyenne drehte sich auf dem Absatz um und verließ das Café. Sie stieg in ihren Wagen und fuhr wie auf Autopilot davon. Sie war nicht überrascht, als sie weder ihre Mutter noch Karen aus dem Café kommen sah, um ihr zu folgen. Wahrscheinlich saßen sie drinnen, zerrissen sich über sie das Maul und versicherten sich gegenseitig, dass sie nichts Falsches gesagt hatten.

Cheyenne fuhr zum Strand. Sie hatte das Rauschen der Brandung immer geliebt. Normalerweise entspannte das Geräusch sie, aber nicht heute.

Sie hatte keine Ahnung, dass im Fernsehen »Sondersendungen« über den Vorfall gezeigt wurden. Bei dem Gedanken, dass die Medien die Männer, die sie und die beiden anderen Frauen als Geiseln genommen hatten, als Opfer darstellten, wurde ihr übel. Sie hatten sie terrorisiert. Cheyenne hatte wirklich gedacht, dass sie sterben würde.

Zu wissen, dass es Menschen gab, die Mitleid mit diesen Männern hatten, war widerlich. Die Tatsache, dass ihre eigene Familie Mitleid mit diesen Männern hatte, war umso entmutigender und sie fühlte sich einsamer als jemals zuvor.

Cheyenne saß mit Blick aufs Meer auf einer Steinmauer, die um den Parkplatz verlief. Sie war so glücklich gewesen. Sie hatte gerade die letzten vier Nächte in Faulkners Bett verbracht und während jeder dieser Nächte hatte er ihren Körper zum Glühen gebracht. Er hatte ihr gezeigt, wie gut es sich anfühlen kann, sich ihm zu unterwerfen. Sie vertraute ihm mit ihrem Leben.

Gerade als die Dinge sich für sie zum Besseren entwickelten, musste ihre eigene verdammte Familie sie wieder runterziehen. Sie hätte wissen müssen, dass Karen neidisch auf das Medienspektakel sein würde, obwohl Cheyenne sich immer geweigert hatte, mit der Presse zu sprechen.

Cheyenne hätte warten sollen, bis Faulkner Zeit gehabt hätte, sie zum Essen mit ihrer Familie zu begleiten. Sie hatte ehrlich gedacht, dass sie die Beziehung zu ihrer Schwester und ihrer Mutter verbessern könnte. Es war doch schließlich ihre *Mutter*. Mütter sollten alle ihre Kinder gleich lieben, aber *ihre* Mutter hatte das nie getan.

Cheyenne zog die Füße hoch, schlang die Arme um ihre Beine und legte den Kopf auf die Knie. Sie hatte keine Ahnung, wie lange sie so dagesessen hatte, aber irgendwann wurde ihr Hintern taub und sie musste sich bewegen. Steif ließ sie ihre Beine los und stellte sie auf den Boden. Sie war noch nicht bereit zu gehen, wusste aber, dass sie sich bei Faulkner melden sollte. Sie hätte ihn anrufen sollen, sobald sie mit dem Mittagessen fertig war, aber Cheyenne wollte jetzt weder mit ihm noch mit sonst jemandem sprechen.

Sie ging zu ihrem Wagen, holte ihr Handy aus der Handtasche und ging zurück zum Strand. Sie ging die Standpromenade entlang, bis sie zu einem Teil des Strandes kam, der nicht so überfüllt war. Sie zog ihre Flipflops aus und stapfte durch den Sand. Als sie einen geeigneten Ort gefunden hatte, ließ sie sich nieder.

Sie schaltete ihr Telefon ein und zuckte vor Schreck zusammen. Drei SMS und eine Sprachnachricht. Alles von Falkner. Die Tatsache, dass weder ihre Schwester noch ihre Mutter nach dieser Unterhaltung versucht hatten, sie zu erreichen, tat weh.

Sie sah sich zuerst die SMS an.

Hey, wie war das Mittagessen?
Ich habe noch nichts von der gehört. Ruf mich an.
RUF MICH AN.

Obwohl es nur geschrieben war, konnte sie trotzdem Faulkners Verärgerung spüren. Cheyenne wollte sich die Sprachnachricht lieber nicht anhören. Er war wahrscheinlich sauer auf sie. Sie könnte es nicht ertragen, dass noch jemand sauer auf sie war.

Cheyenne scrollte durch ihre Kontakte, verweilte kurz über Carolines Nummer und klickte dann auf »SMS senden«.

Eines Abends hatte Faulkner nach dem Abendessen ihr Handy genommen und die Nummern seiner Teamkollegen eingespeichert. Er hatte sogar die Nummern der Frauen hinzugefügt. Sie hatte protestiert und Faulkner gesagt, dass sie sie nicht einmal kannte, aber er hatte sie ignoriert und es trotzdem getan.

Dann hatte er auf einen bestimmten Namen gezeigt und ihr in ernstem Ton gesagt: »Wenn du jemals in Schwierigkeiten bist und mich nicht erreichen kannst, dann rufst du Tex an.«

»Tex? Wer ist das? Ist das ein weiterer Spitzname für einen deiner Teamkollegen?«

»Tex ist ein ehemaliger SEAL, der in Virginia lebt. Er kann jeden ausfindig machen. Es ist eine lange Geschichte. Im Moment soll es reichen, dass du weißt, er hat uns schon mehrmals geholfen, meine Freunde und ihre Frauen zu beschützen. Ich würde ihm mein Leben anvertrauen. Er hat Verbindungen, von denen wir nicht einmal träumen können. Versprich es mir einfach, okay?«

Sie hatte es ihm versprochen.

Aber in dieser Situation wollte sie nicht mit einem Fremden sprechen und sie steckte auch nicht wirklich in Schwierigkeiten. Sie brauchte nur einen Freund. Sie tippte schnell eine Nachricht.

Hey Caroline, bist du da?

Die Antwort kam fast sofort.

Hey C. Was ist los?

Plötzlich wusste Cheyenne nicht, was sie schreiben

sollte. Sie wusste nicht, warum sie Caroline überhaupt angeschrieben hatte.

Cheyenne? Bist du okay?

Ja. Hast du eine Minute Zeit zum Reden? Kann ich dich anrufen?

Natürlich.

Cheyenne holte tief Luft. Irgendwo musste sie ja anfangen. Sie mochte Caroline und die anderen Frauen, und sie brauchte eine Freundin. Sie wählte Carolines Nummer und wartete darauf, dass sie abnahm.

»Hey, Cheyenne.«

»Hallo.«

»Geht es dir wirklich gut?«

»Ja. Ich brauche nur einen Rat.«

»Lass mich raten, es geht um einen bestimmten SEAL, den wir beide kennen?«

»Ja.« Cheyenne stieß den Atem aus. »Ich glaube, er ist sauer auf mich«, flüsterte sie, ohne zu wissen, warum sie flüsterte.

»Was ist passiert?«

»Ich sollte ihn anrufen und habe es nicht gemacht. Er hat mir drei SMS geschickt. Die letzte war in Großbuchstaben.«

Caroline lachte. Als Cheyenne nicht mitlachte, wurde sie wieder nüchtern. »Hey, du meinst es ernst, oder? Süße, ich ärgere Matthew andauernd, aber er kommt darüber hinweg.«

»Ich will nicht, dass Faulkner mich anschreit«,

sagte Cheyenne atemlos. »Ich hatte einen schlechten Tag. Aber je länger ich mit meinem Anruf warte, desto wütender wird er werden.«

»Wo bist du? Du bist nicht zu Hause, oder?«

»Nein. Ich sitze am Strand und schau mir den Sonnenuntergang an, weil ich eine Idiotin bin. Ich kann nicht nach Hause fahren, weil er mich dort finden und mich anschreien wird. Er ist ... er ist herrisch. Und ich ... verdammt. Das ist so peinlich.«

»Ich verstehe, Cheyenne. Wir alle wissen, dass Faulkner viel dominanter ist als die anderen. Aber Shy, er wird dich nicht anschreien, wenn er weiß, dass du einen schlechten Tag hattest.«

»Alles war so gut zwischen uns. Ich mag, wie er ist ... wie wir miteinander sind ... ich will es nicht ruinieren.«

»Hör mir zu. Diese SEALs sind intensiv. Sie sind groß, böse und gemein, aber wie ich dir schon gesagt habe, als du bei uns zu Besuch warst, im Inneren sind sie große Teddybären. Du musst nur ehrlich zu ihm sein. Sag Faulkner, es tut dir leid, dass du nicht angerufen hast, aber du hast etwas Zeit für dich gebraucht. Dann sag ihm, dass du einen schlechten Tag hattest, und lass ihn dafür sorgen, dass er besser wird.«

Als Cheyenne nichts sagte, fuhr Caroline fort: »Oh, Shy. Was ist passiert?«

»Ich ... nein ... ich kann nicht ...«

»Okay, du musst es mir nicht erzählen. Aber bitte lass Faulkner wissen, wo du bist. Er macht sich wahrscheinlich Sorgen um dich. So sind sie. Soll ich ihn anrufen?«

»Nein, ich rufe ihn an. Ich brauchte nur ... ein ermutigendes Gespräch, denke ich.«

»Ich bin so froh, dass du mich angerufen hast. Wirklich. Du kannst mich immer anrufen, wenn du mich brauchst. Ich kann nicht versprechen, dass ich dir alles erklären kann, was diese Jungs tun, aber zumindest können wir gemeinsam versuchen, es herauszufinden. Und nur damit du es weißt, wenn die Jungs auf eine Mission geschickt werden, verabreden wir uns alle und betrinken uns in der ersten Nacht. Das ist unsere eigene Definition einer Selbsthilfegruppe.«

Cheyenne kicherte, so wie Caroline es beabsichtigt hatte.

»Und wir müssen uns immer noch zum Einkaufen verabreden. Ich verspreche, dass ich die anderen Mädchen bald zusammenbringen werde, okay? Kommst du mit?«

»Ja, ich glaube, das könnte mir gefallen. Vielen Dank.«

»Okay. Cheyenne? Ruf Faulkner an und lass ihn wissen, wo du bist. Vertraue darauf, dass er sich um dich kümmern wird. Es hört sich so an, als würdest du ihm zu Hause bereits vertrauen ...«

Cheyenne wusste, worauf Caroline hinauswollte, und wurde rot.

»Vertraue ihm auch im Tageslicht. Das ist es, was er braucht.«

»Okay. Danke, Caroline.«

»Jederzeit. Wir reden bald wieder.«

»Okay, tschüss.«

»Tschüss.«

Cheyenne legte auf und starrte auf ihr Handy. Das Symbol für den entgangenen Anruf schien sie zu foltern. Sie konnte sich nicht überwinden. Sie konnte Faulkners Nachricht jetzt nicht abhören.

Cheyenne haderte gut fünf Minuten, biss sich schließlich auf die Lippe und tippte eine SMS. Sie musste ihm wenigstens eine Nachricht schicken.

Hey, es tut mir leid, dass ich nicht angerufen habe.

Die Antwort kam fast unmittelbar.

Wo bist du?

Es geht mir gut.

Shy, WOBIDU? Ich mache mir Sorgen um dich.

Cheyenne schaute auf die letzte Nachricht von Faulkner. Er hatte eine Kurzschreibweise benutzt. Er hatte noch *nie* zuvor eine Abkürzung verwendet. War er wirklich so besorgt?

Ich bin an der South Mission Beach. Es geht mir gut. Hier sind Millionen von Menschen um mich herum. Ich wollte gerade zurückfahren.

Bleib, wo du bist. Ich bin auf dem Weg.

Bitte sei nicht böse.

Ich bin nicht böse.

Ich hätte warten sollen, bis du mich zum Mittagessen begleiten kannst.

Es ist in Ordnung. Ich bin nicht böse.

Wirklich? Ich könnte jetzt nicht damit umgehen.

Shy, ich bin nicht böse. Ich mache mir wahnsinnige Sorgen. Ich will dich nur sehen.

Okay. Fahr vorsichtig. Mir geht es gut.

Ich werde so schnell wie möglich da sein.

Cheyenne holte tief Luft. Allein ein paar Nachrichten mit Faulkner auszutauschen genügte, damit sie sich ein bisschen besser fühlte. Sie sah auf ihr Handy und überlegte, ob sie die Nachricht abhören sollte, die er hinterlassen hatte. Nein, sie konnte es noch nicht. Sie würde warten, bis sie sich besser fühlte. Stärker. Sie schlang die Arme wieder um ihre angezogenen Beine und wartete auf Faulkner.

KAPITEL DREIZEHN

Dudes Hände zitterten, als er in Richtung South Mission Beach fuhr. Cheyenne hatte recht, es war kein abgeschiedener Strand, wahrscheinlich hielten sich viele Leute dort auf, aber er machte sich trotzdem Sorgen um sie. Er war verärgert darüber gewesen, dass sie nach dem Mittagessen nicht angerufen hatte, aber das hielt nur etwa fünf Minuten an. Es war nicht Cheyennes Art, ihn nicht zu kontaktieren, damit er sich Sorgen machte. Die Sorge um sie hatte die Wut schnell vertrieben.

Offensichtlich war das Mittagessen mit ihrer Familie nicht gut verlaufen. Teufel noch mal. Dude hatte viel mehr Erfahrung im Umgang mit enttäuschten Eltern als Cheyenne. Er hatte dabei sein wollen, als Puffer, damit sie nicht irgendetwas Verletzendes sagten. Sein Instinkt hatte offensichtlich richtig gelegen. Genau das war passiert.

Jetzt wollte Dude nur noch zu Cheyenne und sie trösten. Was auch immer dazu nötig sein würde. Er war so erleichtert gewesen, nachdem Caroline ihn angerufen und ihm gesagt hatte, dass sie gerade mit Shy gesprochen hätte und dass es ihr gut ginge. Sie hatte ihm kurz erzählt, dass Shy ihn hatte anrufen wollen, aber gewartet hatte. Und je länger sie wartete, desto mehr erwartete sie, dass er wütend sein würde. Der Gedanke daran machte Dude traurig. Es war offensichtlich, dass sie sich unterhalten mussten.

Cheyennes Bedürfnis, ihm zu gefallen, dürfte nicht so weit gehen, dass sie Angst vor ihm hatte, mit ihm zu sprechen – egal aus welchem Grund. Unter keinen Umständen wollte er, dass sie Angst vor seiner Reaktion haben würde.

Nach den längsten dreißig Minuten seines Lebens bog Dude auf den Parkplatz an der South Mission Beach ein. Es war nicht so voll wie üblich, was ihm heute entgegenkam. Es bedeutete, dass er leicht einen Parkplatz finden konnte. Er holte sein Handy heraus und schickte eine Kurznachricht an Cheyenne.

Ich bin auf dem Parkplatz. Wo bist du?

Die Antwort ließ nicht lange auf sich warten.

Links unten am Strand.

Dude steckte sein Handy ein und ging los. Er fand Cheyenne nicht weit vom Parkplatz entfernt. Sie saß einsam im Sand, beobachtete das Meer und hielt nicht nach ihm Ausschau.

Dude machte sich nicht die Mühe, seine Armeestiefel auszuziehen, sondern ging direkt zu seiner Frau, die traurig im Sand saß. Er blieb hinter ihr stehen und ließ sich in den Sand fallen. Er nahm ihren Körper zwischen seine Beine und schlang seine Arme um sie. Er legte seinen Kopf auf ihre Schulter und wartete.

Cheyenne fühlte sich in Faulkners Armen geborgen. Er saß still und leise hinter ihr und hielt sie fest. Zum ersten Mal, seit sie an diesem Nachmittag das Café verlassen hatte, war ihr warm. Sie seufzte. Das hatte sie gebraucht. Sie hatte Faulkner gebraucht.

»Hey«, sagte sie leise.

»Hallo.«

»Ich hätte anrufen sollen. Es tut mir leid.«

»Es ist okay, Shy.«

»Nein, das ist es nicht. Es tut mir leid, wenn du dir Sorgen um mich gemacht hast. Ich dachte nur … du wärst sauer. Du hast mich gebeten, dich anzurufen, und ich habe es nicht getan. Und dann bin ich einfach durchgedreht. Je länger ich dich nicht angerufen habe, desto mehr bildete ich mir ein, dass du wütend auf mich bist.«

Ihre Stimme war so leise, dass Dude sich nach vorne beugen und den Kopf zur Seite drehen musste, um sie zu hören.

»Ich möchte nicht, dass du sauer auf mich bist. Obwohl du noch nie wirklich sauer auf mich warst, kann ich den Gedanken nicht ertragen, dass du sauer auf mich sein könntest. Ich glaube, das war es. Ich möchte dich glücklich machen.«

»Shy ...«

Cheyenne unterbrach ihn. »Und jetzt habe ich dich enttäuscht. Ich weiß nicht, was tatsächlich schlimmer ist. Scheiße, ich bin eigentlich nicht so. Ich bin kein Trottel. Zu meiner Verteidigung kann ich nur sagen, dass ich einen schlechten Tag hatte.«

Dude hatte genug gehört. Er rutschte herum, bis er an Cheyennes Seite saß. »Hör auf, Shy. Ich bin nicht sauer und du hast mich nicht enttäuscht. Ich habe mir Sorgen gemacht. Das ist ein großer Unterschied.«

»Das wollte ich nicht.«

»Ich weiß. Aber wir müssen darüber reden. Wir hätten vorher reden sollen, und das war meine Schuld. Du bist daran nicht gewöhnt. Es gefällt mir, wie es zwischen uns ist. Es gefällt mir, wenn du im Bett tust, was ich sage. Ich kann dir nicht sagen, was das für mich bedeutet. Ich sehne mich danach. Ich brauche das. Aber außerhalb des Schlafzimmers? Ich mag es, wie widersprüchlich du bist. Du hast keine Angst davor, meine Freunde zur Rede zu stellen, wenn sie Mist erzählen. Du bist so mutig, dass du dich einem ganzen Polizeieinsatzkommando entgegenstellst, obwohl du eine Bombe vor der Brust hast. Du bist so mitfühlend, dass du diesen Arschlöchern erlaubst, dir die Bombe um den Körper zu schnallen, damit die zwei anderen Frauen fliehen können.«

Er küsste sie auf den Kopf und fuhr fort: »Ich werde wütend werden, Shy. Ich werde dich wahrscheinlich auch irgendwann einmal anschreien. Aber das heißt nicht, dass ich dich nicht liebe. Hab keine Angst vor mir. Hab keine Angst davor, mir zu sagen, wenn ich mich verpissen soll. Wenn ich dir zu viel werde, dann sag es mir. Erinnerst du dich daran, wie ich dir gesagt habe, dass wir kein Codewort brauchen? Das gilt immer noch, Shy. Wenn ich mich zurückziehen soll, sag es einfach, und ich werde es tun.«

»Du liebst mich?«

»Ja. Ich weiß, dass das alles sehr schnell geht und verrückt klingt, ich bin mir nicht einmal sicher, wie es passiert ist. Aber ich habe mein ganzes Leben lang auf dich gewartet. Nicht auf *jemanden* wie dich, sondern auf *dich*. Ich weiß, dass du nicht die Erfahrung hast, aber das, was wir im Schlafzimmer haben, ist einzigartig. Einzigartig und besonders. Es ist etwas, das ich noch nie zuvor erlebt habe. Und es geht nicht nur um Sex. Es geht darum, wer du als Mensch bist. Im Verlauf des letzten Monats haben wir uns besser kennengelernt und ich mag dich, Cheyenne.« Dudes Stimme wurde leiser. »Es tut mir leid, dass deine Familie dich enttäuscht hat.«

Cheyennes Augen füllten sich sofort mit Tränen. »Ich hätte es besser wissen sollen, Faulkner. Sie sind schon mein ganzes Leben lang so zu mir. Aber als Karen sagte, dass sie Mitleid mit den Familien dieser Verbrecher hat, ist für mich alles zusammengebrochen. Ich konnte nicht glauben, dass sie mehr Empathie für sie empfindet als für mich. Für *mich*, ihr eigen Fleisch und Blut. Und meine Mutter hat kein einziges

Wort zu meiner Verteidigung gesagt.« Nach einer Weile fuhr Cheyenne traurig fort: »Ich glaube, ich habe sie heute verstoßen.«

»Gut.«

Bei Faulkners aufrichtigem Kommentar sah Cheyenne zu ihm auf.

Dude wiederholte: »Gut. Diese Scheiße brauchst du nicht in deinem Leben. Ich bin jetzt deine Familie. Ich und die Jungs. Und natürlich ihre Frauen.«

Er hielt inne. So sehr Dude sich wünschte, dass sie seine Worte erwiderte, sprach er weiter. Sie würde es sagen, wenn sie bereit dazu war.

»Wir müssen noch ein bisschen mehr über das reden, was heute passiert ist, Shy.«

»Ich werde es nicht wieder tun, ich schwöre es. Ich weiß, dass ich dieses Bedürfnis habe, dir zu gefallen, aber nachdem du mich daran erinnert hast, dass es in Ordnung ist, Nein zu sagen, fühle ich mich besser.«

»Hast du die Nachricht abgehört, die ich dir hinterlassen habe?«

Für einen Moment war Cheyenne still. Dann schüttelte sie den Kopf.

Dude forderte sie auf: »Hör sie dir an.«

»Das werde ich.«

»Jetzt.«

»Ich sagte, ich höre es mir später an, Faulkner.«

»Gib mir dein Telefon.« Dude wusste, dass er es herausforderte. Zur Hölle, er hatte ihr gerade gesagt, dass sie es nur sagen müsste, wenn er zu weit ging. Aber er konnte jetzt nicht nachlassen.

Seufzend gab Cheyenne ihm ihr Telefon. Sie sah zu, wie Faulkner auf dem Bildschirm herumtippte und dann den Lautsprecher zur ihr drehte. Er hatte die Wiedergabe gestartet und auf Lautsprecher gestellt.

Cheyenne spannte sich an. Oh Scheiße, sie wollte nicht hören, was er gesagt hatte, während Faulkner danebensaß ...

Hey Shy. Ich mache mir Sorgen um dich. Ich bin mir sicher, dass beim Mittagessen mit deiner Familie etwas vorgefallen sein muss. Ruf mich bitte an oder schreib mir eine SMS. Wenn du etwas Zeit für dich brauchst, kein Problem, aber ich muss wissen, dass du in Sicherheit bist. Ich hoffe, ich höre bald von dir.

Die Nachricht endete und Cheyenne schluckte schwer. »Du warst nicht böse.« Cheyenne sah zu dem Mann auf, der neben ihr saß. Sie hatte solche Angst gehabt, dass er sie anschreien würde. Sie hatte ihn vollkommen falsch eingeschätzt.

»Nein, Shy, ich war nicht böse. Ich habe dir doch gesagt, ich war besorgt.«

»Es tut mir leid.«

»Keine Entschuldigung mehr. Wir lernen immer noch übereinander. Wir lernen uns immer noch kennen und müssen die Dynamik in unserer Beziehung ausloten. Wie gesagt, ich bin mir sicher, dass es Zeiten geben wird, in denen ich wütend sein werde, genauso wie es Zeiten geben wird, in denen du sauer auf mich sein wirst. Das nennt sich Beziehung, Shy. Es ist normal und gesund. Wenn du Freiraum brauchst, lass es mich einfach wissen. Ich gebe ihn dir, aber nur, wenn ich weiß, dass du in Sicherheit bist, abgemacht?«

»Abgemacht. Danke, Faulkner.«

»Gern geschehen, Shy. Können wir jetzt bitte nach Hause fahren?«

»Ja, wir können nach Hause fahren.«

Dude stand auf und streckte Cheyenne die Hand entgegen. Sie hielt sie fest und er half ihr aufzustehen. Seine Augen funkelten, als er sie ansah.

»Welchen Geschmack trägst du heute?« Dude beugte sich vor und nahm ihre Lippen mit einem schnellen, harten Kuss. Mit seiner Zunge fuhr er über ihre Lippen, als er sich zurückzog. »Traube. Mmm.«

Cheyenne schüttelte nur den Kopf und leckte sich über die Lippen, um ihr Gleichgewicht wiederherzustellen.

Dude nahm ihre Hand und führte sie zurück zum Parkplatz. »So sehr es mir missfällt, dich fahren zu lassen, wärst du wahrscheinlich sauer, wenn ich verlange, dass du bei mir mitfährst, oder?«

Cheyenne nickte nur. »Ich kann fahren, Faulkner.«

»Okay. Wir sehen uns zu Hause?«

»Ja, zu Hause.«

Sie lächelten sich an und Dude gab ihr einen letzten Kuss, bevor er sich davon überzeugte, dass sie angeschnallt war. Er schloss die Tür und drehte sich zu seinem Pritschenwagen um. Er konnte es kaum erwarten, ihr zu zeigen, wie viel sie ihm bedeutete. Cheyenne hatte seine Worte vielleicht nicht erwidert, aber sie zeigte ihm jeden Tag mit ihren Taten, dass er ihr etwas bedeutete. Dude würde geduldig sein. Zumindest würde er es *versuchen*.

KAPITEL VIERZEHN

Cheyenne kicherte mit Summer und Alabama. Caroline hatte Cheyenne am heutigen Morgen angerufen und ihr mitgeteilt, dass sie ausgehen würden. Das schreckliche Mittagessen mit ihrer Familie war ungefähr einen Monat her und Cheyenne war unter Faulkners Zuneigung aufgeblüht.

Ihr Liebesleben war nach wie vor heiß und Cheyenne genoss jede Sekunde. Es war so befreiend, loszulassen und Faulkner alle Entscheidungen zu überlassen. Und er war darin unübertroffen. Er wusste genau, was er sagen und tun musste, um ihr Vergnügen zu maximieren. Cheyenne wusste, dass sie nie genug von ihm bekommen würde.

Sie hatte ihm noch nicht gesagt, dass sie ihn liebte. Sie hatte keine Ahnung warum, nur dass sie auf den richtigen Moment wartete. Cheyenne wollte, dass es romantisch und bedeutungsvoll wäre. Es mitten im

Sex zu sagen schien nicht richtig zu sein, aber gleich danach auch nicht. Faulkner war nicht der Typ, der in schicke Restaurants ging, daher schied das auch aus. Also haderte Cheyenne mit sich. Sie wusste, dass es dumm war, sie sollte es einfach sagen, aber bis jetzt hatte sie sich nicht überwinden können. Je länger sie wartete, desto größer wurde der Druck, den perfekten Zeitpunkt zu finden.

Caroline hatte zu ihrem Wort gestanden, Cheyenne in ihre Mädchenabende miteinzubeziehen, nachdem Cheyenne sie vom Strand aus angerufen hatte. Die anderen Frauen waren wirklich zum Schießen. Nachdem Cheyenne im Laufe des letzten Monats die Geschichten aller Frauen gehört hatte, war ihr Respekt vor ihnen weiter gestiegen. Sie konnte kaum fassen, was sie alle durchlebt hatten. Aber wenn sie versuchte, ihnen das zu sagen, lachten sie nur und sagten, dass das, was *sie* durchgemacht hatte, genauso beeindruckend wäre.

Nachdem Cheyenne ihre Nervosität überwunden hatte, hing sie gern mit ihnen ab. Manchmal ging sie nur mit einer der Frauen Mittag- oder Abendessen, manchmal gingen sie alle zusammen.

Cheyenne hatte nach und nach auch die anderen Jungs in Faulkners Team kennengelernt. Caroline hatte recht gehabt. Äußerlich waren sie grob und schroff, aber tief im Inneren waren sie tatsächlich alle Teddybären.

Nachdem sie einen Vorfall zwischen Hunter und

Fiona beobachtet hatte, verstand Cheyenne endlich, was Faulkner ihr am Strand zu sagen versucht hatte.

Fiona und Cheyenne waren zum Mittagessen ausgegangen und hatten spontan beschlossen, anschließend ins Kino zu gehen. Sie hatten ihre Telefone stummgeschaltet und den Film genossen. Nachdem der Film vorbei war, schaute Fiona auf ihr Handy und sagte: »Oh, oh.«

»Was?«

»Ich sollte Hunter nach dem Mittagessen anrufen, damit er mich abholen kann. Er hat weder dich noch mich erreichen können.« Sie kicherte. Sie kicherte wirklich.

»Wird er nicht stocksauer auf dich sein?«

Fiona hatte Cheyenne in die Augen gesehen und gesagt: »Nein. Er wird aufgebracht sein. Er wird mich vielleicht anschreien, aber ich weiß, dass es tief in seinem Inneren nur aus Sorge um *mich* ist. Es gibt einen großen Unterschied zwischen Wut, die einfach nur Wut ist, und Wut, die aus Liebe heraus entsteht.«

In diesem Moment hatte es bei Cheyenne Klick gemacht. Als Hunter zum Kino gekommen war, um Fiona abzuholen, sah sie, wie Hunter vor Wut raste und mit Fiona schimpfte. Er hatte mit ihr geschimpft, dass sie rücksichtslos und egoistisch wäre. Fiona hatte es hingenommen und sich immer wieder entschuldigt. Hunters Wut verblasste so schnell, wie sie gekommen war, und er nahm Fiona in die Arme und hielt sie fest.

Nachdem sie Hunters Reaktion gesehen hatte,

machte es alles Sinn. Cheyenne hatte noch nicht mit Faulkner darüber gesprochen, aber sie hatte es vor. Sie wusste, dass er sich in letzter Zeit besonders zurückgehalten hatte, um sie nicht zu verärgern, und Cheyenne wusste, dass das aufhören musste. Er war ein SEAL und mehr Mann als jeder andere, den sie jemals getroffen hatte. Er musste seine Gefühle herauslassen können. Cheyenne wusste, sie musste Faulkner davon überzeugen, dass sie nicht ausflippen würde, wenn er ihr gegenüber seine Gefühle zeigte.

Caroline hatte sie angerufen und ihr mitgeteilt, dass sie heute Abend alle ausgehen würden. Da Cheyenne nicht arbeiten musste, hatte sie bereitwillig zugestimmt.

Jetzt saßen sie bei *Aces*, in ihrer Lieblingskneipe, tranken Amaretto und Midori Sours und zwischendurch den ein oder anderen Schnaps. Summer und Alabama hatten eine Wette laufen, wer von ihnen beiden ohne Hände ein Schnapsglas leeren könnte, wobei das Glas an der ihnen abgewandten Seite angehoben werden musste. Es war offensichtlich, dass es zum Scheitern verurteilt war, aber zuzusehen, wie sie versuchten, Strategien zu entwickeln, war zum Totlachen.

Cheyenne sah zu Mozart hinüber. Er saß auf der anderen Seite der Kneipe und tat so, als würde er sie nicht beobachten. Die Jungs hatten gesagt, die Frauen könnten ausgehen, so viel sie wollten, solange einer von ihnen da war, um nach ihnen zu sehen.

Die Frauen gaben vor, verärgert darüber zu sein, aber Caroline hatte ihr gesagt, dass sie sich insgeheim geschmeichelt fühlten. Sie informierte Cheyenne des Weiteren darüber, dass die Frauen nur wegen des unglaublichen Sex ausgingen, der sie erwartete, sobald sie wieder nach Hause kämen. Sie erklärte ihr, wie sehr ihre Männer es liebten, es mit ihnen zu tun, wenn sie betrunken waren, also versuchten sie mindestens einmal im Monat, dafür zu sorgen, dass sie auf ihre Kosten kamen.

Cheyenne kicherte und erinnerte sich daran, wie Caroline ihr einen Monat lang von einer Nummer mit Matthew erzählt hatte. Sie konnte nicht widerstehen, sich zu Caroline zu lehnen und ihr zuzuflüstern, wie Faulkner sie erst letzte Nacht gefesselt hatte. Der Ausdruck auf Carolines Gesicht war unbezahlbar. Cheyenne konnte es kaum erwarten zu sehen, wie Faulkner sie betrunken nehmen würde. Wenn es noch besser wäre, als es ohnehin schon war, steckte sie in ernsthaften Schwierigkeiten.

Eine hübsche Kellnerin mit kurzem schwarzen Haar und einem müden Gesichtsausdruck bediente sie. Die anderen Frauen schienen sie zu kennen, denn sie nannten sie bei ihrem Namen, Jess, und scherzten mit ihr, als gehörte sie zur Gruppe.

Cheyenne beichtete ihren Freundinnen, dass sie ein schlechtes Gewissen hätte, weil Jess immer wieder zwischen ihrem Tisch und der Theke hin und her gehen musste, obwohl sie humpelte, und bot an, selbst zu gehen, um die Getränke zu holen. Die Frauen erwiderten, dass es Jess in Verlegenheit bringen würde und dass sie sich darüber keine Sorgen machen sollte. Also ließ Cheyenne das Thema fallen und nach ein oder zwei weiteren Schnäpsen betrachtete sie ihre Kellnerin nicht mehr als behindert, sondern eher als einen Engel, der ihre Getränke genau dann lieferte, wenn sie sie brauchten.

Cheyenne sah, wie Fiona bis drei zählte und Summer und Alabama sich vorbeugten, um die Schnapsgläser mit Mund und Zähnen zu packen. Als sie versuchten, das Glas mit den Zähnen nach oben zu manövrieren und sich dabei nach hinten zu lehnen, um die Flüssigkeit in ihren Mund zu gießen, landete das meiste auf ihrer Brust und durchnässte ihre Blusen.

Caroline, Fiona und Cheyenne lachten los und sahen zu, wie die beiden Frauen verzweifelt versuchten, die Flüssigkeit aufzusaugen, bevor sie über ihren Oberkörper bis in ihre Hose lief.

»Also, wer hat gewonnen?«, fragte Summer mit einem schiefen Grinsen.

Cheyenne schüttelte nur den Kopf. »Ihr seid so doof. Ich glaube, ihr habt beide verloren. Okay, kommt schon, wir machen euch sauber.« Cheyenne hakte die beiden unter und zu dritt wankten sie zur Toilette. Als Summer bei Mozart vorbeikam, küsste sie ihn lange und fest. Alabama hatte es satt zu warten, packte sie am Arm und zog sie weiter.

»Komm, Mädchen. Dafür habt ihr später noch Zeit. Es ist Mädchenabend und nicht Ausgehabend. Du musst warten, genau wie der Rest von uns.«

Summer zog sich aus den Armen ihres Mannes. Bevor sie zur Toilette ging, beugte Summer sich vor und flüsterte ihm etwas ins Ohr. Cheyenne sah, wie er lächelte und nickte, offensichtlich erfreut über das, was Summer zu ihm gesagt hatte.

Die drei Frauen gingen zur Toilette und quetschten sich zusammen hinein. Für so eine kleine Kneipe war die Toilette überraschend geräumig. Außerdem war sie sehr sauber, was einer der Gründe war, warum die Gruppe immer zu *Aces* ging. Es gab nichts Schlimmeres, als betrunken in einem dreckigen Klo pinkeln zu müssen ... zumindest sagte Caroline das.

Da Cheyenne noch nie auf einem dreckigen Klo hatte pinkeln müssen, gab es keinen Grund zu diskutieren. So oder so wusste sie es zu schätzen, nicht halb im Stehen über einem verdreckten Toilettensitz hängen zu müssen. Es war definitiv angenehmer, sich hinsetzen zu können, wissentlich, dass der Sitz sauber war.

»Jungs haben so viel Glück«, rief Cheyenne, während sie sich erleichterte.

»Was zum Teufel redest du da, Cheyenne?«, rief Alabama aus der Kabine neben ihr.

»Jungs können im Stehen pinkeln. Sie müssen sich keine Sorgen um dreckige Klos oder verschmutzte Klobrillen machen.«

»Glückliche Mistkerle«, kreischte Summer von der anderen Seite zu Cheyenne hinüber.

Die Mädchen kicherten, beendeten ihr Geschäft und wuschen sich die Hände. Sie lachten über die Probleme von Frauen, in öffentlichen Toiletten zu pinkeln, als die Tür sich öffnete und eine Frau hereinkam. Sie hatte lange braune Haare, trug schwarze Jeans und ein schwarzes langärmeliges T-Shirt.

»Hallo«, sagte sie fröhlich. Als sie Cheyenne sah, sagte sie: »Ich kenne dich, du bist die Frau aus den Nachrichten, oder? Du warst in diesem Laden, als diese Männer erschossen wurden, richtig?«

Cheyenne erstarrte. Noch nie zuvor hatte jemand sie erkannt und die Art und Weise, wie diese Frau nachfragte, klang gestellt.

Bevor sie die Frage der Frau bestätigen oder leugnen konnte, sprang Summer ein. »Verdammt, ja, sie hat ihnen in den Arsch getreten! Diese Arschlöcher hatten keine Chance, da rauszukommen. Unsere Cheyenne war zu schlau für sie.« Sie wandte sich zu Alabama und sie klatschten einander ab.

Cheyenne ließ die Fremde nicht aus den Augen. Ihr Rausch ließ schnell nach. Die Frau sah nicht glücklich aus. Eigentlich sah sie eher wütend aus.

»Eines dieser Arschlöcher war mein Bruder«, sagte sie leise und zog eine Pistole heraus.

»Oh, scheiße«, sagte Alabama leise.

»Okay, es tut mir leid, ich habe es nicht so

gemeint.« Summer versuchte, einen Rückzieher zu machen und sich zu entschuldigen.

»Zu spät, Schlampe. Du kannst so etwas nicht sagen und im nächsten Atemzug behaupten, dass du es nicht so gemeint hättest. Du hast es so gemeint. Und deshalb kommst du auch mit.«

»Mitkommen?«

»Ja, wir werden einen Ausflug machen.«

Cheyenne versuchte nachzudenken. »Hör zu, ich bin es, auf die du sauer bist ... nicht sie. Sie waren nicht dabei. Ich kann dir alles erzählen, was du wissen willst. Ich kann dir erzählen, was die letzten Worte deines Bruders waren. Lass sie gehen und nimm mich einfach mit.«

»Vergiss es. Sobald wir gehen, werden sie eure Soldatenfreunde anrufen. Auf keinen Fall, verdammt noch mal. Ihr werdet alle mitkommen.«

»Wie willst du uns alle dazu bringen mitzugehen?«, fragte Alabama fest, als wäre sie vor einer Minute nicht fast betrunken hingefallen.

Die Frau machte eine schnelle Bewegung, packte Summer am Arm und zog sie zu sich heran. Die Frau packte sie am Hals und verstärkte ihren Griff, während sie gleichzeitig ihre Pistole gegen Summers Kopf hielt. »Wenn ihr nicht mitkommt, werde ich sie töten. Genau hier vor euren Augen. Ich werde ihr das verdammte Gehirn aus dem Kopf pusten. Also, wofür entscheidet ihr euch?«

Die Frau war offensichtlich stärker, als es schien,

oder sie stand unter dem Einfluss von Drogen. Summer kämpfte kurz, konnte dem Griff der Frau aber nicht entkommen.

Cheyenne und Alabama sahen hilflos zu, wie Summer Mühe hatte, Luft zu bekommen. Sie hatten keine andere Wahl.

»Okay, wir kommen mit. Nur tu ihr nicht weh. Bitte.«

Die Frau lockerte den Griff um Summers Kehle etwas. »Keine Dummheiten. Ich weiß, dass einer eurer Soldatenfreunde da draußen sitzt. Wir werden zur Hintertür rausgehen. Benehmt euch normal oder ich erschieße sie. Ich habe nichts zu verlieren. Nachdem Hank erschossen wurde, ist mein Leben sowieso den Bach runtergegangen.«

Cheyenne glaubte der Frau, dass sie Summer töten würde, wenn eine von ihnen einen falschen Schritt machte. Cheyennes Augen füllten sich mit Tränen. Teufel noch mal. Sie wollte ihre Freundinnen nicht in Gefahr bringen. Summer war schon einmal entführt worden, das durfte nicht noch mal passieren. Cheyenne wusste, dass sie ihre neuen Freundinnen irgendwie da rausholen musste.

Es würde nicht lange dauern, bis Sam merken würde, dass sie zu lange weg waren, besonders seine Summer. Er würde nach ihnen suchen und sollte er sie nicht finden, würde er sicherlich wissen, dass etwas nicht stimmte.

Cheyenne und Alabama gingen voraus, während

die verrückte Frau ihnen mit Summer aus der Toilette durch die Hintertür folgte.

Es war beinahe beängstigend, wie einfach es war, sie direkt aus *Aces* zu entführen. In der Gasse stand ein Geländewagen im Leerlauf. Ein großer Mann saß hinter dem Steuer des Wagens und starrte sie an, als sie aus der Kneipe kamen.

»Was zur Hölle, Alicia? Ich dachte, du holst nur die Schlampe aus dem Laden? Wer zum Teufel sind die anderen Huren?«

»Ich konnte sie nicht zurücklassen, Javier. Jesus! In der Sekunde, in der ich mit ihr die Kneipe verlassen hätte, hätten die anderen ihre Soldatenfreunde angerufen und auf uns gehetzt. Verdammt. Jetzt mach, dass du uns von hier wegbringst.«

Cheyenne versuchte es noch einmal: »Bitte, lass die anderen hier, sie werden niemanden anrufen. Ich schwöre es.«

»Verdammt, nein, und jetzt steig ins Auto, du Schlampe. Und vergiss nicht, was ich gesagt habe. Ich werde deine Freundin töten, wenn du irgendwelche Dummheiten versuchst. Ich scheiß auf sie, also nimm mich besser beim Wort.«

»Ich werde tun, was du willst. Ich verspreche es. Nur tu ihnen nicht weh.«

Cheyenne sah, wie ein böses Lächeln über Javiers Gesicht glitt. »Ich sehe, was du meinst, Alicia. Gut gemacht. Sie wird uns aus der Hand fressen, um ihre

Freundinnen zu beschützen ... nicht wahr, Schätzchen?«

Cheyenne schluckte schwer. Scheiße. Sie waren in ernsthaften Schwierigkeiten.

Mozart rutschte auf seinem Sitz herum. Er konnte es kaum erwarten, Summer nach Hause zu bringen und ihr zu zeigen, wie sehr er diese Frauenabende liebte. Sie hatte ihm ins Ohr geflüstert, dass es heute Nacht so weit sein würde – heute Nacht durfte er sie fesseln. Sie hatten schon eine Weile daran gearbeitet. Sie hatte immer noch Albträume von ihrer Entführung, als Ben Hurst sie gefesselt und hilflos in seiner Gewalt hatte. Sie beide wussten, dass er nicht Hurst war, aber manchmal waren Herz und Kopf unterschiedlicher Meinung.

Ich gefiel es sehr, die Frauen betrunken zu sehen. Sie waren süß und wirklich lustig. Mozart wünschte, er hätte Summer und Alabama dabei filmen können, wie sie versuchten, diese Schnapsgläser ohne ihre Hände zu heben. Abe hätte sich vor Lachen weggeschmissen.

Die Jungs meckerten immer darüber, dass sie ihre Frauen babysitten mussten, aber in Wahrheit stritten sie sich jeden Monat darum, wer diesmal auf sie aufpassen durfte. Die Frauen lachten immer, wenn sie das aufwendige Ritual sahen, wenn jeder versuchte, die anderen zu übertrumpfen, nur um ein paar

Stunden in einer verdammten Kneipe zu sitzen und den Frauen dabei zuzusehen, wie sie sich volllaufen ließen. Die Frauenrunde war mittlerweile so groß geworden, dass es wahrscheinlich eine gute Idee wäre, zwei Männer mitzuschicken, wenn die Damen sich betrinken wollten, nur für den Fall.

Mozart sah auf die Uhr. Es war fünfzehn Minuten her, seit Summer und die anderen an ihm vorbei zur Toilette gegangen waren. Er wusste, dass Frauen tendenziell mehr Zeit auf der Toilette verbrachten als Männer, aber fünfzehn Minuten erschienen ihm sehr lang. Er sah hinüber zu Caroline, die ebenfalls gerade auf die Uhr geschaut hatte, hob das Kinn und deutete in Richtung Toilette.

Caroline beugte sich zu Fiona und versicherte ihr, dass sie gleich zurück sein würde. Sie ging an Mozart vorbei zur Toilette. Mozart runzelte die Stirn, als sie innerhalb kürzester Zeit zurückkam.

»Sie sind nicht mehr da drin.«

»Bist du sicher?«

»Sam, die Toilette hat nur drei Kabinen, sie ist nicht so groß wie ein Fußballstadion. Da ist niemand drin.«

Sie sahen sich nur an. Caroline griff nach ihrem Telefon. »Ich habe keine SMS bekommen.«

Mozart holte sein Handy heraus. »Ich auch nicht. Scheiße.«

Sie drehten sich um und stießen fast mit Jess, der Kellnerin, zusammen.

»Hey, Jess, hast du Alabama, Summer oder Cheyenne gesehen? Sie sind vor ungefähr fünfzehn Minuten auf die Toilette gegangen und nicht zurückgekommen.«

Jess sah besorgt aus. »Tut mir leid, ich habe sie nicht gesehen. Ich war da drüben beschäftigt.« Jess deutete auf die andere Seite der Kneipe. »Ich habe die Bestellungen dieser großen Gruppe angenommen und dann geholfen, die Getränke fertig zu machen.«

Caroline und Mozart nickten und eilten zurück zu ihrem Tisch. »Fiona, hast du eine Nachricht von den anderen bekommen?«

Fiona spürte die Dringlichkeit und überprüfte sofort ihr Telefon, schüttelte aber den Kopf, nachdem sie gesehen hatte, dass sie keine neue SMS erhalten hatte.

Mozart verschwendete keine Zeit mehr. Er rief zuerst Wolf an.

»Hey, Mozart, seid ihr schon so weit?«

»Summer, Alabama und Cheyenne sind verschwunden. Sie sind vor zwanzig Minuten zur Toilette gegangen und nicht wiederaufgetaucht. Ich habe die Umgebung noch nicht abgesucht, wollte dich aber sofort unterrichten.«

»Caroline und Fiona?« Wolfs Stimme war knapp und sachlich.

»Hier bei mir.«

»Gib mir Ice.«

Mozart gab Caroline das Telefon.

»Hey, Matthew.«

»Ice, du und Fiona müsst in Mozarts Nähe bleiben. Ich rufe das Team zusammen. Aber bis wir wissen, was zum Teufel los ist, muss ich wissen, dass du in Sicherheit bist, verstanden?«

»Natürlich, Matthew. Ich bleibe hier und weiche ihm nicht von der Seite.«

»Danke, Baby, bitte bleib in Sicherheit«, sagte Wolf leise und gefühlvoll, bevor er zu seiner sachlichen Stimme zurückkehrte. »Gib mir Mozart wieder.«

Wortlos gab Caroline Sam das Telefon zurück.

»Ja.«

»Such die Umgebung ab und dann ruf Tex an, wenn du sie nicht findest. Er kann ihre Telefone orten. Ich werde Dude und Abe benachrichtigen und ihnen erklären, was los ist. Du rufst Benny und Cookie an und sagst ihnen, sie sollen dich bei *Aces* treffen.«

»Verstanden. Ruf an, wenn du etwas findest.«

Nachdem er aufgelegt hatte, ballte Wolf kurz die Hände zu Fäusten, bevor er seufzte und durch seine Kontaktliste blätterte. Weder Abe noch Dude würden erfreut darüber sein, dass ihre Frauen verschwunden waren.

Cheyenne saß auf dem Vordersitz des Geländewagens und hatte sich vor lauter Angst zusammengekauert. Alicia saß mit Summer und Alabama auf dem Rücksitz. Die Waffe hatte sie in Alabamas Seite gedrückt. Javier grinste Cheyenne immer wieder an und zwinkerte ihr bösartig zu. Es beunruhigte Cheyenne wirklich.

Sie versuchte zu überlegen, was los war. Bisher wusste sie nur, dass einer der Männer im Supermarkt Alicias Bruder gewesen war. Sie hatte noch nicht herausgefunden, welche Rolle Javier spielte.

Die beiden sprachen weder darüber, wohin sie fuhren, noch was sie vorhatten, sobald sie ihr Ziel erreichten. Die Entführung war offensichtlich geplant.

Es fühlte sich an, als wären sie stundenlang unterwegs, aber wahrscheinlich waren es eher vierzig Minuten gewesen. Sie fuhren für fast zwei Kilometer über eine unbefestigte Straße, bevor sie vor einem winzigen Haus zum Stehen kamen.

Alicia zwang Alabama und Summer auszusteigen, während Javier Cheyenne davon abhielt, den Wagen zu verlassen, indem er ihren Arm festhielt.

»Wohin bringt sie sie?«, kreischte Cheyenne. »Lass mich los. Nein, lass sie gehen. Scheiße. Nein.« Sie wehrte sich gegen Javiers Griff, bis er sie schließlich mit seiner Faust ins Gesicht schlug.

»Halt die Fresse, verdammt. Ernsthaft.«

Cheyenne schüttelte den Kopf. Ihre Ohren klingelten und sie stöhnte. Scheiße, das tat weh. Sie versuchte es mit einer anderen Taktik. »Wenn du Geld willst, kann ich es für dich besorgen. Ich habe zwanzigtausend Dollar auf der Bank, es gehört alles dir, wenn du meine Freundinnen einfach gehen lässt. Sie haben nichts getan, sie haben nichts damit zu tun. Bitte tu ihnen nichts. Lass sie einfach gehen und dann holen wir das Geld.«

Javier antwortete nicht, sondern kurbelte das Beifahrerfenster herunter und schrie: »Beeil dich, Alicia, wir haben keine Zeit für diese Scheiße!«

»Jetzt mach dir nicht ins Hemd, Javier. Verdammt. Ich komme gleich.«

Bevor Javier das Fenster wieder schließen konnte, schrie Cheyenne ihren Freundinnen durch das offene Fenster zu: »Haltet durch, Mädels! Ich bin mir sicher, dass die Jungs euch retten werden.«

»Deine verdammten Navy SEALs werden nicht kommen, Schlampe«, knurrte Javier sie an.

Cheyenne hatte es satt. »Doch, das *werden* sie. Sie werden euch finden und euch erschießen, genau wie die Scharfschützen es mit Alicias Bruder gemacht haben.«

»Wenn sie kommen, werden sie sterben.«

Cheyenne starrte Javier an und versuchte zu entscheiden, ob er bluffte oder ob er es ernst meinte.

»Das gesamte Gebäude ist verkabelt und mit Sprengstoff vollgestopft.«

Bei dem entsetzten Ausdruck auf Cheyennes Gesicht lachte Javier. »Arme, arme, Cheyenne. Du wirst nicht nur deine Freunde verlieren, sondern auch deinen wertvollen SEAL. Wir haben sogar Kameras aufgestellt, damit wir zusehen können.«

»Aber ich dachte, ihr wolltet meine Freundinnen gar nicht entführen.«

»Natürlich wollten wir das. Das war nur eine kleine Showeinlage und du bist uns verdammt noch mal auf den Leim gegangen. Glaubst du, wir wissen nicht, dass ihr Schlampen nicht alleine aufs Klo gehen könnt? Wir wussten, dass du mindestens eine deiner Freundinnen dabeihaben würdest. Zwei? Noch besser, damit werden wir deine SEALs noch viel länger beschäftigen können.«

»Nein, Jesus, nein.«

»Ja, Jesus, ja«, verspottete Javier sie.

»Wer bist du? Warum tust du das?«, fragte Cheyenne verzweifelt und versuchte, einen Ausweg aus dieser schrecklichen Situation zu finden, in der sie und ihre neuen Freundinnen sich befanden.

»Weil eines dieser Arschlöcher auch mein Bruder war. Alicia und ich haben uns kennengelernt, während wir ein Interview für die Nachrichten gedreht haben. Wir haben dich beobachtet und dir auf dem Parkplatz vor deiner Arbeit aufgelauert. Dann haben wir beschlossen, uns zusammenzutun, um uns zu rächen. Geteilte Rache ist doppelt so schön, findest du nicht?«

Cheyenne schluchzte ein Mal und würgte dann ihre Tränen zurück. Sie zuckte zusammen, als sie einen Schuss hörte. »Summer? Alabama?«, schrie sie verzweifelt.

»Wir sind okay!«

Cheyenne seufzte erleichtert und hörte dann einen

weiteren Schuss. »Hör auf, auf meine Freundinnen zu schießen«, kreischte sie und hoffte, Alicia könnte sie hören. Javier lachte nur neben ihr und war offensichtlich nicht im Geringsten besorgt um Alicia. Er kurbelte das Fenster hoch, sodass Cheyenne nicht mehr hören konnte, was in der kleinen Hütte vor sich ging.

Cheyenne sah, wie Alicia das Häuschen verließ. Sie kam jedoch nicht direkt zum Auto. Cheyenne beobachtete, wie sie Draht nahm und damit zweimal um die Hütte ging, wobei sie darauf achtete, die Drähte zusammenzudrehen.

»Sie verlegt die Drähte für die Bombe«, erklärte Javier und klang dabei, als würde er übers Wetter reden. »Das ganze Haus ist bis zum Bersten mit Sprengstoff gefüllt. Überall sind Stolperdrähte versteckt. Deine wertvollen SEALs müssen nur einen falschen Schritt tun, und deine Freundinnen werden direkt vor ihren Augen in Stücke gerissen.«

»Nein«, hauchte Cheyenne. »Bitte lasst sie gehen.«

»Tut mir leid, Süße, dafür ist es zu spät.«

Cheyenne dachte, sie würde hyperventilieren. Hatte Alicia Summer oder Alabama erschossen? Waren sie bereits tot?

Alicia lief zurück zum Geländewagen. Sie riss die Hintertür auf und lachte, als sie sich auf den Sitz fallen ließ und die Tür hinter sich zuschlug. »Alles bereit. Der erste Schuss hat ihnen Angst eingejagt, aber der zweite hat die Blondine zum Schweigen gebracht.«

»Nein! Was hast du getan?« Cheyenne versuchte,

sich auf ihrem Sitz umzudrehen, damit sie Alicia anspringen und verletzen konnte, aber Javier lachte nur und drehte ihren Arm, den er immer noch mit festem Griff umklammert hatte, brutal herum.

Cheyenne drehte sich zurück und versuchte, sich aus dem Griff zu befreien. Aber Javier drehte weiter, bis Cheyenne ein lautes Knacken hörte. Der unglaublichste Schmerz, den sie sich jemals hätte vorstellen können, durchfuhr sie und sie wurde fast ohnmächtig. »Aahhhhhhh.«

Cheyenne hörte unter Schmerzen, wie Javier und Alicia lachten.

»Hast du ihr den Arm gebrochen?«

»Nein, ich habe ihr nur die Schulter ausgekugelt. Das sollte sie fürs Erste ruhigstellen.«

Cheyenne konzentrierte sich darauf, sich nicht zu übergeben. Sie hatte keine Ahnung, wie sie hier wieder rauskommen sollte. Wie ihre Freundinnen da herauskommen sollten. Sie wusste nicht einmal, ob Summer noch lebte. Wenn Alicia sie angeschossen hatte, wie lange hatte sie noch, bevor sie ohne ärztliche Versorgung sterben würde? Cheyenne stöhnte. Sie steckten in verdammt großen Schwierigkeiten.

KAPITEL FÜNFZEHN

Wolf, Abe, Mozart, Dude und Benny hatten eine Gasse im Herzen der Stadt umstellt. Cookie war bei *Aces*, kümmerte sich um Ice und Fiona und wartete auf Informationen vom Team.

Wolf und Abe näherten sich von Süden, während die anderen drei SEALs von Norden aus kamen. Tex hatte die Handys der Frauen bis zu diesem Ort zurückverfolgt. An der Wand stand ein großer Müllcontainer und die Männer konnten Geräusche aus dem Inneren hören.

Vorsichtig und lautlos näherten sie sich. Sie hatten keine Ahnung, was sie darin finden würden, aber alle fünf Männer waren vollends auf den Müllcontainer konzentriert. Wolf schirmte den südlichen Teil der Gasse ab, während Benny das nördliche Ende überwachte. Mozart näherte sich vorsichtig dem Müllcontainer, nahm seine Taschenlampe und hob lautlos den Deckel.

Nachdem er hineingeschaut hatte, senkte er den Deckel wieder und wich dann schnell zurück.

»Bombe«, sagte er tonlos.

Die fünf Männer verschwendeten keine Zeit und zogen sich so weit zurück, bis sie am Ende der Gasse standen.

Mozart berichtete seinen Freunden, was er gesehen hatte.

»Die drei Handys liegen da drin und sind mit einer kleinen Bombe verdrahtet. Ich denke nicht, dass sie viel Schaden anrichten kann, aber wir müssen es melden.«

»Soll ich es mir ansehen?«, fragte Dude, überzeugt, dass er mit einem Blick erkennen könnte, wie gefährlich die Bombe war.

»Nein, es ist offensichtlich, dass sie die Telefone nur hierhergebracht haben, um uns auf eine falsche Fährte zu locken«, kommentierte Abe angewidert.

»Scheiße. Ich rufe Tex an und bitte ihn weiterzusuchen«, sagte Benny, während er sein Handy herauszog und ein paar Knöpfe drückte.

»Was zum Teufel ist hier los?«, knurrte Dude.

»Es muss mit der Sache im Supermarkt zusammenhängen. Die Bombe kann einfach kein Zufall sein«, vermutete Wolf, als das Team die Straße zurück zu Wolfs Geländewagen ging. »Ruf Cookie an, er soll noch mal mit Ice und Fiona sprechen, ob sie vielleicht noch weitere Informationen haben. Jeder Anhaltspunkt würde uns im Moment weiterhelfen.«

»Sie werden nie wieder ohne uns ausgehen, nicht einmal zum Pinkeln.« Dude war am Ende mit den Nerven. Das hier war schlimmer als der Tag, an dem Cheyenne mit ihrer Familie zu Mittag gegessen hatte. Damals hatte er wenigstens gewusst, dass sie einen schlechten Tag gehabt hatte und etwas Zeit für sich brauchte. Aber das hier? Irgendein Arschloch hatte sie in seiner Gewalt und war auch noch schlau genug, sich ihrer Telefone zu entledigen und damit ein verdammtes Ablenkungsmanöver zu arrangieren.

Benny meldete sich zu Wort, als sie beim Wagen eintrafen. »Tex ruft die Polizei an, um sie über den Sprengstoff im Müllcontainer zu informieren. Er ist genauso sauer wie wir. Er wird die Überwachungskameras überprüfen, wobei *Aces* nicht wirklich gut abgedeckt ist. Da sie drei Frauen entführt haben, muss es sich um ein größeres Fahrzeug handeln.«

»Warum sind sie wohl alle mitgegangen? Ich meine, wenn sie von einer einzelnen Person entführt wurden, wäre es nicht schwer gewesen, sie gemeinsam zu überwältigen«, überlegte Benny weiter.

»Eine Drohung. Er muss nur einer von ihnen gedroht haben. Du kennst unsere Frauen«, sagte Abe mit leiser, verärgerter Stimme. »Der Entführer musste nur damit drohen, eine von ihnen zu töten oder zu verletzen, und die anderen beiden hätten kampflos alles getan, was er verlangte.«

Aus heiterem Himmel wandte Mozart sich vom Fahrzeug ab, ging zum nächsten Gebäude und schlug gegen die Wand. Aus seinen aufgeschlagenen Knöcheln floss sofort Blut. Wolf und Benny gingen zu ihm und legten ihre Hände auf seine Arme, bereit, ihn zurückzuhalten, sollte er noch einmal versuchen, gegen die Wand zu schlagen.

Stattdessen legte Mozart beide Hände an die Wand und stützte sich mit gesenktem Kopf dagegen. »Summer kann das nicht noch einmal durchmachen«, sagte er mit leiser, gequälter Stimme. »Sie wird daran zerbrechen. Sollte jemand sie angerührt haben, wenn ich sie finde, wird derjenige sterben.«

»Wir werden sie finden, Mozart«, versicherte Wolf seinem Freund in ernstem Ton.

»Ach ja? Wann? Nachdem sie verletzt wurde? Nachdem sie wieder gefoltert wurde? Im Ernst, du weißt, was das letzte Mal mit Hurst passiert ist. Sie kann das nicht noch einmal durchmachen.«

»Ich weiß, Mozart. Ich weiß. Tex wird sie finden. Du weißt, dass er jeden finden kann.«

»Das hoffe ich verdammt noch mal für ihn.«

Für einen Moment sagte niemand etwas. Den Männern schossen Gedanken darüber durch den Kopf, was die drei Frauen durchmachen mussten. Schließlich stieß Mozart sich von der Wand ab und ging auf Dude und Abe zu.

»Es tut mir so verdammt leid, dass ihr das durchmachen müsst. Ich hatte gehofft, ich wäre der Einzige, der spüren muss, wie es sich anfühlt, wenn die eigene Frau entführt wird. Ich weiß nicht, gegen wen oder was wir kämpfen, aber wir müssen sie da rausholen. Sofort.«

»Das werden wir, Mozart. Das werden wir verdammt noch mal tun«, sagte Abe zu ihm.

Dude sagte kein Wort. Hass brannte in seinen Augen. Es war schon schlimm genug, dass die Frauen seiner Freunde entführt worden waren, aber niemand nahm ihm einfach so *seine* Frau weg. Cheyenne war die Seine. Er fühlte sich wie ein Hund ohne Knochen. Shy hatte es selbst gesagt. Sie gehörte ihm.

Dude *liebte* Shy. Jetzt war ihm plötzlich alles klar. Er hatte es bisher nicht verstanden. Oh, er wusste, dass er Gefühle für Cheyenne hatte, und er glaubte, dass er sie liebte. Er hatte es ihr sogar gesagt. Aber er hatte nicht verstanden, wie seine Teamkollegen alles, was ihnen jemals wichtig gewesen war, für eine Frau beiseitelegen konnten. Aber jetzt? Jetzt hatte er es verdammt noch mal verstanden. Als Fiona nach ihren Flashbacks davongelaufen und Cookie außer Landes gewesen war. Als Abe bemerkt hatte, wie sehr er Alabama mit seinen Worten verletzt hatte. Als Summer entführt worden war und Mozart verzweifelt versucht hatte, sie zu finden. Und sogar als sie auf dem Meer waren und Wolf zurückgetreten war, um jemand anderen die Mission zu Ice' Rettung anführen zu lassen ... Dude verstand es endlich.

Liebe. Seine Freunde liebten ihre Frauen mit

allem, was sie hatten, genauso wie Dude Cheyenne liebte. Sie war die Seine. Es war egal, dass sie im einundzwanzigsten Jahrhundert lebten und Frauen niemandem mehr »gehörten«. Es war egal, dass Cheyenne unabhängig war und auch ohne ihn zurechtkam.

Tief in ihrem Inneren existierte ein primitiver Instinkt, dass diese Frauen ihnen gehörten. Sie hatten sie zu beschützen, zu ernähren, zu kleiden, zu lieben. Cheyenne war die Seine, verdammt. Er brauchte sie in seinem Leben, in seinem Haus, in seinem Bett. Zur Hölle, er brauchte sie einfach. Ihr Lächeln, sie zu sehen, wie sie an ihrem verdammten Daumennagel kaute. Sie zu lieben. Das war Liebe. Es ging nicht nur um Zuneigung oder darum, einfach nur die Anwesenheit des anderen zu genießen. Es war ein alles verzehrendes Verlangen, das bis tief in die Knochen reichte.

»Lasst uns gehen«, war alles, was Dude zwischen seinen zusammengebissenen Zähnen hervorbrachte. Er war nervös. Er wusste, dass es Mozart und Abe genauso ging. Ihre Frauen waren in Gefahr. Das hier war wahrscheinlich die wichtigste Mission, an der sie jemals teilgenommen hatten. Das Team hatte schon immer eng zusammengearbeitet, aber jetzt agierten sie quasi als eins. Wolf wusste, dass es genauso gut Caroline gewesen sein könnte. Es war reiner Zufall, dass es nicht so war.

Die Männer stiegen wortlos in den Geländewagen.

Diese Scheiße musste ein Ende haben. Was auch immer hier los war, sie mussten es beenden.

Zwei Stunden später war das gesamte Team um eine kleine Hütte etwa dreißig Kilometer außerhalb der Stadt versammelt. Caroline und Fiona waren mit drei SEALs eines anderen Teams in Carolines Haus zurückgekehrt. Wolf wollte ihre Sicherheit nicht dem Zufall überlassen. Die Frauen hatten den Schutz wortlos akzeptiert, offensichtlich fühlten sie sich durch die Geschehnisse verwundbar. Normalerweise hätte Ice sich aufgeregt und geweigert, Fremde in ihrem Haus zu haben, aber sie hatte Wolf nur geküsst, ihn fest umarmt und ihm gesagt, er solle ihre Freundinnen sicher wieder nach Hause holen.

Tex hatte sich zurückgemeldet, gerade als die Männer dachten, er könnte ihnen diesmal nicht helfen. Der Mann konnte aus tausend Kilometer Entfernung eine verdammte Nadel im Heuhaufen finden.

Er hatte eine Art mathematisch/physikalisch/technischen Algorithmus verwendet, um die Verkehrsmuster zusammen mit der Handynutzung und den Überwachungskameras auszuwerten, um den Aufenthaltsort des verdammten Fahrzeugs zu bestimmen, in dem die Frauen entführt worden waren. Nachdem er den Wagen gefunden hatte, war es für Tex ein Leichtes gewesen, sich in die Satelliten der Regierung zu hacken und ihren Standort ausfindig zu machen.

Alle im Team wussten, dass es illegal war, was Tex trieb, aber niemand sagte ein Wort. Wenn es dabei half, ihre Frauen zurückzubekommen, kümmerte es sie einen Scheiß.

Tex hatte den Wagen bis zu dieser heruntergekommenen kleinen Hütte verfolgt. Es war unheimlich still. Zu still. Etwas stimmte definitiv nicht. Dude wollte Cheyennes Namen rufen, um zu hören, ob es ihr gut ging, um zu hören, ob sie überhaupt in dem verdammten Gebäude war, aber er würde es nicht tun. Bei dieser Mission galt absolute Kommunikationssperre. Wenn der Entführer da drin war, mussten sie ihn überraschen.

Dude ging voran in Richtung Hütte und schaute sich alle paar Schritte um. Er suchte nach ... irgendetwas. Er war sich nicht sicher wonach. Ihm standen die Nackenhaare zu Berge. Irgendetwas stimme hier nicht. Er gab den anderen das Zeichen, die Stellung zu halten.

Alle hielten sofort an und warteten auf Dudes Kommando. Dude sah sich um. Er wollte, dass sein Gehirn wahrnahm, was seine Augen nicht sahen. Schließlich blieb er stehen und drehte den Kopf zurück. Da.

»Da ist eine verdammte Kamera im Baum«, sagte er im Flüsterton zu seinen Teamkollegen durch sein Mikrofon.

Nach einem Moment entgegnete Wolf: »Hier drüben ist auch eine.«

»Hier auch«, mischte Abe sich ein.

»Wolf, die Schweine beobachten uns«, kommentierte Dude unnötig.

»Aber beobachten sie uns von der Hütte aus oder von woanders?«, mischte Benny sich ein und stellte damit die Frage, die allen anderen im Kopf herumging.

Ohne darauf zu warten, dass Wolf die nächsten Schritte beschloss, schrie Dude. Seine Stimme drang über die Lichtung bis zum Haus. »Shy? Summer? Alabama?«

Die Männer warteten. Hofften.

»Hier! Wir sind hier!«

»Gott sei Dank.« Abe erkannte Alabamas Stimme und atmete erleichtert auf.

»Kommt nicht rein!«, schrie Alabama weiter aus der Hütte heraus. »Die Mistkerle haben das ganze Gebäude mit Sprengstoff vollgestopft.«

Alle Männer erstarrten. Dude sah sich erneut um. Jetzt, wo er wusste, wonach er suchte, war es leicht zu sehen. Die Drähte um ihn herum waren nicht sehr gut versteckt. Er war so darauf konzentriert gewesen, nach versteckten Fallen zu suchen, dass er die offensichtlichen Drähte direkt vor ihm übersehen hatte. Der Entführer hatte sich offensichtlich für besonders schlau gehalten, indem er die Drähte in den Weg und um das Gebäude herum verlegt hatte, in der Hoffnung, dass die SEALs darauf treten und die Bombe zünden würden. Idioten.

»Ist Summer bei dir? Und Cheyenne?«, rief Mozart.

»Summer ist hier. Aber sie haben Cheyenne mitgenommen.«

»Sie? Jesus, wie viele Leute waren denn beteiligt?«, murmelte Cookie durchs Mikrofon.

»Okay, halte durch, Süße. Ist sonst noch jemand in der Nähe?« Alle wussten, dass Abe nichts anderes wollte, als sofort in die Hütte zu stürmen, um sich davon zu überzeugen, dass es Alabama gut ging, aber er war gut genug ausgebildet, um zu wissen, dass das ihre Mission gefährden würde, besonders wenn Sprengstoff involviert war.

»Nein, wir sind allein. Aber Summer ist verletzt.«

Bei Alabamas Worten bekamen die Männer plötzlich Angst. Dude blendete die Tatsache aus, dass Cheyenne nicht in der Hütte war, und machte sich daran herauszufinden, wie die Sprengfalle aufgebaut war und wie er sie entschärfen konnte. Je schneller er es herausfand, desto schneller konnten sie Summer und Alabama befreien und desto schneller konnte er Shy suchen.

»Benny, du und Cookie macht euch daran, die Kameras auszuschalten. Seid vorsichtig, die Mistkerle könnten sie auch manipuliert haben. Lasst eine laufen. Ich rufe Tex an und informiere ihn über die Kameras. Vielleicht kann er das Signal zurückverfolgen und ihr verdammtes Nest finden. Sie müssen uns aus einem bestimmten Grund beobachten. Lasst uns ihren Voyeurismus gegen sie einsetzen. Verdammte Arschlöcher.«

Cheyenne konnte nicht glauben, dass ihr das noch einmal passierte. Wieder war sie mit kilometerlangem Klebeband umwickelt. Ihre Schulter schmerzte. Javier hatte ihr wirklich den Arm ausgekugelt, als er ihn ihr im Auto umgedreht hatte. Sie nahm an, dass das Klebeband ihr wahrscheinlich dabei half, den Arm ruhig zu halten, aber es tat immer noch mehr weh als alles, was Cheyenne je zuvor erlebt hatte.

Das Duo hatte sie zurück in die Stadt in ein Wohnhaus gebracht. Sie waren durch die Hintertür in einer Seitengasse eingebrochen und sie hatten sie die Treppe zum Keller hinuntergezogen, wo sie damit begonnen hatten, sie einzuwickeln.

Javier und Alicia hatten die ganze Zeit gelacht, als sie sie mit dem Klebeband umwickelt hatten. Anders als im Supermarkt hatten sie diesmal drei Bomben mit eingewickelt. Alicia war der Ansicht, es wäre lustig, das Klebeband auch um ihren Hals und ihren Kopf zu wickeln. Zum Glück hatte Javier sie aufgehalten, bevor sie ihr auch Mund und Nase zukleben konnte.

Cheyenne war buchstäblich mumifiziert. Sie konnte sich nicht bewegen. Sie lag auf dem Boden, Knöchel, Beine, Körper, Arme, Kopf, alles verklebt.

Cheyenne musste fast lachen und dachte darüber nach, wie viel das ganze Klebeband gekostet haben musste.

Sie konnte sich nicht helfen. Sie konnte nicht weglaufen, sie konnte nicht zur Seite treten, sie konnte nur auf dem Boden liegen und Javier und Alicia beobachten. Cheyenne schloss die Augen, sie hatte genug von dem, was sie sah. Anscheinend erregte sie die Tatsache, dass sie schreckliche Menschen mitten in einer Entführung waren. Direkt neben ihr auf dem Boden trieben sie es miteinander. Da Cheyenne sich nicht bewegen konnte, blieb ihr nichts anderes übrig, als die Augen zu schließen und sich zu wünschen, Faulkner wäre da.

Nachdem sie fertig waren, holte Javier einen Bildschirm heraus und hockte sich mit Alicia davor. Die beiden gackerten vor Freude und lachten manisch. Es war die Übertragung der Videokameras vor der Hütte. Sie sahen zu, wie die SEALs sich dem Gebäude näherten.

»Ich wünschte, wir hätten Ton«, beschwerte Alicia sich. »Aber es ist auch so verdammt großartig. Schau sie dir an in ihrer Tarnkleidung. Ich kann verstehen, was du an ihnen findest, sie sind verdammt gut gebaut und heiß ... schade, dass sie gleich alle in die Luft gejagt werden ... zusammen mit deinen dummen Freundinnen.«

Cheyenne strampelte auf dem Boden. Nein! Verdammt, nein! Sie hörte auf zu kämpfen, weil ihre

Schulter bei jeder Bewegung wahnsinnig schmerzte. Sie würde nirgendwo hingehen. Sie musste daran glauben, dass die Jungs wussten, was sie taten. Sie würden nicht unüberlegt die Hütte stürmen. Dude würde den Sprengstoff entdecken. Er musste es.

»Was zum Teufel machen sie? Warum gehen sie nicht rein? Du hast gesagt, sie würden direkt durch die Tür stürmen«, beschwerte Javier sich bei Alicia.

»Nun, ich bin davon ausgegangen, dass sie das tun. Wir haben zwei ihrer Frauen. Sie sind hitzköpfige Soldaten. Was sollten sie sonst tun?«

»Nun, sie tun es nicht. Sieh doch. Der Typ hat die Kamera entdeckt. Scheiße!«

Für einen Moment waren die beiden still, während sie das Geschehen auf dem kleinen Schwarz-Weiß-Monitor verfolgten. Nach ein paar Minuten stöhnte Javier verärgert.

»Wir müssen hier raus. Offensichtlich werden sie die Frauen da rausholen. Scheiß drauf.«

»Was ist mit ihr?«, jammerte Alicia.

»An dem Teil des Plans ändert sich nichts. In ungefähr acht Stunden wird sie in die Luft gehen, also wen interessierts?«

»Aber sie weiß, wer wir sind ...«

Javier knurrte und brüllte Alicia ins Gesicht: »Ja, und diese Schlampen, die gerade gerettet werden, auch. Glaubst du, sie werden diesen SEALs nicht erzählen, wer wir sind? Hä?«

»Aber wir können *sie* nicht einfach hier lassen ... sie wird ihnen erzählen, dass wir nach Mexiko abhauen.«

»In ungefähr acht Stunden wird sie tot sein, also. Wen. Verdammt. Kümmert. Es?«

»Schon gut, Herrgott. Jetzt beruhige dich. Scheiße. Vielleicht sollten wir die Zeit ändern, damit das Ding früher losgeht?«

»Zu spät, Dummkopf. Wir haben bereits alles mit Klebeband umwickelt«, sagte Javier ungeduldig. »Lass den Monitor hier bei ihr. Wir können ihn nicht mitnehmen, falls sie das Signal irgendwie zurückverfolgen können. Außerdem kann sie so dabei zusehen, wie ihre Freundinnen entweder gerettet oder in Stücke gerissen werden. Scheint mir ein fairer Deal zu sein.«

Alicia warf den Kopf in den Nacken und lachte laut über Javiers Vorschlag. Dann ging sie zu Cheyenne, die hilflos auf dem Boden lag, und stellte das kleine Gerät gegen eine Kiste gelehnt neben ihren Kopf.

»Los geht's, Schlampe. Ich hoffe, dass sie alle in Stücke gerissen werden. Du kannst zuschauen und dann darauf warten, bis deine eigenen Bomben explodieren und dich in Stücke reißen.«

»Du bist ein Stück Scheiße«, krächzte Cheyenne.

»Nein, du hast nicht nur meinen, sondern auch Javiers Bruder getötet. *Du* bist das Stück Scheiße.«

Cheyenne konnte nur dabei zusehen, wie die beiden Entführer ihre Sachen einsammelten und ohne einen Blick zurück verschwanden. Sie sah sich um und wusste, dass sie sterben würde, sobald die Bomben explodierten, jedoch war es wohl noch schlimmer, dass noch viele andere Menschen mit in den Tod gerissen würden.

Sie befand sich im Keller eines Apartmentgebäudes. Dort lebten Menschen. Wenn die Bomben explodierten, würde das dem gesamten Gebäude erheblichen Schaden zufügen. Es könnte sogar einstürzen. In dem Fall würde niemand jemals ihren Leichnam finden … wenn von ihr überhaupt noch etwas übrig wäre. Cheyenne unterdrückte ein Schluchzen. Sie konnte nicht weinen. Es gab nichts Schlimmeres, als wenn ihr der Rotz übers Gesicht laufen würde und sie ihn nicht wegwischen konnte. Sie hatte aber noch Zeit. Acht Stunden. Vielleicht würde Faulkner sie rechtzeitig finden.

Sie wandte ihre Aufmerksamkeit dem kleinen Bildschirm zu, der neben ihr stand. Cheyenne konnte die Hütte kaum erkennen, aber sie sah, wie die SEALs herumliefen. Hoffentlich würden sie es schaffen, Summer und Alabama sicher da rauszuholen. Hoffentlich war Summer noch nicht tot. Sie konnte nur dabei zusehen, wie die besten Menschen, die sie jemals getroffen hatte, verzweifelt daran arbeiteten, ihre Freundinnen zu retten.

Cheyenne sah Faulkner. Sie würde ihn überall erkennen. Sie hatte Wochen damit verbracht, sich auf seinen Befehl jeden Zentimeter seines Körpers einzuprägen. Sie kannte jede Narbe, jede Ecke und jeden Winkel seines Körpers. Cheyenne hatte keine Ahnung, ob sie ihn jemals wiedersehen oder seinen Körper auf ihrem spüren würde. Während sie Faulkner dabei beobachtete, wie er um die kleine Hütte herumging, prägte sie sich alles an ihm noch einmal ein.

Dude trat zur Seite und sah, wie Abe und Mozart Alabama und Summer in ihren Armen hielten, um sie zu beruhigen. Cookie vergewisserte sich, dass Summer stabil genug war, um in die Stadt gebracht zu werden. Sie war angeschossen worden, aber zum Glück was es nur ein Streifschuss am Oberarm. Alabama hatte sofort Erste Hilfe geleistet und die Blutung gestoppt. Sie würde wieder in Ordnung kommen.

Dude war erleichtert, dass es beiden Frauen gut ging, aber das Brennen in seinem Bauch wollte nicht aufhören. Wo zum Teufel war Cheyenne? Was musste *sie* durchmachen? Mit geballten Fäusten ging er zu den anderen zurück und wollte etwas tun, war sich aber nicht sicher was.

Er erinnerte sich an die Kameras in den Bäumen und sah zu der hinüber, die sie noch nicht abgenommen hatten. Tex arbeitete daran, die Übertragung zurückzuverfolgen. Beobachteten diese Mistkerle sie immer noch? Er behielt die Kamera im Auge. Das fiel ihm leichter, als seine Freunde mit ihren Frauen zu sehen.

Cheyenne wusste nicht, wie viel Zeit vergangen war, seit Alicia und Javier gegangen waren. Sie hatte weiter auf den verschwommenen kleinen Schwarz-Weiß-Monitor vor sich gestarrt. Der Blickwinkel war nicht großartig, aber sie konnte beobachten, wie die SEALs in das Gebäude gingen und anschließend mit Summer und Alabama wieder herauskamen.

Ihr Herz blieb fast stehen, als sie sah, dass Summer von Sam getragen werden musste. Sie entspannte sich jedoch wieder, als ihre Freundin sich bewegte und sich an ihrem Mann festhielt.

Obwohl es eine Qual war, ihre Freunde so nahe zu sehen, obwohl sie so weit weg waren, beobachtete sie sie weiter. Einen Moment später sah sie Faulkner. Er stand abseits vom Rest der Gruppe. Er sah sie an ... gut, er sah in die Kamera. Cheyenne bildete sich ein, das Zucken in seinem Kiefer zu sehen. Sie wussten, dass die Kameras da waren. Sie *wussten* es.

Eine einzelne Träne lief Cheyenne übers Gesicht, bevor sie den aufkommenden Weinkrampf brutal unterdrückte. Wenn sie von den Kameras wussten, mussten sie einen Plan haben. Daran musste sie glauben. Cheyenne hatte keine Ahnung, wie sie sie da rausholen würden, aber wenn jemand es könnte, dann waren es ihre SEALs.

Cheyenne beobachtete weiter ihre Freunde, bis sie

endgültig aus der Reichweite der Kamera verschwunden waren. Offensichtlich fuhren sie weg. Die Videoübertragung lief weiter, aber alles, was Cheyenne sehen konnte, waren die Bäume, die sich sanft im Wind neigten, und die Hütte, die verlassen auf der Lichtung stand.

Sie betete zu Gott, dass sie ihre Freunde nicht zum letzten Mal gesehen hatte … und Faulkner.

»Kommt, lasst uns aufbrechen. Wir müssen Summer ins Krankenhaus bringen«, befahl Wolf und ging zurück zum Geländewagen.

Dude wandte den Blick schließlich von der Kamera ab und sah zu seinen Teamkollegen. Wolf schaute ihn besorgt an. Benny und Cookie schienen einfach nur wütend zu sein und Mozart und Abe erleichtert, dass sie ihre Frauen zurückhatten. Aber sie sahen auch entschlossen aus.

»Niemand legt sich ungestraft mit diesem Team an. Und niemand entführt unsere Frauen und kommt damit davon«, sagte Abe voller Wut. »Wir werden nicht aufhören, bis wir sie gefunden haben, Dude.«

»Die Frau hieß Alicia und der Mann Javier«, sagte Alabama plötzlich. »Sie sagten, zwei der Typen im Supermarkt waren ihre Brüder.«

Nach diesen beiden Sätzen machte schließlich alles Sinn.

»Rache«, sagte Cookie und sprach das Offensichtliche aus.

»Offensichtlich liegt es bei denen in der Familie, Bomben zu bauen und ein Arschloch zu sein«, scherzte Summer in Mozarts Armen.

Niemand lachte, aber alle schätzten ihren Versuch der Aufheiterung.

»Wir können noch nicht von hier weg. Was ist, wenn Cheyenne irgendwo hier ist? Wir werden zu viel Zeit verlieren, wenn wir alle zurück in die Stadt fahren und dann wieder hier raus müssen, sobald Tex die Videoübertragung zurückverfolgt hat.«

Benny dachte praktisch und er hatte recht, auch wenn es scheiße war. Dude wusste nicht, ob er weiter in der Umgebung suchen oder zurück in die Stadt fahren sollte. Er schloss die Augen und senkte nachdenklich den Kopf.

Okay, die Entführer sind offenbar mit den getöteten Typen verwandt. Sie wollten Rache. Würden sie Cheyenne im Wald verstecken, um sie zu foltern, oder würden sie sie aus irgendeinem Grund zurück in die Zivilisation bringen?

Dude hob den Kopf und wusste instinktiv, dass seine Schlussfolgerung richtig war. »Sie sind in der Stadt.«

Ohne zu fragen, woher Dude sich so sicher war, gingen die Männer zum Auto.

Alabama war sich nicht so sicher. »Aber Dude, sie haben uns extra hier rausgebracht, warum sollten sie Cheyenne nicht auch irgendwo hier versteckt haben?«

Ohne seine Schritte zu verlangsamen, versuchte Dude es zu erklären. »Sie wollen Rache. Ihr wart nur ein Ablenkungsmanöver. Sie wollten, dass wir hier draußen Zeit verschwenden. Sie haben Cheyenne zurück in die Stadt gebracht. Sie wollen sie verletzen und sie wollen uns verletzen. Sie wissen genau, was wir tun. Ihr Ziel ist es, so viele Menschen wie möglich zu töten. Sie wollen beweisen, dass SEALs nicht perfekt sind und dass es uns nicht immer gelingt, Menschen zu retten, so wie ich es im Supermarkt getan habe.«

»Aber das ist verrückt«, flüsterte Alabama.

»Ja«, stimmte Dude zu, sagte aber nichts weiter.

Es war eng im Geländewagen, aber niemand beschwerte sich. Ihre Mission war noch nicht erledigt. Cheyenne war immer noch da draußen … irgendwo.

KAPITEL SECHZEHN

Sieben Männer standen auf dem Marinestützpunkt um den Tisch herum. Hurt, der Kommandant des Teams, hatte sich ihnen angeschlossen und hörte sich an, was Tex herausgefunden hatte.

»Die Videoübertragung führt definitiv zurück in die Stadt. Aufgrund der Gebäude und anderer Störungen ist es aber schwierig, den genauen Ort zu bestimmen.«

»Versuch es.« Dudes Stimme klang angespannt. Es war offensichtlich, dass seine Geduld an einem seidenen Faden hing.

»Tue ich, Dude. Ich schwöre bei Gott, das tue ich. Hat die Polizei schon irgendetwas aus Alicia oder Javier herausbekommen?«

Wolf hatte den Kommandanten kontaktiert, der wiederum die Polizei eingeschaltet hatte, sobald sie die Hütte verlassen hatten. Er hatte ihnen erklärt, um wen es sich bei den Entführern von Summer und Alabama handelte. Beide Frauen hatten versichert, sie wären mehr als bereit, Anzeige zu erstatten.

Javier und Alicia waren dumm genug gewesen, noch einmal in ihre Wohnungen zurückzukehren, um für ihre Flucht außer Landes zu packen. Sie waren ohne größere Probleme festgenommen worden, weigerten sich jedoch preiszugeben, wo sie Cheyenne versteckt hatten. Sie bestritten, irgendetwas mit der Entführung zu tun zu haben, und behaupteten sogar, Cheyenne gar nicht zu kennen.

Wolf antwortete: »Nein, sie sagen nichts. Alicia ist zwar etwas herausgerutscht, aber es könnte bedeutungslos sein. Sie sagte nur, dass sie am nächsten Morgen vielleicht bereit wäre zu reden. Wir wissen jedoch nicht, warum sie bis zum nächsten Morgen warten will.«

»Eine weitere Bombe«, sagte Dude in die Stille, die nach Wolfs Aussage herrschte. »Das ist das Einzige, was Sinn macht. Sie haben sie irgendwo versteckt und an eine Bombe gefesselt, genau wie ihre Brüder im Supermarkt. Sie will morgen früh reden, weil es dann zu spät sein wird. Die Bombe wird bis dahin hochgegangen sein.«

Überraschenderweise war es der Kommandant, der die Beherrschung verlor. »*Gottverdammt!* Holt mir *sofort* den verfluchten Polizeipräsidenten ans Telefon!«

Niemand war sich wirklich sicher, wen Kommandant Hurt meinte, aber Tex nahm die Aufforderung bereitwillig an. »Ich verbinde Sie, Sir ... Es klingelt ... Er ist dran.«

»Ja?«, ertönte es aus dem Lautsprecher auf dem Tisch.

»Ist da der Polizeipräsident? Hier spricht Kommandant Hurt. Es gibt neue Entwicklungen in dem Fall ...«

Der Kommandant erklärte dem Polizeichef ihren Verdacht und warum ihnen die Zeit davonlief. Der Polizeichef stimmte zu, mehr Druck auf Alicia auszuüben und zu versuchen, sie dazu zu bringen, ihnen Cheyennes Versteck zu verraten.

»Tex ...«

»Ich weiß, ich weiß, ich arbeite daran.«

»Wir haben keine Zeit mehr«, brach Dudes Stimme schließlich. Er konnte spüren, dass es fast zu spät war. Er wusste, dass er jede Sekunde brauchen würde, um Cheyenne aus ihrer misslichen Lage zu befreien, in die die beiden Möchtegernganoven sie gebracht hatten. *Das* war es, worauf ihn seine gesamte SEAL-Karriere vorbereitet hatte. *Das* war der Grund, warum er ein Naturtalent im Umgang mit Sprengstoff war. Um das Leben dieser Frau zu retten. Um das Leben *seiner* Frau zu retten.

»Dude, ich schwöre bei Gott, ich werde sie finden. Diese Schwachköpfe sind nicht schlau genug, sie sind verdammt noch mal nicht schlauer als ich. Arschlöcher.« Tex hörte abrupt auf zu schimpfen. »Warte ... oh, verdammte Scheiße. Wollt ihr mich verarschen?«

»Was? Verdammt, Tex. Was?«

Alle Männer im Raum richteten ihre volle Aufmerksamkeit auf das harmlos aussehende Telefon auf dem Tisch.

»Okay, ich bin mir nicht hundertprozentig sicher, aber ich will nicht länger zögern, nur um *ganz* sicher zu sein. Ich habe die Quelle auf ein Stadtviertel eingegrenzt. Es gibt drei Gebäude, die infrage kommen. Ein Bürogebäude, ein Wohnhaus und etwas, das auf den Satellitenfotos wie eine verlassene Fabrik aussieht. Ich glaube, es gibt Pläne, daraus ein paar schicke Doppelhäuser zu machen oder so.«

Wolf wandte sich an Dude: »Welches ist es?« Er vertraute vollkommen darauf, dass Dude wusste, welches Gebäude es war.

Dude schloss die Augen, um nachzudenken. Er durfte sich nicht irren. Ja, die Gebäude waren nahe beieinander, aber um Cheyennes willen durfte er sich nicht irren. Laut ging er die Optionen durch.

»Okay, das verlassene Gebäude scheidet aus. Das würde nicht genügend Schaden anrichten. Sie wollen, dass Menschen verletzt oder getötet werden. Sie wollen ein Zeichen setzen. In den anderen Gebäuden halten sich mehr Menschen auf. Tex«, Dude öffnete die Augen und begann, auf und ab zu gehen, »erzähl mir, wie die anderen Gebäude aufgebaut sind.«

Sie konnten hören, wie Tex auf seinem Computer herumtippte. »Das Bürogebäude hat vier Stockwerke, in denen siebzehn verschiedene Unternehmen untergebracht sind. Sie sind auf die vier Etagen verteilt.

Aufzüge existieren im nordwestlichen Bereich und in der Mitte. Treppen gibt es im Südwesten und Nordosten. Das Wohnhaus hat ebenfalls vier Stockwerke. Auf jeder Etage befinden sich zwanzig Wohnungen. Insgesamt sind es achtzig Wohneinheiten. Fünfundsiebzig davon sind derzeit belegt. Es gibt zwei freie Wohnungen im ersten Stock, eine im zweiten und zwei im dritten. Es gibt drei Aufzüge und zwei Treppenhäuser, beide mit Notausgängen zur Straße.«

»Eingänge?«, bellte Dude und ging immer noch auf und ab.

»Die Büros haben zwei Notausgänge, die von den Treppenhäusern zur Straße führen. Es gibt zwei Haupteingänge und in der Eingangshalle scheint es eine Personenkontrolle mit Ausweispflicht zu geben, um in das Gebäude zu gelangen. Das Wohnhaus hat auch zwei Eingänge, beide mit Zugangskarte, aber kein Sicherheitspersonal in der Eingangshalle. Im Erdgeschoss gibt es eine Poststelle, die öffentlich zugänglich ist. Von dort aus gelangt man mit einer Karte ebenfalls in die Eingangshalle.«

»Gibt es einen Keller? Wie ist da der Zugang geregelt?«

»Beide Gebäude haben einen Keller. Von den Büros aus gibt es keinen Zugang, aber beide Treppenhäuser des Wohnhauses führen sowohl in den Keller als auch aufs Dach.«

Dude ging zur Tür des Konferenzraums, noch bevor Tex zu Ende gesprochen hatte. »Sie ist im

Keller des Wohnhauses«, sagte er, als er die Tür erreichte.

Niemand fragte, woher Dude es wusste, niemand stellte es infrage. Es war unheimlich, wie Dude manchmal solche Dinge herausfand. Wenn er sagte, Cheyenne wäre im Keller des Wohnhauses, dann würde sie im Keller des Wohnhauses sein.

Der Kommandant sagte zu Tex am Telefon: »Ich werde Polizei und Feuerwehr benachrichtigen ... lös du den Feueralarm aus der Ferne aus, Tex. Beide Gebäude evakuieren und die Leute aus der Gefahrenzone bringen. Ich weiß nicht, wie viel Zeit uns bleibt, aber wir müssen alle rausholen.«

Dude konzentrierte sich auf Cheyenne. Der Kommandant hatte recht, er wusste nicht, wie viel Zeit sie hatten, aber er hatte Angst, dass es nicht genug sein würde.

Cheyenne hörte, wie über ihr im Gebäude der Feueralarm schrillte. Sie hatte keine Ahnung, wie spät es war oder wie viele der acht Stunden bereits vergangen waren, seit Alicia und Javier gegangen waren. Ihre Schulter tat nicht mehr weh, vermutlich weil sie taub geworden war. Sie wusste, dass es nur eine Frage der Zeit war, bis der Blutfluss stoppte, wenn die Schulter ausgerenkt war.

Sie schaute zurück auf den Schwarz-Weiß-Bildschirm. Sie konnte ihre Augen nicht davon abwenden. Es war der letzte Ort, an dem sie Faulkner gesehen hatte, und sie musste diese Erinnerung in ihrem Kopf behalten.

Cheyenne hoffte, der Feueralarm über ihr bedeutete, dass das Gebäude geräumt wurde. Sie konnte nicht davon ausgehen, dass es ihretwegen war. Auf diese Hoffnung würde sie nicht bauen, nur um dann enttäuscht zu werden.

Das Schwanken der Bäume gegen die kleine Hütte auf dem Bildschirm faszinierte sie. Die Tür war geöffnet. Alle paar Minuten schloss sie sich langsam, nur um einen Moment später durch den Wind wieder aufgestoßen zu werden. Sie hielt ihre Aufmerksamkeit auf den kleinen Bildschirm gerichtet. Das war besser, als über ihre eigene Situation nachdenken zu müssen oder darüber, wie viele Menschen ihretwegen sterben könnten.

Dude war vollkommen auf das Gebäude vor ihm konzentriert. Seine Shy war da drin, er konnte es fühlen. Alles passte perfekt zusammen. Die Tür zum Treppenhaus konnte wegen eines kleinen Steins im Türschloss nicht verriegelt werden. So mussten Alicia und Javier sich Zutritt verschafft haben.

Dude wandte sich an Benny und Cookie. »Ich werde allein reingehen.«

»Nein, wirst du nicht«, entgegnete Benny sofort.

»Wir wissen alle, was uns dort unten erwartet, und ich bin der Einzige, der sie da rausholen kann.«

»Nein, bist du nicht, Dude«, argumentierte Cookie. »Wir sind ein Team und du verschwendest verdammt noch mal Zeit. Wolf hat hier oben alles unter Kontrolle. Wir werden mit dir gemeinsam reingehen und überlegen, wie wir sie retten können. Jetzt halt die Klappe und beweg deinen Arsch.«

Cookie hatte recht. Sie hatten keine Zeit zu verlieren. Dude drehte sich auf dem Absatz um und ging die Treppe hinunter. Die drei Männer kamen um eine Ecke und blieben stehen. Dude hatte recht gehabt. Cheyenne war da, aber sie steckte in großen Schwierigkeiten. Sie alle steckten in Schwierigkeiten.

Cheyenne glaubte, etwas gehört zu haben, machte sich aber nicht die Mühe, den Blick vom Bildschirm abzuwenden. Sie wollte sich weiter daran erinnern, wie ihre Freundinnen gerettet wurden. Plötzlich fühlte sie eine Hand an ihrer Wange. Nein, sie fühlte *Faulkners* Hand an ihrer Wange. Sie würde diese vernarbte und raue Berührung immer erkennen. Träumte sie?

»Shy, ich bin hier.«

Cheyenne zwang sich, vom Bildschirm aufzublicken. Es war tatsächlich Faulkner. Und Hunter. Und Kason. Oh, scheiße.

»Nein. Geht einfach. Bitte, geht einfach.«

»Das hatten wir schon einmal, Shy. Lass mich dir helfen. Ich werde dich hier rausholen.«

»Nein, Faulkner, das kannst du nicht. Es ist nicht wie beim letzten Mal.«

»Zum Teufel damit. Ich lasse dich nicht gehen, Shy. Du gehörst mir. Du hast es selbst gesagt. Und ich kümmere mich um das, was mir gehört. Erinnerst du dich?«

Cheyenne konnte ihr Schluchzen nicht zurückhalten. Sie sah zu Kason und Hunter hinüber und flüsterte: »Bitte, diesmal kann er mir nicht helfen, nehmt ihn und geht.«

»Verdammt nein, Cheyenne, er wird nicht gehen und wir auch nicht«, sagte Cookie hart. Er ließ den Blick über ihren Körper wandern und versuchte, einen Plan auszuarbeiten.

»Cheyenne, die anderen evakuieren das Gebäude. Sie bringen alle raus und in Sicherheit. Wir werden nur diese Scheiße von dir entfernen und Dude wird sich um das kümmern, was wir darunter finden. Und dann holen wir dich hier raus.«

Seltsamerweise reagierte Cheyenne nicht auf seine Aussage, sie wandte sich einfach wieder Faulkner zu und fragte mit seltsam monotoner Stimme: »Wie lange ist es her, seit ihr Summer und Alabama gerettet habt?«

Dude sah auf die Uhr und dann zurück in Cheyennes Augen. »Ungefähr sechs Stunden.«

»Sie sagten acht Stunden. Wahrscheinlich sind bereits sieben vergangen. Auf keinen Fall könnt ihr das alles in einer Stunde schaffen.«

»Blödsinn, Shy. Eine Stunde ist ein Kinderspiel. Zur Hölle, ich dachte, ich hätte nur ein paar Minuten. Vertrau mir.«

»Das tue ich, Faulkner, das tue ich, aber ...«

»Nein. Kein Aber. Du tust es oder du tust es nicht, Shy. Punkt.«

Cheyenne sah Faulkner tief in die Augen. Sie versuchte, nicht daran zu denken, selbst in Stücke gerissen zu werden, sondern daran, dass er direkt neben ihr in Stücke gerissen werden würde. Er hatte nicht viel von ihr verlangt, nur ihre Unterwerfung und damit einhergehend ihr Vertrauen. Sie vertraute darauf, dass er sich in sexueller Hinsicht um sie kümmerte. Sie vertraute darauf, dass er sie niemals mutwillig verletzen würde. Sie musste ihm auch jetzt vertrauen.

»Ich vertraue dir und ich liebe dich.«

Cheyenne sah, wie Faulkner kurz die Augen schloss. Als er sie wieder öffnete, strahlte er voller Entschlossenheit. Er presste die Lippen zusammen und sagte dann zu ihr: »Wenn ich dich nach Hause bringe, wirst du dafür bezahlen, dass du so lange gewartet hast, mir das zu sagen, Shy.«

Als sie den Mund öffnete, winkte er ab und konzentrierte sich ganz auf das, was er jetzt tun musste. »Sag mir, was unter diesem Klebeband ist. Erzähl mir alles, was du weißt.«

»Soweit ich weiß, sind es drei Bomben. Eine zwischen meinen Knien, eine auf meinem Bauch und eine auf meiner Brust. Sie tickten, bevor sie mich eingewickelt haben. Ich kann meinen Arm nicht fühlen. Javier hat mir die Schulter ausgekugelt, bevor sie mich verklebt haben.«

Dude blendete den Kommentar über ihre Schulter für einen Moment aus und fragte: »Welche haben sie zuerst eingewickelt? Kannst du gut atmen? Sonst noch etwas, worüber ich Bescheid wissen muss, bevor ich anfange?«

»Sie haben mit meinen Füßen angefangen. Ich konnte sie nicht mehr treten, nachdem sie zusammengeklebt waren. Sie haben mich bewegungsunfähig gemacht und sich von meinen Füßen nach oben gearbeitet. Und ja, ich kann gut atmen.« Cheyenne hielt einen Moment inne und sagte dann leise: »Ich habe Angst, Faulkner.«

»Ich auch, Shy, ich auch«, sagte Dude unerwartet, »aber ich schwöre, ich hole dich hier raus.«

»Ich weiß, dass du das tust. Mach dir keine Gedanken darüber, dass du mich verletzen könntest. Ich kann es aushalten. Tu alles, was du tun musst, um das Klebeband zu entfernen und diese verdammten Bomben zu entschärfen.«

»Wir müssen dir nicht wehtun, Cheyenne«, sagte Cookie und zog etwas aus seinem Rucksack. »Dude, ich habe hier Morphium.«

»Gib es ihr.« Dude zögerte nicht. Er wusste, dass er Shy wehtun würde, und wollte dafür sorgen, ihre Schmerzen auf ein Minimum zu beschränken.

»Oh verdammt, Faulkner, du weißt, was diese Schmerzmittel mit mir machen.«

Zum ersten Mal seit Stunden lächelte Dude. Er beugte sich schnell vor, küsste Shy auf die mit Klebeband umwickelte Stirn und sah ihr in die Augen. »Es ist mir egal, wenn du Quatsch erzählst, Baby, solange du lebst und atmest.«

»Cheyenne, ich werde es in deinen Oberschenkel spritzen müssen. Ich kann nicht genau sehen, wo es hingeht, also entschuldige ich mich im Voraus dafür, sollte es wehtun.«

»Hunter, es wird noch viel mehr wehtun, in Stücke gerissen zu werden, also ist es mir egal, wohin du stichst. Halt einfach die Klappe und tu es.«

Benny grinste bei dem gereizten Ton in ihrer Stimme, während Cookie die Nadel durch das Klebeband in ihren Oberschenkel steckte.

Cheyenne sah Faulkner immer noch in die Augen und sagte zu ihm: »Warte nicht länger, mach dich an die Arbeit.«

So sehr er auch warten wollte, bis das Morphium zu wirken begann, Cheyenne hatte recht, er hatte keine Zeit zu verlieren.

»Benny, komm hier hoch zu ihrem Kopf. Kümmere dich nicht um das Klebeband an ihrem Kopf, das kann später ab. Beginne mit ihrer Brust. Sei äußerst vorsichtig, damit du nicht die Bombe berührst. Versuche, so viel Klebeband wie möglich abzubekommen. Cookie, du machst dasselbe an ihren Hüften. Ich werde hier unten anfangen. Entfernt nur das, was nötig ist, um an die Bomben zu gelangen, sonst nichts.«

Die drei Männer machten sich an die Arbeit.

Dude zog sein Armeemesser heraus, genau wie die anderen, und schnitt das Klebeband um Cheyennes Knöchel auf. Es waren so viele Schichten, dass er es förmlich durchsägen musste. Alicia und Javier hatten einige Zeit damit verbracht, sie einzuwickeln. Sie hatten nicht gewollt, dass sie da leicht wieder herauskam. Verdammt, sie wollten nicht, dass sie überhaupt wieder rauskam.

Endlich hatte Dude ihre Knöchel befreit. Sobald sie voneinander getrennt waren, war es für ihn einfacher, das Klebeband zu durchschneiden, das ihre Beine zusammenhielt.

Endlich erreichte er den Sprengsatz zwischen ihren Knien. Er verbrachte einige Minuten wertvoller Zeit damit, so viel Klebeband wie möglich über und unter der Bombe zu entfernen.

»Faulkner, als du das letzte Mal so zwischen meinen Beinen warst, hast du mir befohlen, nicht zu kommen. Ich glaube, das wird jetzt kein Problem sein.«

Dude musste lächeln. Jesus, er konnte nicht fassen, wie sich die Schmerzmittel auf Cheyennes Mundwerk auswirkten. »Shy ...«, begann er, sie zu warnen, aber sie unterbrach ihn.

»Nein, ich weiß schon, es gefällt dir, mich herumzukommandieren, und du weißt, dass es mir gefällt. Ich meine nur, dass du mir nicht sagen musst, dass ich mich zurückhalten soll. Ich werde nicht kommen. Versprochen.«

Bei Cookies ersticktem Lachen erklärte Dude seinen Freunden: »Das sind die Schmerzmittel. Sie spricht aus, was auch immer ihr in den Sinn kommt, vollkommen ungefiltert.«

»Offensichtlich«, merkte Cookie an und lächelte.

»Faulkner?«, fragte Cheyenne und klang völlig außer sich.

»Ja, Shy?« Dude sah nicht von ihren Beinen auf.

»Ich liebe dich, weißt du. Ich habe versucht, den richtigen Zeitpunkt abzuwarten, um es dir zu sagen, aber je länger ich gewartet habe, desto schwieriger wurde es. Eines Abends wollte ich dir etwas kochen, hatte aber vergessen, dass ich arbeiten musste, und außerdem bin ich eine miserable Köchin. Dann wollte ich es dir sagen, wenn ich auf den Knien vor dir war, aber das erschien mir auch nicht richtig. Außerdem wäre es ohnehin schwierig gewesen, mit vollem Mund zu sprechen. Dann wollte ich es dir sagen, nachdem du mich an einem dieser Abende losgebunden hattest ... Gott, war das heiß ... aber ich bin zu früh eingeschlafen. Es schien nicht richtig, einfach damit herauszuplatzen ... aber ich tue es. Ich liebe dich so sehr. Du bist alles, was ich jemals von einem Kerl wollte. Von *meinem* Kerl. Ich hatte keine Ahnung, dass ich mich so gern unterwerfen wollte, aber du machst es mir so einfach. Ich weiß nicht, was ich tun soll, wenn du entscheidest, dass du mich nicht mehr willst.«

Dude machte eine kurze Pause, er musste auf den Schmerz reagieren, den er in ihrer Stimme hörte. »Shy ...«

»Nein! Ich weiß, ich mache das wahrscheinlich irgendwie kaputt. Ich fühle mich, als würde ich schweben, aber ich würde einfach alles für dich tun. Das musst du wissen. Ich würde dich sogar in Ruhe lassen, wenn du es willst. Es würde mich umbringen, aber ich würde es tun.«

»Ich werde dich nicht gehen lassen, Shy.«

»Oh. Okay. Gut. Ich mag es nämlich, wenn du mich in den Armen hältst.«

Dude schüttelte den Kopf und konzentrierte sich wieder auf die Bombe. »Scheiße«, sagte er leise. »Cookie, Benny, hört auf. Sie haben die drei Bomben miteinander verbunden. Ich muss alle gleichzeitig entschärfen.«

Cookie ließ sich nie die Gelegenheit entgehen zu betonen, dass er recht gehabt hatte. »Sieht so aus, als würdest du uns beide hier doch gebrauchen können, oder?«

»Idiot«, sagte Dude leichthin und wusste, dass Cookie recht hatte. Auf keinen Fall konnte er allein alle drei Bomben gleichzeitig entschärfen. Er brauchte seine Teamkollegen.

»Hunter?«

»Ja, Cheyenne?«

»Wie geht es Fiona? Ich wette, sie war wirklich besorgt. Und sie hat Javier nicht gesehen, oder? Ich will nicht, dass sie ausflippt. Ich weiß, dass sie immer noch über diese Arschlöcher in Mexiko hinwegkommen muss, die sie entführt haben. Nicht dass Javier sie erwischt hätte, aber trotzdem. Ich mache mir Sorgen um sie. Ich vermisse sie. Wir haben unseren Schnaps noch nicht zu Ende ausgetrunken ...«

»Es geht ihr gut, Cheyenne. Mach dir keine Sorgen um sie.«

»Ja, alles klar, sie hat ja dich. Ich werde versuchen, mich nicht zu sorgen. Aber ich hatte noch nie beste Freundinnen. Das machen besten Freundinnen, sie sorgen sich umeinander.«

Es wurde still, als die drei Männer weiter versuchten, genügend Klebeband zu entfernen, um sicher an die Bomben zu gelangen. Jedes Mal wenn sie etwas Klebeband von ihrer Haut abziehen mussten, zuckten sie zusammen. Die roten Flecke unter dem Klebeband sahen übel aus.

»Okay, die ersten beiden sind frei, wie sieht es oben aus, Benny?«, fragte Dude eindringlich. Die Zeit rannte ihnen davon. Sie würden keine zweite Chance bekommen.

»Fast fertig, Dude.«

»Kason ... ich mag diesen Namen. Warum wirst du Benny genannt?«

Benny öffnete den Mund, aber Cookie antwortete, bevor er es tun konnte.

»Er hat sich seinen Spitznamen fair und ehrlich verdient, Cheyenne. Egal was er behauptet.«

»Oooooooh, ich habe den Eindruck, da lauert eine gute Geschichte«, sagte Cheyenne. »Könnt ihr meinen Arm sehen, Jungs? Ist er noch dran? Ich kann ihn überhaupt nicht fühlen. Das kann doch nicht gut sein, oder? Faulkner?«

»Ja, Baby?«

»Ich liebe dich.«

»Ich weiß.«

»Wirst du es nicht zurücksagen?«

»Ja, wenn ich dich aus diesem verdammten Gebäude geholt habe und du sicher in meinem verfluchten Bett in meinen Armen liegst, nachdem du dreimal für mich gekommen bist und ich sicher sein kann, dass du niemals wieder in solch eine beschissene Situation kommen wirst.«

»Äh, Faulkner?«

»Was?« Dudes Stimme war alles andere als geduldig. So sehr er Cheyenne auch liebte, er versuchte, sich zu konzentrieren.

»Das waren viele Schimpfwörter, aber ich kann es kaum erwarten.«

Dude stieß einen Atemzug aus, antwortete ihr aber nicht.

»Okay, Leute, Folgendes ist jetzt zu tun. Seht ihr das kleine rote Kabel unter den Sprengsätzen? Bei drei müsst ihr es herausziehen. Zieht so fest wie möglich daran. Es muss herausspringen. Und wir müssen es gleichzeitig tun. Wenn wir das nicht tun, fliegen wir alle in die Luft.«

»Oh Gott, nein. Bitte nicht«, sagte Cheyenne plötzlich und fing an, sich unter ihnen zu winden. Benny legte beide Hände auf ihre Schultern, um zu versuchen, sie ruhig zu halten. Dude war sich nicht sicher gewesen, ob sie verstand, was sie vorhatten, aber bei ihren Worten wusste er, dass sie es tat. Sie wusste es genau. »Lasst es einfach, verdammt. Nicht. Kason, Hunter, geht einfach, nehmt Faulkner mit. Nicht.« Sie begann, heftig zu zittern.

Dude sah auf die Uhr. Ihnen blieb nicht mehr viel Zeit, aber er nahm Cheyennes Kopf zwischen seine Hände und beugte sich zu ihr hinunter.

»Cheyenne, hör auf.«

Sie hörte auf, aber zum ersten Mal seit ihrer Ankunft sah er Tränen in ihren Augen. Sie war so stark gewesen, aber jetzt, wo es um alles oder nichts ging, brach sie schließlich zusammen.

»Ich kann nicht. Ich möchte dich berühren, Faulkner, und ich kann nicht. Ich war noch nie in meinem Leben so verängstigt. Nicht meinetwegen, sondern *deinet*wegen. Ich kann nicht der Grund dafür sein, dass Fiona ihren Mann verliert. Ich kann nicht der Grund sein, dass Benny niemals die Chance bekommt, seine Frau zu treffen, die da draußen darauf wartet, dass er sie beschützt. Ich kann nicht der Grund sein, dass du stirbst. Wenn ich sterbe, ist es okay. Du wirst jemand anderen finden. Aber ich kann dich nicht töten. Bitte, Faulkner, bitte.«

Dude konnte fühlen, wie ihm das Herz brach. Er

beugte sich vor und küsste die Tränen fort, die aus ihrem rechten Auge liefen. Dann tat er dasselbe auf der linken Seite.

»Shy, ich werde niemals jemand anderen finden. Niemals. Du bist die Einzige, die ich will. Punkt. Erledigt. Ende der Geschichte. Ich habe mein ganzes Leben auf dich gewartet. Ich werde keinen einzigen Tag mehr ohne den Geschmack deines Lippenbalsams überleben. Wenn ich dich nicht jede Nacht in meinem Bett haben kann, um mit dir zu tun, was ich will, wenn ich nicht spüren kann, wie du mich umgibst und mich umarmst, dann ist mein Leben nicht mehr lebenswert.« Dudes Stimme wurde zu einem Flüstern. »Ich liebe dich, Shy. Wir stecken hier gemeinsam drin, okay?«

»Du *fragst* mich normalerweise nicht, Faulkner.«

»Es tut mir leid.« Dude musste ein Lachen unterdrücken. Sie war so verdammt süß, sogar eingewickelt in Klebeband. »Ich liebe dich, Shy. Wir stecken hier gemeinsam drin.«

Cheyenne schniefte. »Kannst du mir bitte die Nase abwischen? Ich komme nicht ran und ich kann es nicht ertragen, wenn mir der Rotz übers Gesicht läuft.«

Dude lächelte und wischte ihr mit seinem Ärmel die Tränen und den Schnodder vom Gesicht.

»Kann ich jetzt bitte diese verdammte Bombe entschärfen und uns hier rausholen?«

Cheyenne nickte.

Dude beugte sich noch einmal vor und küsste sie auf die Lippen. »Halte durch, du hast es fast geschafft.«

Er bewegte sich wieder zu der Bombe zwischen ihren Knien.

»Ist Summer in Ordnung? Ich meine, Alicia und Javier haben das Kamerading vermutlich hiergelassen, damit ich mir ansehen muss, wie ihr in die Luft gejagt werdet oder so. Aber dafür seid ihr viel zu schlau, oder? Wie auch immer, ich habe gehört, wie Alicia ...«

»Auf drei. Eins ...«

»... geschossen hat. Zweimal! Und sie hat gesagt, dass sie Summer erschossen hat, und ich war mir nicht sicher, ob sie tot war oder nicht. Aber dann habe ich gesehen, wie ihr sie rausgeholt habt und sie sich an Sam festgehalten hat. Also dachte ich, sie ist okay, und ihr wart nicht am Durchdrehen oder so. Aber es war schrecklich. Ist sie ...«

»Zwei ...«

»... in Ordnung? Ich meine, es war sicherlich kein Spaß für sie, *wieder* entführt zu werden. Diese Dreckskerle. Und Caroline? Geht es ihr gut? Ich meine, es muss doch hart für sie gewesen sein, bei *Aces* zu sitzen und herauszufinden, dass wir verschwunden waren. Wo sind Fiona und Caroline? Passt jemand auf ...«

»Drei!«

»... sie auf? Alicia und Javier wissen, wer sie sind, und sie sind immer noch da draußen. Sie wollen das Land verlassen. Wisst ihr das? Das haben sie mir erzählt ... dumme Idioten. Also ihr müsst dafür sorgen ...«

»Cheyenne.«

»... dass ihr sie findet, bevor sie das Land verlassen. Können wir sie zurückholen, wenn sie es bis nach Mexiko schaffen? Ich kann mir die Regeln nie merken. Ich möchte wieder mit den Mädchen ausgehen. Nächste Woche. Nein, morgen. Wir haben unseren ...«

»*Cheyenne.*«

»... Mädchenabend nicht beendet. Das war der erste Mädchenabend, den ich jemals hatte. Ich hatte so viel Spaß. Das ist nicht fair. Es war nicht unsere Schuld, dass diese dummen Leute kommen und es ruinieren mussten ...«

Faulkner schnitt Cheyenne plötzlich das Wort ab. Sie blickte auf und sah Faulkner an ihrer Seite knien. Kason und Hunter standen über ihr.

»Es ist vorbei, Shy.«

»Ihr habt die Bomben ausgeschaltet?«

Dude lächelte über ihre Formulierung. »Ja, wir haben sie ausgeschaltet.«

»Können wir jetzt nach Hause fahren, Faulkner? Ich möchte eine Million Stunden in deinem Bett schlafen. Mit dir. Nackt. Am liebsten mit dir in mir.«

»Bald. Zuerst müssen wir dich ins Krankenhaus bringen.«

»Aber Faulkner, ich will nicht ins Krankenhaus. Ich will nur bei dir sein.«

»Ich werde bei dir sein, Shy. Ich werde nicht von deiner Seite weichen.«

»Also gut, aber bald? Du bringst mich in dein Bett?«

»Ja, Shy, bald.«

Cheyenne sah zu Hunter und Kason auf und bemerkte das breite Grinsen auf ihren Gesichtern. »Was ist so lustig? Ich weiß nicht, was daran so lustig ist.« Sie ließ den Blick zurück zu Faulkner wandern. »Sag ihnen, sie sollen aufhören zu lachen.«

»Du bist so verdammt süß, Shy.«

»Nein, bin ich nicht«, gab sie sofort zurück. »Ich konnte während der letzten Stunden keinen Lippenbalsam auftragen. Meine Lippen schmecken nach nichts und ich muss dafür sorgen, dass sie nach etwas schmecken, damit du mich weiter küssen willst. Ich bin schon wieder mit diesem verdammten Klebeband umwickelt, aber dieses Mal bin ich mir sicher, dass es höllisch wehtun wird, wenn es entfernt wird. Ich habe keine Ahnung, wie wir es aus meinen Haaren bekommen wollen, ohne sie verdammt noch mal abzuschneiden. Ich kann meinen Arm nicht spüren und ich fürchte, dass sie den auch abschneiden müssen. Ich bin es einfach leid, Angst zu haben, und jetzt werde ich wieder heulen und ich kann mir nicht einmal den eigenen Rotz aus dem Gesicht wischen.«

Dude beugte sich vor und hob Cheyenne in seine Arme. »Wisch deinen Rotz an mir ab, Shy, es macht mir nichts aus. Ich schwöre bei Gott, du wirst nichts spüren, wenn das Klebeband entfernt wird, sie werden dir nicht die Haare abschneiden und deinen Arm wirst du auch noch haben, wenn du wieder aufwachst.«

Dude spürte, wie Cheyenne an seiner Schulter nickte. Dann nahm sie ihn offensichtlich beim Wort und wischte ihr Gesicht an seinem Hemd ab. Er lächelte.

»Und noch etwas, ich möchte dich küssen, auch wenn du keinen aromatisierten Lippenbalsam trägst.«

»Okay. Ich möchte dich festhalten.«

»Das wirst du. Sei jetzt einfach still und gestatte mir, mich um dich zu kümmern.«

»Du kümmerst dich immer um mich.«

»Verdammt richtig.«

KAPITEL SIEBZEHN

Cheyenne stöhnte und öffnete die Augen. Im Raum war es dunkel, aber sie wusste sofort, dass sie im Krankenhaus war. Der Geruch von Desinfektionsmittel, alten Menschen und Krankheiten war unverkennbar. Panisch schaute sie nach rechts und seufzte.

Faulkner war da. Sie erinnerte sich an einige Fetzen dessen, was während der letzten Stunden passiert war. Er hatte sein Wort gehalten und war ihr nicht von der Seite gewichen. Er hatte sie aus dem Keller nach draußen ins Tageslicht getragen. Reporter hatten bereits mit Kameras auf sie gelauert und Informationen verlangt, aber Faulkner hatte sie ignoriert und seine Teamkollegen hatten sie von den Kameras abgeschirmt und zum wartenden Krankenwagen begleitet. Diesmal hatte er sie jedoch nicht allein gelassen, er hatte sich ans Kopfende gesetzt und während der gesamten Fahrt seine vernarbte Hand auf ihrer Stirn liegen lassen.

In der Notaufnahme hatte man sie bereits erwartet und Cheyenne war hinter einen halbdurchsichtigen Vorhang geschoben worden. Fast unmittelbar danach war ein Arzt gekommen und hatte sie begutachtet. Cheyenne erinnerte sich nicht mehr an vieles, was danach geschehen war, nur dass sie Faulkner panisch angesehen hatte, als sie eine weitere Spritze bekommen hatte.

Er hatte seinen Kopf zu ihr gesenkt und geflüstert: »Vertrau mir.«

Sie hatte genickt und dann war alles schwarz geworden.

Cheyenne sah, wie Faulkner ein- und ausatmete. Der Rhythmus seiner Atemzüge war gleichmäßig. Sie hatte ihn oft genug schlafen gesehen, um zu wissen, dass er tief schlief und nicht nur ein leichtes Nickerchen machte, wie er es hier und da zu tun pflegte.

Sie fluchte leise, als die Tür geöffnet wurde und Faulkner wach wurde. Er brauchte wahrscheinlich den Schlaf und er war jetzt grob geweckt worden. Cheyenne behielt Faulkner im Auge und wurde mit seinem strahlenden Lächeln belohnt, als er sah, dass sie wach war.

Er stand auf und trat an ihre Seite. »Hey, Shy. Wie fühlst du dich?«

»Furchtbar.« Ihre Stimme klang ein bisschen krächzend, aber sie war wie immer ehrlich.

Faulkner musste tatsächlich über ihre Antwort schmunzeln. Sie runzelte die Stirn.

»Gib dir etwas Zeit, Cheyenne, du wirst dich bald besser fühlen.«

Cheyenne drehte sich um und sah einen anderen Mann an ihrem Bett stehen. Sie erkannte ihn nicht, aber er war offensichtlich ihr Arzt.

»Wir konnten diesmal den größten Teil des Klebebands entfernen, ohne Ihre Haut zu verletzen. Es wird allerdings einige Zeit dauern, bis die Haare an Ihren Armen und Beinen nachgewachsen sind.«

Cheyenne erinnerte sich wieder daran, dass das Klebeband auch ihren Kopf bedeckt hatte. Sie bewegte ihren gesunden Arm nach oben, als wollte sie selbst prüfen, ob sie tatsächlich eine Glatze hatte, aber Faulkner fing sie ab und küsste ihre Handfläche, bevor er ihre Hand in seine eigene vernarbte Hand nahm.

»Meine Haare?«

»Das war etwas problematischer. Ihr Mann hier«, der Arzt gestikulierte in Richtung Faulkner, »hat nicht zugelassen, dass wir sie abrasieren, aber wir mussten etwas abschneiden, um das Klebeband entfernen zu können.«

Tränen schossen Cheyenne in die Augen, aber sie weigerte sich, sie laufen zu lassen. Es war dumm, über so etwas zu weinen. Sie lebte, Faulkner lebte, ihre Freunde lebten. Ihre Haare würden nachwachsen.

»Es sieht gut aus, Shy«, flüsterte Falkner ihr ins Ohr. »Es ist nur etwas kürzer als vorher. Vertrau mir.«

Verdammt, dass er das immer wieder sagte. Sie *vertraute* ihm ja, aber er musste sich immer wieder selbst davon überzeugen. Sie biss sich auf die Lippe und nickte Faulkner zu. Das Lächeln, das sich auf seinem Gesicht zeigte, war die Belohnung, die Cheyenne jetzt brauchte. Sie würde durchs Feuer gehen, nur um ihn so lächeln zu sehen. Zu wissen, dass sie ihm gefiel.

Der Arzt sprach weiter: »Ihre Schulter wird etwas länger brauchen, um zu genesen. Sie hatten Glück, dass es nur eine Subluxation war.« Bei dem leeren Ausdruck auf Cheyennes Gesicht erklärte der Arzt: »Entschuldigung, das heißt, es war nur eine teilweise Luxation. Wir mussten keine Operation durchführen, um das Gelenk wieder in Position zu bringen. Wir konnten es direkt hier in der Notaufnahme wieder einrenken. Das bedeutet nicht, dass es nicht wehtun wird. Wir müssen es genau beobachten, weil es über einen so langen Zeitraum ausgerenkt war. Sie müssen mit dem Arm für eine Weile vorsichtig sein. Einige Studien besagen, dass es nicht viel hilft, den Arm in einer Schlinge zu tragen. Tun Sie also einfach, was Sie können, und seien Sie vorsichtig. Wenn Ihnen eine Schlinge hilft, dann verwenden Sie eine. Wenn Sie müde werden und eine Pause einlegen müssen, dann tun Sie das. Ich habe Ihnen ein Rezept für ein Schmerzmittel ausgestellt. Ich empfehle Ihnen, es in den ersten Tagen regelmäßig einzunehmen, und dann nach Bedarf.«

»Nein, bloß keine Schmerzmittel mehr«, sagte Cheyenne. »Ich hasse, was sie mit mir machen.«

Dude lachte neben ihr. »Da muss ich ihr zustimmen. Sie ist dann wirklich nicht sie selbst, aber ich weiß immer, wie ich an Informationen komme, sollte ich sie jemals brauchen.«

»Das ist nicht lustig, Faulkner«, tadelte Cheyenne ihn.

»Aber es ist wahr.«

Cheyenne ignorierte Faulkner für den Moment und wandte sich wieder dem Arzt zu. »Wann kann ich nach Hause gehen?«

»Heute.«

Cheyenne seufzte erleichtert.

»Wir müssen noch die Unterlagen ausfüllen und Sie auf die Entlassungsliste setzen, aber in ein paar Stunden sollten Sie auf dem Weg sein.«

Faulkner streckte dem Arzt seine Hand entgegen. »Danke für alles, Doktor. Das meine ich wirklich.«

»Keine Ursache.« Er schüttelte Faulkner die Hand und wandte sich dann wieder Cheyenne zu.

»Sie können sich glücklich schätzen, Cheyenne. Sie haben hier einen guten Griff gemacht. Dieser Kerl ist nicht von Ihrer Seite gewichen und hat darauf bestanden, jeden unserer Schritte zu überwachen. Ich würde ihn nicht wieder gehen lassen.«

Cheyenne sah zu Faulkner auf und lächelte. »Auf keinen Fall, er gehört mir und ich lasse ihn nicht mehr gehen.«

Cheyenne döste auf dem Bett und wartete darauf, dass der Arzt zurückkam und ihnen die Entlassungspapiere gab.

Plötzlich hörte sie Faulkner. »Was zur Hölle?« Sie öffnete die Augen und sah, wie ihre Mutter und ihre Schwester ins Zimmer kamen.

»Nein, verdammt noch mal. Sie werden nicht bleiben.«

»Äh, wir sind hier, um meine Tochter zu sehen«, sagte Cheyennes Mutter zögernd.

»Nein, sind Sie nicht, Sie sind nur hier, um sie runterzumachen«, gab Faulkner zurück.

»Cheyenne, also wirklich. Wer ist das?«, spottete Karen. »Offensichtlich hat dieser Kerl keine Manieren. Soll ich den Sicherheitsdienst rufen, um ihn entfernen zu lassen, Mutter?«

Bevor Faulkner etwas sagen konnte, sprach Cheyenne. »Bitte, Karen, ruf unbedingt den Sicherheitsdienst an, aber nicht um Faulkner zu entfernen, sondern euch.«

»Wirklich, Cheyenne, im Ernst. Wir haben doch darüber gesprochen, du musst aufhören, aus allem ein Drama zu machen.«

»Was wollt ihr hier?«, fragte Cheyenne und versuchte, im Bett hochzurutschen.

Faulkner beugte sich vor und half ihr, sich aufzusetzen. Cheyenne schenkte ihm ein kurzes Lächeln, bevor sie die Aufmerksamkeit wieder auf ihre Familie richtete.

»Wir sind hier, weil wir deine Familie sind«, sagte ihre Mutter und klang irgendwie genervt.

»Sind Sie das?«, hörte Cheyenne Faulkner neben sich knurren. Sie legte ihre Hand auf seine und drückte sie. Sie war dankbar, dass er da war, aber sie musste das allein erledigen.

»Natürlich sind wir das. Sie ist meine Tochter und Karens Schwester.«

Eine unangenehme Stille breitete sich im Raum aus. Cheyenne weigerte sich, sie zu durchbrechen. Wenn sie aus einem bestimmten Grund hier waren, würde sie es noch früh genug erfahren.

»Wir haben in den Nachrichten gesehen, dass du wieder entführt wurdest.«

Cheyenne wartete darauf, dass ihre Schwester zum Punkt kam.

»Im Ernst, es scheint, als würde deine Arbeit dich ständig in Gefahr bringen. Wenn du dir endlich einen vernünftigen Job suchen würdest, würde dir so etwas nicht mehr passieren.«

Cheyenne drückte Faulkners Hand, so fest sie konnte. Sie konnte fühlen, wie sich jeder Muskel in seinem Körper bei den Worten ihrer Schwester anspannte.

»Wie genau ist es meine Schuld, dass ich angegriffen wurde, als ich einkaufen war, Karen? Und wie genau ist es meine Schuld, dass die ›armen Familien‹, wie du sie genannt hast, wenn ich mich richtig erinnere, das Bedürfnis verspürt haben, ihre Brüder zu rächen und mich zu entführen? Mein Job hatte damit überhaupt nichts zu tun. Ich sitze in einem Raum und beantworte Telefonanrufe. Das ist alles.«

»Aber Cheyenne, sieh dir doch deine Schwester an«, sagte ihre Mutter, die offensichtlich wieder Karen unterstützte und sich nicht die Mühe machte, darüber nachzudenken, wie sehr ihre Worte ihre andere Tochter verletzen könnten. »Sie arbeitet für die Justiz und hilft dabei, Bösewichte hinter Gitter zu bringen. Du beantwortest nur das Telefon.«

»Mutter, sie bringt keine Bösewichte hinter Gitter, die Anwälte tun das. Sie geht selbst nur ans Telefon und erledigt die Drecksarbeit für die Anwälte, die dann die eigentliche Arbeit machen. Inwiefern unterscheidet sich ihr Job von meinem?«

»Ich habe verdammt noch mal genug gehört.« Dude konnte nicht mehr schweigen. »Ihre Tochter geht nicht nur ans Telefon, sondern ist die Lebensader für Menschen, die in Not sind und Hilfe benötigen. Manchmal ist sie die Einzige, die zwischen Leben und Tot eines Menschen steht. Sie leitet andere bei Erster Hilfe an, sie spendet ihnen Trost, sie schaltet Polizei und Rettungsdienst ein, wenn sie benötigt werden. Sie ist jeden Tag an vorderster Front und reißt sich ohne Dank und ohne Belohnung den Arsch auf. Da ist kein

›nur‹ in dem, was Cheyenne tut. Ich bin verdammt stolz auf sie und auf das, was sie tut, aber das ist hier nicht der verdammte Punkt. Sie als ihre *Familie* hätten letzte Nacht hier an ihrer Seite sein sollen, nachdem sie eingeliefert worden war. Sie sollten stolz auf sie sein, weil sie Ihr Fleisch und Blut ist, nicht wegen dem, was sie beruflich macht. Sie sollten sich schämen.«

Dude hörte, wie beide Frauen nach Luft schnappten, aber er fuhr fort.

»Cheyenne hat mir erzählt, dass sie Sie beide verstoßen hat, nachdem Sie sie bei Ihrem letzten Treffen genauso mies behandelt haben. Das heißt, sie ist fertig mit Ihnen. Sollte sie beschließen, Ihnen eine weitere Chance zu geben, dann liegt die Entscheidung bei ihr, nicht bei Ihnen. Wahrscheinlich wird sie es tun, weil sie ein viel zu weiches Herz hat. Aber ich warne Sie, wenn Sie sie noch ein einziges Mal herabwürdigen, werden Sie nie wieder die Gelegenheit bekommen, mit ihr zu sprechen. Ich werde Sie aus ihrem Leben verbannen. Ich werde nicht mehr zulassen, dass Sie sie ansprechen oder noch mehr verletzen, als Sie es bereits getan haben. Also verschwinden Sie. Alle beide. Überlegen Sie sich, was Sie zu verlieren haben. Wenn es Sie nicht interessiert, dann ist das Ihr Versagen, nicht Cheyennes.«

Cheyenne sah, wie Karen die Lippen zusammenpresste. »Komm schon, Mutter, wenn Cheyenne lieber mit diesem zwielichtigen Typen abhängen will, dann lass sie.«

Ihre Mutter warf Cheyenne einen weiteren Blick zu, bevor sie sich umdrehte und ihrer Tochter wortlos aus dem Raum folgte.

Dude legte seinen Daumen unter Cheyennes Kinn und drehte ihr Gesicht zu ihm. Er sah ihr einen Moment in die Augen und seufzte dann. »Es tut mir leid, Shy. Es tut mir nicht leid, was ich zu ihnen gesagt habe, aber es tut mir leid, dass es ausgerechnet heute sein musste. Hör nicht auf das, was sie gesagt haben. Du bist unglaublich. Was du tust, ist erstaunlich. Ich bin verrückt nach jedem Zentimeter von dir.«

»Danke, Faulkner. Ich bin froh, dass du hier warst.«

»Du hättest mich nicht gebraucht, du hast dich gut behauptet, aber ich bin froh, dass ich da war.«

Cheyenne ließ ihre sogenannte Familie ein für alle Mal hinter sich und wusste, dass ihre Angehörigen sich nie ändern würden. Ihr ganzes Leben lang hatte sie versucht, ihnen zu gefallen, und es hatte nichts geändert. Später würde sie wahrscheinlich darüber weinen, in Faulkners Armen, aber jetzt war sie darüber hinweg.

»Kannst du dich bei dem Arzt erkundigen, wie lange es noch dauern wird, bis wir gehen können?«

»Natürlich. Ich bin gleich wieder da.«

»Mir geht es gut. Wirklich.«

»Ich weiß, Shy. Ich liebe dich.«

Cheyenne lächelte, als Faulkner die Tür öffnete und den Flur nach Anzeichen ihrer Familie absuchte.

Offensichtlich sah er niemanden, lächelte sie an und schloss die Tür hinter sich.

Cheyenne kuschelte sich ins Bett, schob ihren Hintern wieder nach unten, bis sie flach lag, und schloss die Augen. Vielleicht machte sie noch ein kurzes Nickerchen, während sie darauf wartete, dass Faulkner zurückkam und sie nach Hause brachte.

Cheyenne setzte sich seufzend auf den Sitz in Faulkners Pritschenwagen. Sie war unendlich froh, aus dem Krankenhaus herauszukommen. Sie hatten das Gebäude durch den Hintereingang verlassen, weil vor dem Haupteingang schon wieder die Medien gelauert hatten. Die Geschichte ihrer erneuten Entführung und der anschließenden Bombenbedrohung für das ganze Stadtviertel waren eine große Sensation. Ganz zu schweigen von der Tatsache, dass die Entführer mit den Männern verwandt waren, die sie schon vor einigen Monaten als Geisel genommen hatten.

Cheyenne wusste, dass Faulkner die Reporter nicht in ihre Nähe lassen würde, und das erlaubte ihr, sich zu entspannen. Er würde sich um sie kümmern.

»Ist es in Ordnung, wenn wir auf dem Heimweg einen kurzen Stopp einlegen, Shy?«

Cheyenne blickte Faulkner an. Er sah zerknittert und müde aus, aber sie würde ohne Frage überall anhalten, wo er wollte. Es war ihr egal, dass sie noch die geliehenen OP-Klamotten trug und unbedingt duschen wollte. Wenn Faulkner irgendwo anhalten wollte, war sie damit einverstanden.

»Natürlich. Halt an, wo immer du willst. Es geht mir gut.«

Dude beugte sich vor, schob seine Hand in Shys Nacken und zog sie sanft zu sich, wobei er darauf achtete, nicht an ihre Schulter zu stoßen. »Es geht dir tatsächlich gut. Und danke.«

Er ließ sie los und startete den Wagen. »Ich muss dir etwas sagen, bevor wir nach Hause fahren. Du wirst es noch früh genug herausfinden, aber ich wollte dich vorwarnen.«

»Worum geht es?«, fragte Cheyenne misstrauisch.

»Du ziehst bei mir ein.«

»Was? Faulkner! Es ist viel zu früh, um mir diese Frage zu stellen.«

»Ich frage dich nicht, Shy, verstanden? Das hast du mir selbst gesagt, als wir in diesem verdammten Keller waren. Ich frage nicht. Ich bestimme.«

»Nun ja, irgendwie erinnere ich mich daran, aber Faulkner, es ist zu früh.«

»Das ist es, aber du liebst mich und ich liebe dich. Ich werde niemals jemand anderen lieben. Ich werde niemals zulassen, dass du jemand anderen liebst. Also ziehst du bei mir ein. Wir können genauso gut jetzt gemeinsam den Rest unseres Lebens beginnen. Wir haben genügend Zeit getrennt voneinander vergeudet. Ich werde dich keine weitere Nacht irgendwo anders verbringen lassen als in meinem Bett.«

Cheyenne spürte, wie sie innerlich dahinschmolz. Sie presste die Lippen zusammen und versuchte, nicht zu weinen. »Ich hätte nie gedacht, dass ich jemals hier sein würde.«

»Wo?«

»Hier, bei dir. In einer Beziehung, in der ich mich wohlfühle, wenn jemand anderer diese Art von Entscheidung für mich trifft. Wo ich mir keine Sorgen um einen schlechten Arbeitstag machen muss, weil ich weiß, dass ich jemanden habe, der mir zuhört und mich tröstet. Wo ich nicht um Zuneigung betteln muss. Wo ich meine Handlungen nicht rechtfertigen muss. Ich hätte nie gedacht, dass ich so glücklich sein könnte, Faulkner.«

»Ich kann nicht versprechen, dass alles immer eitel Sonnenschein sein wird, Shy.«

»Das habe ich nie erwartet. Ich bin keine Idiotin. Ich arbeite in Schichten, du bist beim Militär. Du bist ein SEAL. Ich weiß, dass du weggeschickt werden wirst, um Dinge zu tun, über die du nicht reden darfst und von denen ich nie erfahren werde. Aber weißt du was? Du wirst zu mir zurückkommen. Ich habe das nicht durchgemacht ... verdammt, *wir* haben das nicht alles durchgemacht, um es uns jetzt wegnehmen zu lassen. Wenn du gehen musst, werde ich weinen, ich werde schmollen und ich werde traurig sein. Aber ich werde mit den anderen Frauen abhängen. Wir werden zu viel trinken, in der Sicherheit eines unserer Häuser, ich werde zur Arbeit gehen und mit meinem Leben weitermachen, bis du wieder nach Hause kommst. Dann wirst du mich herumkommandieren, mir verbieten zu kommen und mir dann immer wieder Orgasmen schenken, bis du zufrieden bist. Dann fickst du mich, bis wir beide weich wie Pudding sind, und dann machen wir alles noch einmal. Ich werde jede Sekunde davon lieben.«

Dude lächelte Cheyenne an. »Ich liebe dich.«

»Ich bin noch nicht fertig.«

»Entschuldige, Shy, rede weiter.«

Cheyenne lächelte ihren Mann an. Scheiße, sie liebte ihn. »Ich habe etwas herausgefunden. Und nachdem ich es getan hatte, habe ich es verstanden.«

»Was hast du herausgefunden?«

»Ich habe herausgefunden, dass du, wenn du sauer auf mich wirst, nicht wirklich *böse* mit mir bist. Es ist, weil du dir Sorgen um mich machst.« Sie machte eine Pause und fuhr dann fort: »Und ich weiß, dass du mir das bereits gesagt hast, aber ich habe es nicht *wirklich* verstanden. An diesem Tag am Strand, als ich Angst hatte, dich anzurufen, weil ich befürchtete, du wärst sauer ... das war, weil meine Schwester sauer auf mich werden würde. Sie wäre wütend geworden und hätte mich angeschrien. Sie hat mich immer verängstigt und das war mein Verständnis von Wut. Aber dann habe ich es bei Fiona und Hunter erlebt. Wir sind ins Kino gegangen und sie hat vergessen, ihm eine SMS zu schreiben. Als er sie endlich erreicht hatte, schrie und tobte er, aber Fiona blieb stoisch. Sie hatte keine Angst vor ihm. Nachdem er fertig war, umarmte er sie so fest, dass ich dachte, er würde ihr die Rippen brechen. Er hat sich Sorgen um sie gemacht. Er hat befürchtet, dass sie wieder einen Flashback hatte. Er wusste nicht, wo sie war, und dachte, sie könnte in Schwierigkeiten stecken. Ich habe es verstanden. Ich möchte also nicht, dass du jemals Angst davor haben musst, mich anzuschreien. Ich weiß, dass du mich nicht verletzen wirst, und ich weiß, dass du verrückt vor Sorge um mich bist. Ich verstehe es jetzt.«

Dude musste anhalten. Jesus. Er bog auf den Parkplatz eines Geschäfts ein, das direkt an der Straße lag. Er parkte das Auto, öffnete die Tür und ging zur Beifahrerseite. Er öffnete die Tür, beugte sich sofort vor und legte beide Hände auf den Sitz neben Cheyenne.

»Shy, ich schwöre bei Gott, du musst aufhören, mir das anzutun, während ich fahre.« Dude lächelte sie an und schob seine Hände auf ihre Schenkel. »Ich liebe dich. Ich liebe dich so sehr, dass es mich fast zu Tode ängstigt. Ich mache mir ständig Sorgen um dich. Die ganze verdammte Zeit. Selbst wenn du nur im Nebenzimmer bist, mache ich mir Gedanken darüber, ob es dir gut geht. Bist du hungrig? Ist dir kalt? Bist du glücklich? Traurig? Zufrieden? Ich habe die Befürchtung, dass du mich noch oft ›wütend‹ sehen wirst. Ich bin erleichtert, dass du mir das erzählt hast, aber ich werde alles tun, um dich nicht anzuschreien oder wütend zu werden. Ich möchte nicht, dass du deine Selbstständigkeit aufgibst. Zur Hölle, dass ist es, was ich an dir liebe, aber du musst mir versprechen, mich auf dem Laufenden darüber zu halten, wo du bist und wann du nach Hause kommst. Schreib mir eine SMS, ruf mich an, hinterlasse mir eine Nachricht, was auch immer nötig ist, aber sag mir einfach Bescheid. Du willst zum Mittagessen ausgehen? Kein Problem. Schreib mir. Du willst mit den Frauen einkaufen gehen? Großartig. Gib verdammt noch mal so viel Geld aus, wie du willst, aber sag mir, wo du hingehst. Wenn du auf dem Heimweg an der Tankstelle anhältst, gib mir Bescheid. Denn ich schwöre, wenn du auch nur zwei Minuten zu spät bist, werde ich mir Sorgen machen. Ich will dich nicht kontrollieren, ich bin kein Arschloch. Ich mache mir *Sorgen* um dich. Ich werde es nicht ertragen können, wenn du noch einmal entführt wirst. Ich schwöre es. Wenn ich nur fünf Minuten lang nicht weiß, wo du bist, werde ich wahrscheinlich meine Teamkameraden anrufen, damit sie dich ausfindig machen.«

Cheyenne legte ihre Hand auf Faulkners Wange. »Ich verspreche es.«

»Oh, und du solltest wissen, dass du und die anderen Frauen von nun an verdammte Ortungsgeräte an all euren Sachen tragen werdet.«

»Was?«

»Ja, Tex hat sie bereits bestellt und wird die Software einrichten.«

»Äh, das ist etwas übertrieben, Faulkner.«

»Nein, ist es nicht. Caroline wurde von einem FBI-Verräter als Geisel genommen und sollte mitten auf dem Meer entsorgt werden. Alabama hat tagelang auf der Straße gelebt und niemand konnte sie finden. Fiona wurde ins verdammte Ausland verschleppt und stand kurz davor, als Sexsklavin verkauft zu werden. Summer wurde von einem pädophilen Vergewaltiger entführt. Und du hattest drei gottverdammte Bomben um deinen Körper geschnallt und warst im Keller eines Wohnhauses versteckt. Es ist überhaupt nicht übertrieben.«

»Du fluchst aber viel, Faulkner.«

Dude schüttelte nur den Kopf, ließ ihn auf seine Brust fallen und schloss für einen Moment die Augen, um sich wieder unter Kontrolle zu bringen. Anstatt sich darüber zu ärgern, dass er gerade Ortungsgeräte bestellt hatte, um sie jederzeit ausfindig machen zu können, konzentrierte Cheyenne sich auf seine Worte.

Dude hob den Kopf wieder und beugte sich vor, um sie zu küssen. Er nahm Cheyennes Lippen mit einem harten, tiefen Kuss, zog sich dann zurück und lächelte. »Ich bekomme es nicht heraus.«

»Granatapfel.«

Dude schüttelte erneut den Kopf und fuhr sich mit der Zunge über die Lippen. »Köstlich.«

Er küsste Cheyenne auf die Stirn, trat dann zurück

und schloss die Tür. Er ging zurück zu seiner Seite und sprang in den Wagen. »Okay, wir werden zu spät kommen. Ich mache dich und deine Vorliebe für aromatisierten Lippenstift dafür verantwortlich.«

»Das ist schon in Ordnung«, stimmte Cheyenne mit einem Lächeln zu, ohne zu wissen, wohin sie zu spät kommen würden, aber es interessierte sie auch nicht weiter.

Dude fuhr, bis sie auf einen vertrauten Parkplatz kamen. Cheyenne strahlte ihn an.

»Ist das dein Ernst?«

»Ich dachte mir, da du so viel darüber geschimpft hast, dass du deinen Mädchenabend nicht beenden konntest und dass man den Moment leben muss ... du musst dich aber damit zufriedengeben, dass es ein Freundeabend ist anstatt ein Mädchenabend. Drinnen warten alle auf uns.«

»Danke, Faulkner. Ich liebe dich.«

»Ich liebe dich auch, Shy. Aber glaub ja nicht, dass ich vergessen habe, dass du diese Worte nicht erwidert hast, bis wir uns in einer lebensbedrohlichen Situation befunden haben. Dafür schuldest du mir etwas.«

»Ich bin sicher, du wirst mich dafür bezahlen lassen ... heute Nacht.«

»Verdammt richtig. Wenn wir nach Hause kommen, werde ich dir helfen, dich auszuziehen, und auf unser Bett legen. Ich kann deine Arme nicht festbinden, aber ich werde deine Beine festbinden, sodass du sie nicht schließen kannst. Du wirst mich nicht berühren und dich keinen Zentimeter bewegen, während ich dich nehme. Du darfst nicht kommen, bis ich es sage. Und Shy, ich bin sauer, dass du mich solange hast warten lassen, bis du es gesagt hast.«

Cheyenne lächelte. Seine Worte drückten Wut aus, aber der lüsterne Ausdruck in seinen Augen sagte etwas anderes.

»Dann werde ich dich hart nehmen, während du noch gefesselt bist, und sehen, wie oft ich dich zum Höhepunkt bringen kann, bevor ich mich in dich ergießen werde.«

Cheyenne klingelten die Ohren und sie konnte fühlen, wie ihr Atem schneller wurde.

»Müssen wir wirklich reingehen?«

»Ja. Und du wirst nichts Alkoholisches trinken. Du hast wahrscheinlich noch etwas Morphium im Körper und ich will kein Risiko eingehen. Du darfst Orangensaft trinken, aber keine Cola oder Ähnliches. Dein Körper braucht im Moment Nährstoffe, keinen Mist.«

»Okay, Faulkner.«

»Wenn ich sage, es ist Zeit zu gehen, dann gehen wir. Streite nicht mit mir. Ich weiß, dass du wahrscheinlich müder bist, als du es zugibst. Und deine Schulter tut wahrscheinlich auch weh. Diese rezeptfreien Schmerzmittel wirken wahrscheinlich kaum. Aber ich wollte das hier für dich tun, Shy. Ich werde alles für dich tun, was du willst, wenn es in meiner Macht steht.«

»Okay, Faulkner.«

»Ich liebe dich, Shy.«

»Ich liebe dich auch.«

»Okay, lass uns das durchziehen, damit wir dich schnell in deinem neuen Zuhause begrüßen können.«

»In unserem neuen Zuhause.«

»Ja, *unser* neues Zuhause.«

EPILOG

Die große Gruppe von Freunden saß bei *Aces* um den Tisch. Cheyenne, Summer und Alabama hatten darauf bestanden, sich bei der nächsten Gelegenheit wieder dort zu treffen. Ihre Männer wollten den Ort natürlich komplett boykottieren und nie wieder betreten, aber die Frauen hatten sich durchgesetzt.

»Ich werde nicht zulassen, dass uns diese Idioten aus der besten Kneipe der Stadt vertreiben. Wir lieben dieses Lokal.« Summer hatte mit Mozart gestritten, bis sie vor Wut blau angelaufen war, aber er hatte sich immer noch geweigert, genau wie Dude und Abe.

Sie hatten erst nachgegeben, als die Frauen planten, allein zu gehen. Das hatte natürlich alle Männer sofort dazu gebracht, ihre Meinung zu ändern. Sie würden sie nicht allein gehen lassen.

In dem Moment, in dem Cheyenne *Aces* betreten hatte, war sie erstarrt, aber Faulkner war da, um ihr den Rücken zu stärken. Er legte seine Arme um sie und zog sie zurück an seinen harten Körper. Sie standen mitten im Eingang und bewegten sich nicht. Faulkner beugte sich vor und flüsterte ihr etwas zu. Cheyenne spürte seinen Atem an ihrem Ohr.

»Du schaffst das, Shy. Du bist nicht allein. Wir bleiben so lange hier stehen, wie wir müssen. Ich bin bei dir.«

Seine Worte gaben Cheyenne die Kraft, tief durchzuatmen. Sie verschränkte ihre Finger mit denen von Faulkner, rieb ihren Daumen für eine Sekunde über seine Fingerstummel und drehte sich dann in seinen Armen herum. Sie legte den Kopf an seine Brust und schlang ihre Arme so weit wie möglich um seinen Rücken, ohne dabei ihrer Schulter wehzutun.

»Danke, Faulkner. Ich liebe dich.«

»Ich liebe dich auch, Shy. Komm schon, lass uns was trinken.«

Danach war das Betreten von *Aces* einfacher geworden. Cheyenne und die anderen Frauen trafen sich mittlerweile wieder mindestens ein Mal pro Woche in der kleinen Kneipe. Manchmal waren sie allein, manchmal kamen sie mit ihren Männern.

Die Männer gingen auch manchmal allein, um sich zu entspannen. Natürlich nur mit dem Segen ihrer Frauen. Meistens kombinierten sie den Frauenabend mit einem Männerabend. Die Männer gingen aus und konnten ein oder zwei Bier trinken, und die

Frauen trafen sich in Carolines Haus und machten alles, was Frauen eben tun, wenn sie sich trafen.

Drei Monate waren vergangen, seit die Frauen entführt worden waren, und ausnahmsweise war seither alles ruhig gewesen. Das Team war zweimal auf einer Mission gewesen, aber die Einsätze waren kurz und die Männer nicht länger als jeweils vier Tage außer Landes gewesen.

Jetzt saß das Team am Tisch und sie tranken Bier. Cookie lachte, als er bemerkte, wie Dude zum dritten Mal innerhalb der letzten zwanzig Minuten auf die Uhr sah.

»Hör auf damit, Dude. Im Ernst, du wirst es doch wohl mal einen Abend aushalten, ohne dass Cheyenne sich dir unterwerfen muss.« Cookie sagte die Worte leise direkt in Dudes Ohr, um ihn zu ärgern, aber ohne sein Geheimnis preiszugeben.

»Halt die Klappe, Cookie, ich habe dich davor gewarnt, über diese Scheiße zu reden. Ich weiß, dass ihr gehört habt, was Cheyenne in diesem Keller gesagt hat, aber das bleibt zwischen uns dreien.«

»Mach dir keine Sorgen, Dude, ich will dich nur ärgern, aber ich würde niemals dein oder ihr Vertrauen auf diese Weise brechen.«

Dude schnaubte nur. Cheyenne war an diesem Nachmittag zu ihrer Schicht gegangen, nachdem er sie am Morgen hart rangenommen hatte. Sie war immer bereit zu tun, was er wollte, und an diesem Morgen war er kreativ geworden. Dude hatte ihr die Augen verbunden, die Hände hinter dem Rücken gefesselt und zum ersten Mal mit ihrem Hintereingang gespielt, bevor er sie fest gevögelt hatte. Dude gefiel es, dass Cheyenne ihm so sehr vertraute, dass er Dinge ausprobieren konnte, bei denen sie sich selbst nicht sicher war. Ihr Liebesspiel an diesem Morgen hatte das ultimative Vertrauen gefordert und Cheyenne hatte es nicht nur toleriert, dass er sie auf diese neue Weise liebte, sondern nach ihrem Stöhnen zu urteilen hatte sie es sogar genossen und mehr gewollt.

Jess, die Kellnerin, kam zum Tisch gehumpelt und stellte eine weitere Runde Bier ab. Sie drehte sich um, ohne wie üblich ein freundliches Wort zu verlieren.

Benny hielt sie am Oberarm fest, als sie sich umdrehte, um zu gehen. »Hey, Jess, wie geht es dir? Ich habe dich in letzter Zeit nicht oft gesehen.«

Benny und die anderen Männer runzelten die Stirn angesichts des Gesichtsausdrucks, den die Kellnerin machte. Benny ließ schnell ihren Arm los, trat einen Schritt zurück und warf einen Blick auf die Männer um den Tisch, dann zurück auf das Tablett, das sie in den Händen hielt.

»Äh, ja, ich hatte ein paar Sachen zu erledigen.«

»Alles okay?«, fragte Benny und es gefiel ihm gar nicht, wie sie vor ihm zurückgeschreckt war. Er war nicht der größte Mann am Tisch, aber er war auch nicht gerade klein. Er wusste, dass er beängstigend wirken konnte, aber Jess *kannte* ihn. Sie kannte sie alle. Sie bediente sie jetzt schon seit langer Zeit.

»Ja.« Ihr Tonfall war flach. Obwohl sie nicht unfreundlich war, lud der Klang ihrer Stimme nicht zu weiteren Fragen ein, was ungewöhnlich für sie war.

Benny sah, wie sie sich verstohlen im Raum umblickte, sich dann vom Tisch abwandte und mit ihrem eigenartigen Gang zurück zur Bar humpelte.

»Das war nicht normal«, kommentierte Dude unnötigerweise.

»Allerdings nicht«, gab Benny zurück. Mit seinen Blicken folgte er der Kellnerin, als sie einen weiteren Satz Getränke von der Bar holte.

Benny holte tief Luft und wandte sich wieder der Gruppe zu. Alle konnten erkennen, dass ihn die seltsame Begegnung mit der Kellnerin beschäftigte. Sie setzten ihr Gespräch fort, bis Benny sich schließlich als Erster verabschiedete.

»Ich weiß, dass ihr alle Frauen habt, zu denen ihr zurückwollt, und dass ich der Letzte sein sollte, der geht, aber ich bin einfach nicht mehr in der Stimmung. Grüßt eure Frauen von mir. Wir sehen uns beim Training.«

Dude und der Rest des Teams beobachteten, wie ihr Freund ging. Sie machten sich Sorgen um ihn. Benny war jetzt der Außenseiter. Der einzige Mann im Team, der keine Frau hatte, um die er sich Sorgen machen musste und die er lieben konnte. Sie durften ihn nicht verlieren. Sie könnten ihn vielleicht aufziehen, aber Benny war ein wichtiger Teil ihres Teams.

Niemand wollte, dass er sich in ein anderes SEAL-Team versetzen ließ.

Nachdem Benny gegangen war, beschlossen die anderen Jungs, ebenfalls aufzubrechen. Sie alle hatten Frauen, die auf sie warteten. Dude dachte wieder an Cheyenne. Er schaute auf die Uhr. Perfekt. Elf Uhr. Sie hatte in die frühere Schicht gewechselt und musste abends nicht mehr arbeiten. Nach der Nachmittagsschicht war sie zu Caroline gegangen, um mit ihr zu Abend zu essen.

Obwohl sie bei ihrer Freundin zu Besuch war, hatte Dude ihr gesagt, sie sollte sich gegen Viertel vor elf auf den Heimweg machen. Er hatte es so geplant, dass sie kurz vor ihm zu Hause eintreffen würde, und er hatte ihr aufgetragen, auf ihn zu warten. Sie folgte seinen Anweisungen immer bis ins kleinste Detail. Im Wagen hatte er eine Tasche mit neuen Spielsachen, die er nur für sie ausgesucht hatte. Dude konnte es kaum erwarten. Er war der glücklichste Schweinehund auf der Welt.

*

Hol dir Buch 7, Schutz für Jessica, JETZT!

BÜCHER VON SUSAN STOKER

SEALs of Protection
Schutz für Caroline
Schutz für Alabama
Schutz für Fiona
Die Hochzeit von Caroline
Schutz für Summer
Schutz für Cheyenne
Schutz für Jessyka (Buch Sieben) **(erhältlich ab Ende Juli 2020)**

Die Delta Force Heroes:
Die Rettung von Rayne (Buch Eins)
Die Rettung von Emily (Buch Zwei)
Die Rettung von Harley (Buch Drei)
Die Hochzeit von Emily (Buch Vier)
Die Rettung von Kassie (Buch Fünf)

Die Rettung von Bryn (Buch Sechs)
Die Rettung von Casey (Buch Sieben)
Die Rettung von Wendy (Buch Acht) **(erhältlich ab Ende Juni 2020)**

<u>Ace Security Reihe:</u>
Anspruch auf Grace (Buch Eins) **(erhältlich ab Ende Juli 2020)**
Anspruch auf Alexis (Buch Zwei) **(erhältlich ab Ende Juli 2020)**

Und auch die folgenden Bücher von Susan Stoker werden in Kürze auf Deutsch erhältlich sein:

Aus der Reihe »Die Delta Force Heroes«:
Die Rettung von Sadie (Novelle)
Die Rettung von Mary (Buch 9)
Die Rettung von Macie (Buch 10)

Aus der Reihe »SEALs of Protection«:
Schutz für Julie (Buch 8)
Schutz für Melody (Buch 9)
Protecting the Future (Buch 10)
Schutz für Kiera (Buch 11)
Protecting Alabama's Kids (Buch 12)
Schutz für Dakota (Buch 13)
The Boardwalk (Buch 14)

Ace Security Reihe:
Anspruch auf Bailey (Buch 3)
Anspruch auf Felicity (Buch 4)
Anspruch auf Sarah (Buch 5)

BIOGRAFIE

Susan Stoker ist die New York Times, USA Today und Wall Street Journal Bestsellerautorin der Buchreihen »Badge of Honor: Texas Heroes«, »SEALs of Protection«, »Die Delta Force Heroes« und einigen mehr. Stoker ist mit einem pensionierten Unteroffizier der US-Armee verheiratet und hat in ihrem Leben schon überall in den Vereinigten Staaten gelebt – von Missouri über Kalifornien bis hin zu Colorado. Zurzeit nennt sie die Region unter dem großen Himmel von Tennessee ihr Zuhause. Sie glaubt ganz und gar an Happy Ends und hat großen Spaß daran, Geschichten zu schreiben, in denen Romantik zu Liebe wird.

Besuchen Sie Susan im Netz!
www.stokeraces.com

facebook.com/authorsusanstoker
twitter.com/Susan_Stoker
bookbub.com/authors/susan-stoker
instagram.com/authorsusanstoker
Email: Susan@StokerAces.com

www.ingramcontent.com/pod-product-compliance
Lightning Source LLC
LaVergne TN
LVHW021652060526
838200LV00050B/2316